Hansjörg Schertenleib

Die Hummerzange

Ein Maine-Krimi

Roman

Kampa

www.kampaverlag.ch
Satz: Tristan Walkhoefer, Leipzig
Gesetzt aus der Stempel Garamond LT
Druck und Bindung: Friedrich Pustet, Regensburg
Auch als E-Book erhältlich
ISBN 978 3 311 12004 9

Für Brigitte.
Love, life, wife.

Well I'm older now
And still runnin' against the wind
Against the wind.

Bob Seger

I

Welle und Berg

Corinna Holder fuhr aus dem Schlaf, weil ihr im Traum ihr toter Mann Michael erschienen war und sie sich vor Schreck verschluckte. Sie blieb mit offenen Augen liegen, sah Michael aber trotzdem weiterhin vor sich: Er trieb in einem See dicht am Ufer auf dem Rücken und starrte sie an. Sie stand auf, schlüpfte in das bestickte Jeansgilet, das er ihr letzten Sommer auf dem Bluesfestival in Rockland gekauft hatte, und trat auf das Deck ihres Schlafzimmers im oberen Stock. Das Meer im Hafen von Seal Harbor war spiegelglatt, der Himmel ohne Wolke. Die Sonne hatte den Morgennebel verbrannt, der in letzter Zeit manchmal bis mittags über dem Wasser stand und in die Buchten und Nadelwälder von Spruce Head Island kroch. Die Hummerboote waren längst ausgelaufen, für die Kanus und Kajaks der Sommergäste und Touristen war es noch zu früh. Nur der Lärm der Kühlaggregate der Lastwagen und Lagerhallen von *Norwood Lobster* und der Gestank des Köders für die Hummerkörbe störte die morgendliche Idylle. Seit sich der Bestand erholt hatte und die Fischer mehr Hummer denn je aus der Penobscot Bay holten, wurden die Lastwagen rund um die Uhr beladen. Im letzten Jahr hatten die Arbeiter die Köder nur donnerstags aufgetaut, aber diesen Sommer stand der Gestank Tag und Nacht über der Insel.

Auf dem Deck des Nachbarcottage auf der anderen Straßenseite, das in den letzten vier Jahren drei Mal den Besitzer gewechselt hatte, saß David Byrd, ein Anwalt aus Louisiana, und sah mit dem Fernglas aufs Meer hinaus. Vielleicht hielt er nach Robben Ausschau, vielleicht nach Seevögeln, vielleicht betrachtete er die Kammlinien der Inseln Norton und Whitehead, die sich eine Seemeile entfernt aus dem Wasser erhoben und Seal Harbor vor dem offenen Atlantik schützten. Es dauerte verblüffend lange, bis David Corinna entdeckte. Er setzte das Fernglas ab, stand auf und winkte ihr zu. Als sie zurückwinkte, wandte er sich erneut dem Meer zu. David und sein Partner Jeff hatten sich bei *Norwood Lobster* und bei Mitgliedern des Selectboard von Spruce Head Island über den Lärm und den Gestank beschwert, waren aber mit der Erklärung abgewimmelt worden, es gebe keine Lärmschutzbestimmungen für die Insel, man könne nichts für sie tun. Also waren David und Jeff von Tür zu Tür gezogen und hatten Unterschriften gesammelt. Bis auf die Angestellten von *Norwood Lobster* hatten alle Bewohner von Spruce Head Island unterschrieben, geändert hatte sich bislang trotzdem nichts.

Corinna trat ins Schlafzimmer, zog das Gilet aus und legte es sorgfältig auf den Quilt, den sie im vorletzten Herbst in einem Kurs im *Hotel Pemaquid* genäht und im Schlaf ans Fußende des Bettes gestrampelt hatte. Michaels T-Shirt, das sie am Tag seiner Beerdigung vor neun Monaten aus dem Wäschekorb geangelt, seither als Pyjama getragen und nie gewaschen hatte, faltete sie zusammen und schob es unter ihr Kissen. Er hatte das blaue Shirt, auf das eine Palme und die Zeile »The Mountain and the Wave« gedruckt waren, vor Jahren auf einer Irlandreise gekauft.

Das Fenster des Badezimmers ging Richtung Fichtenwald hinaus, darum hatte das Licht in dem Raum einen grünen Ton, was ihr das beruhigende Gefühl gab, sich im

Wald zu befinden. Sie duckte sich unter dem Spiegel weg und schaufelte sich kaltes Wasser ins Gesicht. Seit Michaels Tod ertrug sie ihr Spiegelbild nur selten. Was konnte sie nicht sehen, wovor hatte sie Angst? Der Gedanke, sie könnte den Spiegel zerschlagen, schoss ihr durch den Kopf, gleichzeitig wusste sie, dass das zu dramatisch war und nicht ausdrückte, was sie empfand. Sie schlüpfte aus ihrem Höschen, warf es in den vollen Wäschekorb und betrat die Duschkabine. In ihren Ohren summte es, und ihr war leicht schwindlig, aber bis jetzt hielten sich die Symptome ihres langsamen Xanax-Entzuges in Grenzen: Sie hatte ab und zu Kopfschmerzen und Schweißausbrüche, war unsicher und schreckhaft und bewegte sich gelegentlich am Rand einer Panikattacke, aber sie hatte bisher weder Krämpfe noch Herzrasen oder Sehstörungen gehabt. Es war ihr gelungen, ihren täglichen Konsum von fünf, sechs Xanax auf eine, höchstens zwei zu reduzieren. Wer brachte einem bei, wie man trauerte, wie man alleine mit sich war und sich selbst aushielt? Sie drehte das Wasser auf und ließ es, die Stirn gegen die kühlen Fliesen gelehnt, über sich prasseln und stellte sich dabei vor, nackt im Wald zu stehen und einen Platzregen zu genießen.

Auf der Treppe hatte Corinna plötzlich den Geruch von verbranntem Menschenfleisch in der Nase. Ihr wurde schwarz vor Augen, und sie musste sich hinsetzen. Der Polizeipsychiater hatte ihr beigebracht, dass sie den Geruch und die Bilder verdrängen konnte, indem sie sich auf ihren Atem konzentrierte, sich leer machte und zu einer Hülle wurde, in der es keine Erinnerung gab, keine Bilder aus der Vergangenheit und keinen Blick in die Zukunft, einzig und allein die Gegenwart: Corinna stand nicht als Kriminalpolizistin in einem ausgebrannten Einfamilienhaus im Kanton Aargau in der Schweiz und beugte sich über vier Leichen, sie saß auf der untersten Stufe ihres Cottage in den Vereinigten Staaten von Amerika auf Spruce Head Island in Maine und sah durch die verglaste Tür am anderen Ende des Wohnzimmers aufs Meer hinaus. Corinna Holder, 57 Jahre alt, 175 Zentimeter groß, 62 Kilo schwer, kastanienbraun gefärbte schulterlange Haare, ein grünes und ein braunes Auge, Sternzeichen Skorpion, athletisch, obwohl sie nie Sport trieb, verwitwet, vorzeitig im Ruhestand, trockene Alkoholikerin, nun abhängig von Benzodiazepin.

Sie blieb sitzen, bis sich ihr Herzschlag beruhigt hatte. Dann ging sie in die Küche, füllte das Spülbecken randvoll mit eiskaltem Wasser und tauchte ihr Gesicht bis zum Haaransatz hinein, ohne die Augen zu schließen. Auch dazu hatte ihr der Polizeipsychiater geraten. »Das kalte Wasser bringt Sie auf einen Schlag in die Gegenwart zurück!« Jetzt klang das Summen in ihren Ohren wie das Rauschen eines Flusses. Sie blieb so lange sie konnte unter Wasser, richtete sich auf und trat auf das untere Deck hinaus. Die Luft war frisch, der Wind kam vom Meer. Um den Lärm von *Norwood Lobster* auszublenden, machte sie die Augen zu und lauschte dem streitsüchtigen Kreischen der Möwen, die um die Fischabfälle auf dem betonierten Pier kämpften, hörte aber trotzdem das Warntuten der Gabelstapler, mit denen die Arbeiter die Plastikboxen mit dem fangfrischen Hummer in die Kühllastwagen luden, die mit laufenden Dieselmotoren warteten. Als sie die Augen öffnete, war der Atlantik eine grellblitzende, in tausend Stücke zerborstene Fläche, die im Takt ihres Pulses schaukelte.

Sie wusste, dass sie etwas frühstücken sollte, hatte aber keinen Appetit, nicht einmal auf einen Kaffee. Vielleicht aß sie später eine der sündhaft teuren Biobirnen, die sie im *The Market* in Rockland gekauft hatte, und trank ein Glas Leitungswasser aus eigener Quelle, dessen Geschmack sie auf vage, aber angenehme Weise an ihre Kindheit erinnerte.

Sie war vor sechs Wochen, am 12. Juni, auf Spruce Head angekommen. Da der Swiss-Flug LX 52 aus Zürich erst nach 20 Uhr in Logan landete und die Fahrt nach Spruce Head Island vier Stunden dauerte, hatten Michael und sie immer in Boston übernachtet, bevor sie anderntags mit einem Mietwagen weitergereist waren. Letzten Sommer hatten sie bei *Shepards Car* in Rockland einen gebrauchten Dodge Caliber gekauft, der in der Garage ihres Cottage stand, und Corinna hatte sich entschieden, kein Mietauto zu nehmen, sondern das erste Mal mit dem Bus nach Maine zu reisen.

Sie hatte in Boston in einem schicken Hotel im Financial District übernachtet, fünf Gehminuten von der South Station entfernt, wo sie am nächsten Mittag in einen Bus der *Concord Lines* gestiegen war. »Wollen Sie wissen, was das Beste an New Hampshire ist?« Der Mann, der sie das gefragt hatte, hatte zwei Reihen schräg hinter ihr gesessen. »Dass es hier an der Küste nur zehn Meilen breit ist!«

Kurz hinter Portsmouth waren sie über die gewaltige Piscataqua Bridge gefahren, Michaels Lieblingsbrücke. Die ersten zwei Stunden bis Portland waren wie im Flug vergangen, dafür hatte der Rest der Reise kein Ende nehmen wollen. Als Corinna nach beinahe fünf Stunden endlich am Fähr- und Busterminal in Rockland aus dem Bus gestiegen war, war sie erschöpfter als nach dem Transatlantikflug. Der Taxifahrer, der sie nach Spruce Head Island gebracht hatte, hatte Michael und sie schon einmal gefahren, als sie im *Primo* schlecht und teuer Italienisch gegessen und zu viel getrunken hatten.

Dass Corinna es nicht schaffte, allein im Cottage zu bleiben, noch nicht, hatte sie gewusst, sobald sie die Tür hinter sich ins Schloss gezogen hatte. Sie hatte den Schlüssel für den Dodge aus der obersten Schublade der Kommode im Flur genommen und war auf der Stelle nach Rockland zurückgefahren. Sie war drei Nächte im *Rockland Harbor Hotel* geblieben, in einem Zimmer in der dritten Etage, von dessen Balkon sie über den Fährterminal mit dem Glockentürmchen und die tanzenden Masten der Segelschiffe hinweg auf den fast eine Meile langen *breakwater* sah. Die Befestigungsmauer aus Steinquadern schützte Rocklands Hafen. Sie hatte viele Stunden auf diesem Balkon verbracht, den Fähren nach North Haven und Vinalhaven nachgeschaut und versucht, damit klarzukommen, dass sie nie wieder mit ihrem Mann hier in Maine sein würde. Michael war tot.

Sie hatten das Cottage vor vier Jahren als Ferienhaus gekauft, es aber bereits im zweiten Jahr um einen kleinen Anbau mit Gästezimmer samt Bad erweitern lassen und sich versprochen, sich früher pensionieren zu lassen, um das ganze Jahr auf Spruce Head Island leben zu können. Und dann war Michael ums Leben gekommen.

Die ersten Nächte nach der Rückkehr aus dem Hotel hatte Corinna auf dem Sofa im Wohnzimmer und im Gästezimmer geschlafen, dann hatte sie es endlich geschafft, in ihr gemeinsames Schlafzimmer im oberen Stock zu ziehen. In den ersten Tagen war sie wie ein Geist von Zimmer zu Zimmer gewandelt, hatte sich immer wieder um die eigene Achse gedreht und tief eingeatmet, als sei sie einem Duft auf der Spur, für den sie bislang nicht die Nase gehabt hatte. Michaels Zimmer hatte sie nur ein einziges Mal betreten: Die Vorhänge waren geschlossen, und sie zog die Tür hinter sich zu. Weshalb hatte ich nicht geweint, fragte sie sich, habe ich nicht begriffen, was geschehen ist? Das hier war das Zimmer ihres toten Mannes, sein Stuhl, sein Tisch, sein Bett, auf dem er sich mittags manchmal ausgeruht hatte. Auf dem Fenstersims lagen mehrere Vogelfedern und eine Muschel. Das Badetuch, das über der Stuhllehne hing, war steif vom Salz des Meeres; sie legte es sich um die Schultern und bemerkte das Gehäuse eines Apfels, das neben dem Laptop auf dem Tisch lag. Sie nahm es in die Hand und schnupperte daran. Als sie begriff, dass das braun verfärbte und vertrocknete Fruchtfleisch den Abdruck von Michaels Zähnen zeigte, ließ sie es zu Boden fallen, warf das Badetuch ab, zog sich aus, stieg nackt in Michaels Bett und verkroch sich unter seiner Decke. Der Schmerz in ihr platzte wie eine überreife Frucht. Das Gewicht, das aus ihrer Brust nach unten rutschte, zwang sie, die Knie anzuziehen.

Würde es ihr helfen, wenn sie an Gott glauben und mit gutem Gewissen beten könnte? Ein Mensch, der trauerte, machte anderen Menschen Angst, das wusste sie. Trauer löste oft kein Mitgefühl aus, sondern Furcht oder gar Abscheu. Sie hatte sich vor der Trauer ihrer Mutter, die die lebenslustige, offene Frau nach dem Krebstod ihres Mannes in eine deprimierte, in sich gekehrte Greisin verwandelt hatte, ebenfalls gefürchtet wie vor einer ansteckenden Krankheit. Sie hatte jeden in den Abgrund gerissen, der den Fehler beging, sich in die Nähe ihrer Mutter zu wagen.

Corinna war immer noch leicht schwindlig, das Summen in ihrem Kopf dagegen war verstummt. Auf einmal hatte sie das unangenehme Gefühl, sie würde beobachtet, und schaute sich vorsichtig um: David Byrd stand im Schatten, den das Dach seines Hauses auf sein Deck warf, und hatte den Feldstecher auf sie gerichtet. Als er begriff, dass sie ihn entdeckt hatte, ließ er das Glas sofort sinken und verschwand im Haus.

2

Eine Fahne aus Blut

Corinna war längst am Teich vor David Byrds Haus vorbeigegangen, als sich die Frösche doch noch meldeten: Ihr kehliges, metallenes Quaken riss sie manchmal mitten in der Nacht aus dem Schlaf. Wie nur konnten derart kleine Tiere einen solchen Lärm veranstalten? Die Luft über dem Asphalt flirrte, als wäre Benzin verschüttet worden, Wölkchen trieben Richtung Festland. Die Rockledge Road führte in eine Senke, aus der man nicht aufs Meer sehen konnte, in der die Luft jedoch deutlich wärmer war. Seit Corinna allein war, ging sie schneller; Michael hatte ihr immer vorgeworfen, sie gehe provozierend langsam und zwinge ihm ihr Flaniertempo auf. Seit er tot war, ging sie so schnell wie möglich, als wäre es lebenswichtig, keine Sekunde zu vertrödeln. Dabei hatte sie keine Ahnung, was sie mit der gewonnenen Zeit anfangen sollte.

Der Hund, der ihr auf der Straße entgegentrottete, gehörte der älteren Frau, die jedes Mal verschämt grüßte, wenn sie sich begegneten, aber nie stehen blieb, um sich mit ihr zu unterhalten. Sie zog das rechte Bein nach, ihr rechter Arm wirkte leblos; offenbar hatte sie einen Schlaganfall erlitten. Corinna strich dem braunen Labrador über den Kopf, als sie an ihm vorbeiging; die Frau, die einen Sonnenhut trug, nickte und senkte den Blick.

Corinna blieb auf der Rockledge Road, die in den Fichtenwald führte. Die Sonne, die durch die Baumkronen fiel, stellte Lichtsäulen zwischen die Stämme, die dem Wald eine geheimnisvolle Tiefe gaben. Vor ein paar Tagen war sie fast auf eine grüne *garden snake* getreten, die sich aus dem Unterholz geschlängelt hatte, darum ging sie in der Mitte der Kiesstraße, die mit Schlaglöchern durchsetzt war. Sie roch das Meer, der Himmel hatte die Farbe von nassem Zement angenommen. Sie ging manchmal in der Privatbucht der Familie Shofestall schwimmen; das kühle Wasser des Atlantiks vertrieb den Xanax-Schwindel und gab ihr die Gewissheit, am Leben zu sein. Dank Michaels Offenheit und Charme hatte Judy Shofestall ihnen bereits in ihrem ersten Sommer auf der Insel erlaubt, was eigentlich den Einheimischen vorbehalten war: Sie durften in der Bucht mit dem geschützten Sandstrand sein, wann immer sie wollten, es sei denn, die Shofestalls badeten selbst.

Nach etwa dreihundert Metern kam Corinna an dem Autowrack vorbei, das die Zufahrt zu einem Haus markierte, das auf einer Lichtung stand und offensichtlich niemals fertig wurde. Dieses Jahr war ein Teil des Daches abgedeckt und mit Plastikbahnen geschützt, der neue Anbau war nicht verschalt, und die Isolationsmatten lagen frei. Das Chaos auf dem Grundstück schien beständig größer zu werden. Abfall türmte sich an immer neuen Stellen auf, ausrangierte Maschinen- oder Motorenteile wuchsen wie Geschwüre zwischen den Bäumen. Corinna wusste nicht, wer in dem abgelegenen Haus lebte, sah in ihrer Vorstellung aber einen mageren Mann vor sich, der mit seinen Hunden redete und eine Brille mit verschmierten Gläsern trug. Im Erdgeschoss des Hauses stand ein Fenster offen, jemand übte auf einer Gitarre wieder und wieder den gleichen Griff.

Das Tor zum Grundstück der Shofestallers stand offen, was jedoch nicht bedeuten musste, dass sie tatsächlich am Strand waren. Corinna würde bis zur Stelle weitergehen, an der eine Zufahrt von der Rockledge Road zur Bucht hinunterführte. Von dort konnte sie sehen, ob der Pick-up der Shofestalls am Strand parkte: Sie fuhren immer mit dem Auto an den Strand, dabei stand ihr Haus keine halbe Meile entfernt. Plötzlich hatte Corinna die übermächtige Ahnung, etwas stimmte nicht. Sie begriff nicht sofort, was sie stutzig machte: Sie war nicht allein. Sie schaute sich um, konnte aber niemanden entdecken und ging nach kurzem Zögern ein Stück in den Wald hinein. Der Erdboden war trocken, federte aber dennoch nach. Zwischen Bäumen aufgespannte Spinnennetze glitzerten, die Kronen der Fichten wogten hin und her, obwohl Corinna nicht den Hauch eines Windes spürte. Der Wald war dicht und finster und erinnerte sie in nichts an die hellen und lichten Mischwälder ihrer Kindheit in der Schweiz. Sie blieb stehen und hielt den Atem an. Jetzt hörte sie deutlich, dass sich in ihrer Nähe ein Mensch oder ein Tier durch den Wald bewegte. Zweige knackten, Äste brachen. Sie kniff die Augen zusammen und schaute sich angestrengt um, sah aber niemanden, nicht einmal einen Schatten. Die Geräusche wurden leiser und entfernten sich in westlicher Richtung.

»Bereue nicht, was du getan hast, bereue, was du nicht getan hast.« Wie oft hatte sie seit Michaels Tod an seinen letzten Satz gedacht, mit dem er aus ihrer Eigentumswohnung in Aarau gestürmt war. Bereute er, etwas nicht getan zu haben? Oder galt sein letzter Satz etwa ihr? Bereute sie, was sie getan hatte? Hatte sie etwas verpasst, was sie hätte tun sollen?

Sie ging parallel zur Straße durch den Wald. Als ihr bewusst wurde, wie vorsichtig sie auftrat, als dürfte sie keine Geräusche machen, fing sie an, ungestüm auf den Boden zu stampfen und in die Hände zu klatschen. Sie nahm einen Ast in die Hand und zerbrach ihn. Das trockene Knallen klang wie der Schuss einer Spielzeugpistole. Bald standen die Bäume so dicht, dass kein Durchkommen mehr war, und sie musste auf die Straße zurückgehen. Als sie die Zufahrt zum Strand erreichte, blieb sie stehen und spähte durch die Bäume auf die Wiese, die in den Strand überging: kein Pick-up. Die Tür des Schuppens, in dem die Shofestalls letzten Sommer ein Hochzeitsfest gefeiert hatten, war geschlossen. Sie ging die Zufahrt hinunter; bevor sie auf den Sand trat, schlüpfte sie aus den Turnschuhen. Der Strand war leer, sie war allein.

Die Schönheit der Bucht verschlug ihr jedes Mal den Atem: Eingefasst von Felsen wie von schützenden Armen, beschrieb der Strand eine perfekte Sichel aus ockerfarbenem Sand. Corinna legte sich lieber auf die rechte Felsschulter als an den Strand, weil sie von dort weit übers Meer sehen konnte. Links lag die Brücke, die Spruce Head Island mit dem Festland verband, geradeaus sah man über die gegenüberliegende Waterman Beach Road Richtung Norden, rechts auf den offenen Atlantik mit den Inseln Vinalhaven und North Haven. Corinna sprang barfuß auf die Felsen, nahm ihr Badetuch aus der Tasche, die sie in Round Pond bei einer Frau aus Durban gekauft hatte, die achtzig Jahre alt und wie ein Hippiemädchen gekleidet war, und breitete es auf dem Stein aus. Auf der Sandbank, die zwanzig Meter vor der Küste aus dem Wasser ragte, hockten Dutzende von Möwen, die sie misstrauisch beobachteten, jedoch sitzen blieben. Der Himmel war beinahe wolkenlos, bereit für den ersten Kreidestrich, ein erstes Wort auf einer geputzten Wandtafel.

Die Sonne brannte heiß auf den Felsen, weit draußen war ein Fischer, der allein auf seinem Boot arbeitete, damit beschäftigt, von Boje zu Boje zu fahren, die die Position seiner Hummerkörbe markierten. Der Wind trug die Musik, die er hörte, in Wellen ans Festland. Corinna ließ sich auf den Rücken sinken, schloss die Augen und hörte Fetzen des Bob-Seger-Songs »Turn The Page«. Schon als Teenager hatte Michael Seger geliebt und viele seiner Songtexte auswendig gekannt. So war er mit siebzehn zu seinem Spitznamen Bob gekommen. Manchmal hatte er mit der schwarzen Gibson Les Paul, die sie ihm zum 50. Geburtstag geschenkt hatte, zu den Songs gespielt und dabei das schüchterne und gleichzeitig selbstsichere Gesicht gemacht, in das sie sich viele Jahre zuvor verliebt hatte. Ihr gefiel Segers Musik erst, seit sie auf einem Konzert seiner Silver Bullet Band in Dortmund gewesen waren. Als sie nach den drei Nächten im *Rockland Harbor Hotel* in ihr Cottage zurückgekehrt war, hatte sie seine LPs *Beautiful Loser*, *Against The Wind*, *The Distance* und *Live Bullet* Tag und Nacht gehört und vor Einsamkeit und Verzweiflung geheult. Dann hatte sie die Langspielplatten auf den Dachstock über der Garage getragen und sich geschworen, sie nie mehr anzurühren.

Der Motor des Hummerbootes wurde lauter, die Rockmusik ebenso, aber Corinna blieb liegen und lauschte dem Flügelklatschen der Möwen, die sich in die Luft erhoben und flüchteten. Als das Motorengeräusch verklungen war und die Wellen, die das Boot verursachte, nicht länger gegen die Küste schlugen, stand sie auf. Sie würde von der Steinschulter auf die angrenzenden Felsen klettern und um die Landzunge herum bis zu der Stelle gehen, von der man direkt ins tiefe Wasser steigen konnte. Sie zog ihr Sommerkleid aus und schlüpfte in die Badeschuhe. Michael hatte sich geweigert, das Paar anzuziehen, das sie für ihn bei *Walmart* gekauft hatte. Lieber hatte er sich die Fußsohlen an den Steinen zerschnitten und war ihr mit rudernden Armen staksend wie ein Storch ins Wasser gefolgt. Ihr Bikini war ein Geschenk von ihm, sie hatten im *Waterfront* in Camden nachmittags eine Flasche Weißwein und frische Muscheln genossen; auf dem Rückweg zum Auto war ihm der Bikini in einem Schaufenster aufgefallen.

Die Sonne blendete Corinna, und sie ging vorsichtig um die Landzunge herum auf die Südseite der Insel. Nun spürte sie den Wind. Ein dicker Ast, bestimmt bei einem der Frühlingsstürme vom Stamm einer Föhre abgebrochen, knarzte, ein abgestorbener Zweig schien ihr zuzuwinken. Das Meerwasser, das sich in einer wannenförmigen Mulde angestaut hatte, war so warm, dass sie sich hineinstellte und, geblendet vom Licht, auf die weiße Fläche des Meeres hinausschaute. Das Wasser reichte ihr bis über die Knöchel; sie strich mit den Zehen über den fein geschmirgelten Stein, kratzte an den winzigen schwarzen Muscheln, die sich daran festgesaugt hatten. Schließlich hatten sich ihre Augen an die Helligkeit gewöhnt. Der Kondensstreifen eines Flugzeugs zerschnitt den Himmel, bestimmt unterwegs nach Europa.

Da sah sie den Mann.

Er trieb rücklings dicht am Ufer im Meer.

Corinna stieg aus der Mulde und trat so nahe wie möglich an den Mann heran. Er war tot. War es wichtig, eigene Grenzen zu überschreiten oder reichte es, sie zu erkennen und zu akzeptieren? Sie versuchte verzweifelt, so ruhig wie möglich zu atmen und sich darauf zu konzentrieren, was sie wahrnahm, und sich wichtige Details einzuprägen, statt zuzulassen, dass sich die Bilder des Vierfachmordes davorschoben, die von der Hitze des Feuers ausgelöschten Gesichtszüge, die verkohlten, in menschenunmögliche Verrenkungen gezwungenen Körper. Der schwere Körper des Mannes, nackt bis auf weiße Socken und hellbraune Shorts, war nicht aufgedunsen, er lag demnach noch nicht lange im Wasser. Natürlich fiel Corinna ihr Traum ein, der sie aus dem Schlaf geschreckt hatte: Michael, der tot im Wasser lag und sie anstarrte. War die Angst vor dem Tod ein Motor, der einen antrieb? Wie würde man leben, wenn das Leben kein Ende kennen würde? Sorgloser? Freier?

Jemand hatte dem Mann die Greifbacken einer Hummerzange durch die Augenhöhlen in den Kopf und damit ins Hirn getrieben. War er daran gestorben? Eine Blutfahne trieb um seinen Hinterkopf, ein hauchzarter verwehter roter Seidenschal. Die Zange saß ihm wie ein Insekt mitten im Gesicht, eine silberne Spinne.

Der Tote war groß und kräftig.

Der Tote war braun gebrannt.

Auf seinen rechten Oberarm war eine stilisierte Sonne mit gewundenen Strahlen tätowiert, darunter ein Wort, das sie nicht lesen konnte.

Corinna kannte den Toten.

Norman Dunbar.

Mit seiner Frau Tracy war sie befreundet.

Norman Dunbar gehörte das größte Anwesen auf Spruce Head Island.

3
Künstliches Lachen

Im *Keag* war die Zeit stehen geblieben; der Grocery Store sah aus wie der Laden im Dorf von Corinnas Großeltern im Appenzell Anfang der siebziger Jahre. Im hinteren Teil des Raumes standen eine Handvoll Tische, im vorderen Bereich befanden sich die Theke mit Kasse, die offene Küche, Kühlregale sowie Gestelle mit Lebensmitteln, Haushaltsartikeln und einem verblüffend guten Weinsortiment. Touristen verirrten sich nur im Sommer ins *Keag*; Corinna war von den Einheimischen lange behandelt worden, als wäre sie unsichtbar. Aber mittlerweile wurde sie selbst von den Lobsterfischern begrüßt, und Linda öffnete die Vitrine mit den Donuts, sobald sie zur Tür hereinkam.

Corinna setzte sich mit einer Tasse Kaffee und einem Zimtdonut an einen der Fenstertische und stellte erstaunt fest, dass ihre Hände zitterten. Die Angler standen wie üblich an der Stelle, an der der Weskeag River in die Bucht floss, über sich Möwen, die geduldig im Wind segelten und versuchten, den Männern die Fische von den Haken zu schnappen.

Nachdem sie den toten Norman Dunbar gefunden hatte, war sie nicht sofort zu ihrer Tasche gelaufen, um auf dem Handy die 911 anzurufen. Erst war sie ins Meer gestiegen und hatte sich seine Leiche aus der Nähe angesehen. Die Greifbacken der Hummerzange waren mit enorm viel Kraft und demnach Wut oder gar Hass durch die Augenhöhlen getrieben worden. Natürlich hatte Corinna den Toten nicht angefasst. Sie war vorsichtig unter ihm hindurchgetaucht und hatte sichergestellt, dass er auch auf dem Rücken keine Stich- oder Schusswunden aufwies. Was, wenn die Leiche von der Strömung erfasst und in den offenen Atlantik hinausgetrieben wurde, während sie zu ihrem Handy lief? Schließlich war sie trotz dieser Sorge aus dem Wasser geklettert und hatte den Notruf gewählt. Zwölf Minuten später tauchte ein Streifenwagen der Rockland Police auf der Zufahrt auf, nur drei Minuten später fuhr der Streifenwagen des Sheriffs von Knox County vor. Sie hatte Officer Coor und Deputy Walsh zum Toten Norman Dunbar geführt, doch wie der ganze Zirkus anrückte, bekam sie nicht mehr mit, weil sie zu dem Zeitpunkt bereits auf dem Polizeirevier in Rockland saß. Man nahm ihre Fingerabdrücke, fotografierte sie und klärte sie darüber auf, dass das Vernehmungszimmer nicht verschlossen und sie nicht verhaftet sei, man sie also nicht daran hindere, wenn sie gehen wolle. Ihre freiwillige Zeugenaussage helfe aber, den Fall aufzuklären. Befragt wurde sie von einem Detective namens Robinson, der wohl wusste, dass sie bei der Kriminalpolizei gearbeitet hatte, eine Kollegin also, sich jedoch nichts anmerken ließ. Um ihre nassen Haare und ihren nassen Bikini zu erklären, hatte sie gelogen und behauptet, sie habe den Toten beim Schwimmen entdeckt. Weder Officer Coor noch Deputy Walsh hatten sie darauf angesprochen. Wären ihr, wäre sie an den Fundort der Leiche gerufen worden, die nassen Haare und der nasse Bikini der Zeugin aufgefallen? Sie hatte eingewilligt, sich an die Auflage zu halten, Maine in nächster Zeit nicht zu verlassen und für allfällige weitere Fragen zur Verfügung zu stehen. Nach der Befragung durch den freundlichen, aber misstrauischen Detective war der Wunsch nach einem Donut so stark gewesen, dass sie nach South Thomaston ins *Keag* fahren musste.

Das Wasser vor den Fenstern hatte jenen stahlblauen, für den Sommer viel zu kalten Farbton angenommen, den es bekam, bevor das Wetter umschlug. Ihre rechte Hand zitterte immer noch. Sie stand auf, schob sich den Rest des Donuts in den Mund und stellte sich ans Fenster. Drei Vögel jagten hintereinander über den Wasserspiegel, drehten vor der Brücke ab und stiegen steil in den Himmel. Die Sonne traf den Glockenturm der weiß gestrichenen Kirche am anderen Ufer und verwandelte ihn in eine blitzende Klinge. Ein Mann ging über die Brücke, die lange Angel geschultert. Das Budweiser-Neonschild, das über ihr im Fenster hing, knisterte. Corinna schluckte; es war nicht einfach, die Spirituosen im Regal beim Eingang zu ignorieren. »Ich will nicht trinken, ich muss!«, hatte sie Michael ins Gesicht geschrien. Er war aus ihrer Wohnung gestürmt, mit dem Auto weggefahren und nie mehr zurückgekehrt. Als sie das erste Mal bei einem Treffen der Anonymen Alkoholiker aufstand und redete, erfand sie eine nicht angebrochene Flasche Johnny Walker, die sie unter der Spüle verstecke, weil sie die bewundernden Blicke der anderen ehemaligen Trinker genoss. Sie beschrieb die stete Versuchung, die die Whiskyflasche bedeutete, wobei sie das Knacken im Ohr habe, das es gab, wenn man einen Verschluss das erste Mal aufdrehte und das Siegel brach.

Corinna trat an die Theke und schaute zu, wie Linda für eine ältere Frau einen Hummer aus dem Wassertank nahm und in eine Plastiktüte stopfte. Da die Frau den Zahlencode ihrer Kreditkarte vergessen und kein Geld bei sich hatte, musste sie anschreiben lassen. Die Frau ging langsam zu einem Truck vor dem Postamt, reichte die Tüte mit dem Lobster durch das offene Fahrerfenster und zündete sich eine Zigarette an.

»Eine Schachtel Marlboro, Linda.«

»Du rauchst?«

Corinna schüttelte den Kopf und vermied es, Linda anzusehen. Sie kam sich vor wie ein Schulmädchen, das von seiner Mutter beim Lügen erwischt worden war.

»Willst du sie etwa essen?«

»Ich fang wieder an.«

»Wann hast du aufgehört?«

»Vor vier Jahren, zehn Monaten und sechs Tagen.«

»Da zählt eine die Stunden«, sagte die Köchin und lächelte Corinna verschwörerisch zu, während sie Hamburger auf der Grillfläche wendete.

»Ich halte dich ganz bestimmt nicht auf«, sagte Linda und reichte ihr die Schachtel. »Du siehst aus, als könntest du etwas Nikotin brauchen.«

Das Funkeln der bernsteinfarbenen und glasklaren Spirituosen in ihrem Rücken war so verführerisch, dass Corinna verkrampft geradeaus starrte, während sie zahlte.

Als sie am Steuer saß und die Zigarette anstecken wollte, fiel ihr ein, sie hatte weder Streichhölzer noch Feuerzeug. Sie musste ins *Keag* zurück und unter Lindas Spott – »Du brauchst kein Feuer, du willst sie doch essen!« – ein Plastikfeuerzeug kaufen. Sie zündete die Zigarette an und fuhr los; sie schmeckte furchtbar. Corinna ließ das Fenster nach unten gleiten und warf die Zigarette nach einem weiteren Zug erleichtert auf die Straße. Zumindest mit dem Rauchen war sie durch. Die Schachtel zerknüllte sie und schmiss sie in den Fußraum vor dem Beifahrersitz.

Sie beschloss den Umweg über die Waterman Beach Road zu nehmen, weil sie von dort zum Fundort der Leiche hinübersehen konnte. Nach dem *Lobster Buoy-*

Campingplatz führte die Straße über eine Kuppe, von der der Muscle Ridge Channel, Spruce Head und die zahlreichen anderen Inseln wie in einem Ferienprospekt ausgebreitet vor ihr lagen. Sie ging vom Gas und ließ den Wagen ausrollen: Lobsterfischer holten Körbe ein, brachten Körbe aus. Der Atlantik war unruhiger als am Morgen. Corinna hielt am Straßenrand, schaltete den Motor aus und nahm ihr Fernglas aus dem Handschuhfach. Sie stand perfekt: Ihr Blick ging über die Bucht hinweg zu der Stelle, an der sie Dunbar gefunden hatte. Sie zählte neun Polizisten in Uniform, die die Landzunge absuchten, sah das Blitzen der Fotoapparate und das Pulsieren der Warnlichter der drei Streifenwagen, die zwischen den Bäumen parkten. Waren die Forensiker und der Rechtsmediziner schon da? Woher waren sie angereist? Bangor oder Portland? Corinna kannte das Prozedere, die nervöse und angespannte, zugleich aber aufgedrehte, fast euphorische Stimmung, die am Fundort einer Leiche herrschte, wenn das große Besteck ausgepackt wurde. Sie spürte einen Stich im Magen, und ihr wurde bewusst, wie sehr sie ihren Beruf vermisste. Im nächsten Augenblick hatte sie den Geruch in der Nase, der die Bilder zurückbrachte, die ihr den Boden unter den Füßen wegzogen, und musste gegen den Brechreiz ankämpfen und die Augen schließen. Die schlimmste Aufgabe war gewesen, Angehörigen schlechte Nachrichten zu überbringen. An Wohnungstüren zu klingeln und in erwartungsvolle und ängstliche Gesichter zu blicken, ohne zu viel Mitgefühl oder Trauer zeigen zu dürfen, sondern gefasste Kompetenz und Ruhe auszustrahlen. Wusste Tracy schon, dass ihr Mann tot war? Wer hatte sie informiert? Corinna hatte Tracy vor sechs Tagen zum Flughafen Rockland gebracht, weil sie die Renovierung ihrer Maisonette in Boston beaufsichtigen wollte.

War Tracy noch dort oder war sie nach South Carolina weitergereist, wo die Dunbars die meiste Zeit des Jahres in Myrtle Beach lebten? Hatte man ihr erzählt, wer die Leiche ihres Mannes gefunden hatte? Sie musste sich so rasch wie möglich bei Tracy melden.

Corinna ließ das Fernglas sinken. Tracy hatte letzten Sommer auf der Route 131 zwischen Saint George und Tenants Harbor eine Reifenpanne gehabt. Corinna hatte angehalten und sie bis Port Clyde mitgenommen, wo sie im *Dip Net* an einem Tisch direkt am Wasser eine Flasche Chablis getrunken, Austern geschlürft und den Sonnenuntergang genossen hatten und sich nach der zweiten Flasche von einem Taxi abholen lassen mussten. So hatten sie sich kennengelernt. Tracy war Michael unsympathisch gewesen: »Sie ist operiert, und ihr Lachen ist nicht echt.« Zu viert getroffen hatten sie sich nie. Corinna war Norman nur ein Mal begegnet, als sie Tracy in ihrem Haus an der Headland Road besuchte. Während Norman ihr die Hand schüttelte, war Corinna sein Credo eingefallen, das Tracy ihr verraten hatte: »Money talks, it says goodbye!« Er war auf dem Weg zum Flughafen gewesen, um den Flug nach Boston zu erwischen und danach nach New York weiterzureisen, »um aufzupassen, dass mein Geld auf keinen Fall auf Wiedersehen sagt«.

Und nun war Norman Dunbar tot. Ziemlich sicher umgebracht mit einer Hummerzange. Corinna startete den Motor und fuhr weiter, ohne noch einmal über die Bucht zu schauen.

4
Nachtlichter

Nach Einbruch der Dunkelheit setzte Corinna sich am liebsten auf das obere Deck, um zu telefonieren, unter sich das dunkle Meer und die Positionslichter der Hummerboote, die im Seal Harbor vor Anker lagen, hinter sich das Licht ihrer Nachttischlampe, das einen buttergelben Kreis auf ihr Bett warf. In Maine wurde es im Sommer viel früher dunkel, als sie erwartet hatten. Es war kühl geworden, hatte aber nicht wie vorhergesagt geregnet. Sie holte eine Wolljacke aus dem Schrank und warf einen Blick auf den Radiowecker: 19:20 Uhr.

Sie besaß weder Tracys Festnetznummer in Boston noch die ihres Anwesens in South Carolina und hatte den ganzen Abend ohne Erfolg versucht, sie auf dem Handy zu erreichen. Woher kam das Licht, das die Kabinenscheiben der Boote aufblitzen ließ? Hantierte jemand mit einer Stablampe herum? Noch einmal wählte sie Tracys Handynummer, wieder klingelte es endlos, ohne dass ihr Anruf auf die Mailbox weitergeleitet wurde. Kaum hatte sie auf- und das Telefon neben sich auf den Tisch gelegt, klingelte es.

»Tracy! Es tut mir leid, was …«

»Ma? Hallo? Bist du das?«

»Tom?«

Ihr Sohn Thomas lachte unbekümmert. Seine Stimme hatte zwar nichts mehr mit seiner Kinderstimme zu tun, aber er klang trotzdem eher wie ein Junge als wie ein Erwachsener.

»Tracy? Wer ist Tracy, Ma?«

»Eine Bekannte. Wie geht es dir?«

In der ersten Klasse hatte Thomas sie allen Ernstes gefragt, ob Dinge genau wie Menschen Wünsche hätten. »Wäre Wasser lieber trocken?« »Möchte eine Lampe leuchten?« »Stinkt ein Käse gerne?«

»Gut, Ma.«

»Kannst du nicht schlafen? Bei euch ist es halb zwei!«

»Ich habe lange gearbeitet. Charlotte ist nervös.«

»Nervös? Wieso?«

»Sie fliegt nicht gern. Wieso habt ihr kein Haus in Italien gekauft, Ma? Oder in Spanien?«

»Weil es uns in Maine besser gefällt, Tom! Die Küste ist traumhaft, das Meer sauber, die Wälder riesig, die Natur unverbaut, die Menschen in sich gekehrt, aber freundlich. Sie lassen dich in Ruhe.«

»Ist es nicht saukalt? So hoch im Norden?«

»Heute waren es 26 Grad, gestern 29. Und vorgestern 34. Zufrieden?«

»Gibt es überhaupt Wein bei euch? Oder muss Charlotte Bier trinken?«

»Witzig, witzig!«

»Und wie ist das Essen?«, fragte er ironisch.

»Besser als du denkst, viel besser. Ihr werdet staunen! Wann kommt ihr genau?«

»Du weißt nicht, wann wir ankommen? Freust du dich überhaupt?«

»Und wie ich mich freue!«

»In elf Tagen, Ma! Charlotte macht sich Sorgen, dass wir den Anschluss in Boston verpassen.«

»Ihr verpasst ihn nicht.«

»Wieso habt ihr dann immer in Boston übernachtet, Ma?«

»Weil es den Nachmittagsflug nach Boston Anfang Sommer noch nicht gibt.«

Wieso erzählte sie Tom nicht, was heute passiert war? Sie schützte ihn immer noch, weil sie ihm nicht zutraute, mit schlechten Nachrichten umgehen zu können. Er und seine Freundin Charlotte waren mehrmals in den USA gewesen, abgesehen von New York aber noch nie an der Ostküste.

»Wie groß ist der Flieger nach Rockland noch mal?«

»Neun Plätze. Wenn Charlotte Glück hat, darf sie sogar neben dem Piloten sitzen.«

»Sie hat Flugangst, Ma!«

»Danach bestimmt nicht mehr, glaub mir!«

Sie erkundigte sich nach seiner Druckerei, die auf Sieb- und Steindrucke spezialisiert war und Künstler aus aller Welt als Kunden hatte, und nach Charlottes Arbeit als Assistenzärztin der Orthopädie am Kantonsspital Aarau. Sie wusste, dass ihr Sohn jedes Mal mit den Tränen kämpfte, wenn sie sich verabschiedeten, und trotzdem machte sie seine kippende Stimme wütend. Dass er als Junge eine Heulsuse gewesen war und sich nicht behaupten und durchsetzen konnte, hatte sie enttäuscht, und es war nicht einfach gewesen, sich einzugestehen, dass diese Enttäuschung mit ein Grund für sie gewesen war, kein zweites Kind zu wollen.

Sie blieb auf dem Deck sitzen, das Handy in der Hand, und sah auf den Hafen hinunter. In den Kabinen der Lobsterboote leuchteten in unregelmäßigen Abständen Navigationsgeräte auf, das Licht, das noch vor wenigen Minuten über das Wasser gewandert war, war erloschen.

Bevor Corinna sich schlafen legte, machte sie wie jede Nacht eine letzte Runde durch das Cottage, ein Ritual, das sie liebte und auskostete. War sie zwanghaft, wie Michael ihr scherzhaft vorgeworfen hatte? Sie schob die sechs Nachtlichter immer in dieselben Steckdosen, strategisch auf die beiden Stockwerke verteilt: eines in der Küche, zwei im Wohnzimmer, eines im Windfang, eines im oberen Flur, eines in ihrem Bad. Und ja, sie ließ immer die Rouleaus vor denselben vier Fenstern ganz und vor denselben zwei Fenstern zu Dreivierteln herunter. Aber war das zwanghaft? Wichtiger Bestandteil ihres Rituales war die Wahl der CD, die sie im Schlafzimmer abspielte. Seit Michaels Tod und dem Vierfachmord im Aargau brauchte sie Musik, um einschlafen zu können. Sie ging die CDs im Wohnzimmer durch, als ein Hund anfing zu bellen, wahrscheinlich David Byrds Labrador, sich jedoch schnell wieder beruhigte. Wo war der Hund, der nicht von Davids Seite wich, eigentlich heute früh gewesen? Sie hatte den Labrador dabei beobachtet, wie er Möwen hinterherjagte, die sich erlaubten, in »seinem« Garten zu landen und herumzuhüpfen. Was hatte ihn dazu gebracht zu bellen? Corinna entschied sich für Anouar Brahems *Le Voyage de Sahar*, die Michael und sie zusammen in Tunesien gekauft hatten. Sie machte das Wohnzimmerlicht aus, ging aber nicht sofort nach oben. Das war der schwierigste Moment des Tages, der Augenblick, wenn sie die Lichter löschte und sich auf den Weg ins Bett machte. Jene feine Linie, die den Tag von der Nacht trennte, das Licht vom Dunkel. Sie hatte sich angewöhnt, den Augenblick, wenn sie das allerletzte Licht löschte und damit die Dunkelheit endgültig zuließ, ganz bewusst wahrzunehmen und zu erleben. Bestimmte ihre Angst vor der Dunkelheit, die sie vor Michaels Tod nicht gekannt hatte, die Wahl der Rouleaus, die sie herunterließ, die Anzahl an Nachtlichtern, die sie einsteckte? Sie war nicht zwanghaft, sie war ängstlich. Sie hatte heute noch keine einzige Xanax genommen, aber dass ausgerechnet sie Norman Dunbar gefunden hatte, war Grund genug, nicht auf chemische Hilfe zu verzichten. Außerdem hatte sie ihr Psychiater ausdrücklich vor einem kalten und schnellen Entzug gewarnt und ihr empfohlen, sich vorsichtig aus der Sucht »davonzuschleichen«. Wie unsinnig und zugleich typisch, dass sie das Xanax aus schlechtem Gewissen versteckte! Ihre Mutter hatte ihre Martiniflasche in einer Kiste unter der Spüle aufbewahrt, eingewickelt in einen Lappen. Ein Versteck, das jeder in der Familie kannte, der Ehemann, beide Söhne, die Tochter. Corinna versteckte das Xanax im Wohnzimmer auf dem obersten Regal hinter den alphabethisch geordneten Büchern.

Sie trat im Dunkeln an das Bücherregal und schaute aus dem Fenster. In David Byrds Wohnzimmer brannte Licht, genauso in zwei Zimmern der oberen Etage. Wahrscheinlich war Jeff am Nachmittag angekommen. Sie hob die Hände vors Gesicht und bemerkte, dass sie zitterten. Eine Erinnerung aus einem früheren Leben stieg in ihr hoch: Sie und Michael lagen auf dem Rücken Hand in Hand in gelbem Dünengras und versuchten in den Wolken zu lesen. Das Donnern der Brandung war so laut gewesen, dass sie sich zuschreien mussten, was sie sahen: ein Haus, eine Frau mit Knollennase, eine Giraffe, ein Hase mit nur einem Ohr, eine Palme.

In Byrds Wohnzimmerfenster bewegte sich etwas, im oberen Stock ging ein Licht aus, eine Scheibe blitzte auf, ein roter Punkt erglühte und eine Gestalt lehnte sich ins Freie. Rauchte Jeff oder David? Ihr fielen die Marlboro im Auto ein. Ihr war klar, dass sie es nur hinauszögerte, endlich eine Xanax einzuwerfen. Sie nahm *Die Pest* und *Der Fremde* von Camus aus dem Regal, langte in den Raum dahinter, zog die Medikamentenpackung heraus, brach die zweite von vier Xanax ab und schob sie sich in den Mund. Gerettet! Wieso fiel ihr die Ironie, dass sie die Benzos ausgerechnet hinter Carlos Castanedas Drogenbuch *Die Lehren des Don Juan* bunkerte, erst heute auf? Sie hatte das Buch mit neunzehn gelesen und war restlos begeistert gewesen. Die Xanax, die sie aus der Schweiz mitgebracht hatte, waren fast aufgebraucht. Sie benötigte dringend Nachschub. Sie holte ihr Handy und schrieb Ray eine SMS, die nur aus dem Buchstaben B bestand, ihrem Kürzel für Benzos. Als sie letzten Herbst in ihrem Cottage angekommen waren, hatte Corinna erstaunt festgestellt, dass ihr Gartenschuppen mit einem fremden Vorhängeschloss zugesperrt war. Sie hatte das Schloss ohne Michael davon zu erzählen geknackt und nach kurzer Suche Gras und zwei Beutel verschreibungspflichtiger Medikamente gefunden, Opioide wie Morphin und Tramadol und das Benzodiazepin Xanax. Sie hatte das Vorhängeschloss zugedrückt und sich auf die Lauer gelegt. So hatte sie Ray kennengelernt. Corinna verzichtete darauf, ihn anzuzeigen, er besorgte ihr Xanax. Ray, einer der vielen Dealer der Gegend, Ray, der einzige Sohn des Lobsterfischers Andrew Marling, dem die drei größten Boote und viel Land auf der Insel gehörten und den alle nur »König von Spruce Head« nannten.

Sie stellte die Bücher von Camus zurück, schaute noch einmal aus dem Fenster, sah Zigarettenglut im oberen Stock von Byrds Haus aufleuchten und zuckte erschrocken zusammen, weil jemand kräftig an ihre Haustür klopfte. Oder hatte sie sich getäuscht? Sie blieb mit angehaltenem Atem stehen und lauschte, da wurde erneut an ihre Tür geklopft, sanfter als beim ersten Mal, dafür gegen das Glas des ins Holz eingelegten Fensterchens. Sie gab sich einen Ruck und ging langsam und mit vorsichtigen Schritten aus dem Wohnzimmer, als setzte eine schnelle Bewegung etwas in Gang, das sonst vielleicht gar nicht stattfand. Bevor sie in den Windfang trat, sah sie aus dem schmalen Fenster im Flur und bemerkte einen Wagen auf ihrer Einfahrt. Sie machte das Außenlicht über der Haustür an und spähte durch das Türfenster. Tracy riss die linke Hand vor ihr Gesicht, geblendet vom unerwarteten Licht, und schnellte nach vorn, als verlöre sie das Gleichgewicht. Corinna entriegelte die Haustür, machte sie auf und nahm Tracy in den Arm. Sie blieben umschlungen stehen, ohne etwas zu sagen. Corinna hielt die Augen vorerst geschlossen, musste sie aber öffnen, weil ihr schwindlig wurde. Sie strich Tracy wie einem Kind über den Hinterkopf. In ihren Ohren rauschte es laut. Oder war das das Meer?

»Schließt du bitte ab«, sagte Tracy heiser, machte sich von Corinna los und ging entschlossen ins Haus.

Corinna verriegelte die Haustür, schaltete das Außenlicht aber erst aus, nachdem sie noch einmal durch das Fensterchen gespäht hatte. Nichts, niemand. Die Rockledge Road war leer, menschenleer. Das Licht in Byrds Wohnzimmer war ausgemacht worden, nur ein Fenster im oberen Stock war erleuchtet.

»Soll ich Licht machen?«, fragte Corinna, als sie in ihr Wohnzimmer trat.

»Lieber nicht«, sagte Tracy. Sie saß vornübergebeugt auf dem Sofa, griff sich ein Kissen und fing geistesabwesend an, es mit beiden Händen zu kneten. »Du weißt, was passiert ist?«

»Natürlich weiß ich, was passiert ist, Tracy.«

»Von wem?«

»Hat man dir nicht erzählt, wer Norman gefunden hat?«

»Nein, Co, hat man nicht. Wieso fragst du?«

Corinna setzte sich neben Tracy, entwand ihr das Kissen und legte es vorsichtig neben sich aufs Sofa. Tracy trug Jeans, ein ärmelloses Oberteil mit tiefem Ausschnitt, hochhackige schwarze Mules, Ohrringe und eine goldene Halskette mit einem großen ovalen Anhänger. Einzig ihre zerzausten Haare erinnerten an das, was passiert war.

»Ich habe Norman gefunden.«

Tracy stand auf und lachte hysterisch, setzte sich aber gleich wieder hin, sah Corinna fassungslos an und schüttelte den Kopf.

»Du hast was?«

»Ich war schwimmen. In der Bucht der Shofestalls.«

»Hast du etwas mit Norms Tod zu tun?«

»Nein, hab ich nicht! Und du, Tracy?«

»Spinnst du? Jetzt könnte ich einen Schluck Alkohol brauchen.«

»Tut mir leid, Tracy.«

Was tat Corinna leid? Dass sie keinen Alkohol im Haus hatte? Dass sie Norman gefunden hatte? Ihre Kehle fühlte sich rau an.

»Hast du wirklich nichts da? Gar nichts?«

Corinna schüttelte den Kopf und legte Tracy beruhigend die Hand auf den Unterarm. Die Gleichgültigkeit, die ihr das Xanax verschaffte, war erschreckend umfassend.

»Soll ich dir einen Tee machen? Einen Kaffee?«

»Weshalb weine ich nicht?«, fragte Tracy und bewegte die Hand vor ihrem Gesicht, als würde sie ein Spinnennetz beiseitestreichen.

»Das hat nichts zu bedeuten, Tracy.«

»Ich müsste doch aber weinen?«

»Das kommt noch. Glaub mir.«

»Glaubst du an Gott?«

»Und du?«, gab Corinna zurück.

»Muss ich jetzt wohl, nicht?«

»Warst du in Boston?«

Tracy nickte und starrte Corinna an, beide Hände flach auf ihren Oberschenkeln.

»Hast du ein Alibi?«

»Du spinnst ja wohl«, sagte Tracy scharf und funkelte sie böse an.

»Ich war Polizistin, das weißt du doch. Hast du ein Alibi oder nicht?«

»Logisch hab ich ein Alibi! Ich war die letzten sechs Tage in Boston. Dafür gibt es einen Haufen Zeugen.«

»Haben sie dich hier vernommen oder in Boston?«

»Hier! In Rockland.«

»Weißt du, wie der Detective hieß?«

»Was spielt das denn für eine Rolle! Keine Ahnung! Es war eine Frau. Ziemlich jung.«

»Hast du ihn identifiziert?«

Tracy nickte und schloss die Augen, riss sie aber sofort wieder auf.

»Darf ich heute Nacht hierbleiben?«

»Natürlich. Das Gästezimmer gehört dir. Willst du duschen?«

Tracy schüttelte den Kopf, und Corinna begriff, dass sie genau die Art dummer und unnützer Fragen stellte, die man ihr nach Michaels Tod ebenfalls gestellt hatte, Fragen, die sie wütend und gleichzeitig traurig gemacht hatten und dafür sorgten, dass sie sich verschloss.

»Ich würd gern hier schlafen, auf dem Sofa. Wenn ich darf.«

»Was dagegen, wenn ich auch unten schlafe?«

Corinna deutete auf Michaels Musiksessel, in dem sie abends manchmal gemeinsam eingeschlafen waren, obwohl er eigentlich zu schmal war für sie beide. Michael hatte am liebsten mit den Kopfhörern Musik gehört, die sie in Zürich für ihn gekauft hatte; sie brachte es immer noch nicht fertig, sie aufzusetzen. Tracy nickte, schlüpfte aus ihren Mules und ließ sich leise seufzend auf die Seite sinken, beide Hände zu Fäusten geballt. Corinna blieb stehen, als wartete sie auf etwas, dann riss sie sich vom Anblick ihrer Freundin los, die ihre Knie an die Brust gezogen hatte, und ging nach oben, um Decken und Kissen zu holen.

5
Genetisch

Corinna fuhr aus dem Schlaf, setzte sich auf und schüttelte den Kopf, um den Schwindel zu vertreiben. Die Digitaluhr des Fernsehers zeigte 3:34 Uhr. Die Fenster standen als milchfarbene Rechtecke in der Dunkelheit.

»Ich hab dir erzählt, dass wir uns schon lange betrügen, nicht?«

Tracy saß auf dem Sofa, die Beine unter sich gezogen, die Decke über den Schultern.

»Und? Was willst du mir damit sagen?«

»Machst du mir bitte einen Tee?«

Corinna hatte keine Lust aufzustehen, tat es aber doch. Sie hatte Mühe, sich auf den Beinen zu halten. In der Küche machte sie nur die Lampe über dem Gasherd an. Sie setzte Wasser auf, nahm zwei Tassen und den grünen Tee aus dem Schrank, den sie ebenfalls bei der Südafrikanerin in Round Pond gekauft hatte. Sie spritzte sich an der Spüle kaltes Wasser ins Gesicht und blickte in den Garten. Das Mondlicht lag als Schimmer auf der Erde, die Büsche und Bäume warfen lange Schatten. Den Hund bemerkte sie nicht sofort: Er hockte reglos in ihrem Garten und schien sie zu beobachten. Als sie die Hand hob, sprang er auf die Beine, schüttelte den Schädel und trabte davon. War es Davids Labrador gewesen? Kaum war er in der Nacht verschwunden, glitt auf der Straße ein Pick-up vorbei; sie konnte weder das Nummernschild erkennen noch wer am Steuer saß.

Etwas ist in Bewegung geraten, ging ihr durch den Kopf, etwas, was du nicht unter Kontrolle hast, wie Michaels Tod. »Deine Augen haben unterschiedliche Farben!«, war das Erste gewesen, was Michael zu ihr gesagt hatte, lange, unglaublich lange war das her. Er hatte ihre Hand genommen und auf sein Herz gelegt. Sie fühlte sich federleicht und von allem und jedem auf angenehme Weise distanziert. Gab es ein Problem, das sich nicht lösen ließ? Wem half es, wenn sie mit Xanax aufhörte? Ihr bestimmt nicht! Sie nahm ihr Handy, schirmte den leuchtenden Bildschirm mit der Hand ab, als müsste sie ihn vor Tracy verbergen, die im Wohnzimmer saß. Ray hatte sich noch nicht gemeldet. War er gar nicht auf der Insel? »Genetisch«, hatte sie Michael damals belogen. »Auch meine Mutter hat verschiedenfarbige Augen.« Ihr erster Satz zu Michael war eine Lüge gewesen, eine Lüge, die bald aufflog. Die Augen ihrer Mutter waren braun, die ihres Vaters ebenfalls. Weshalb log man? Hatte Michael ihr immer die Wahrheit erzählt? Den Anonymen Alkoholikern hatte sie nichts als Lügen aufgetischt, etwa die herzerweichende Geschichte ihres Lebens, die unausweichlich auf ihre Alkoholsucht hinauslief, und sich dabei brav jedes Klischees bedient, das sie in den Lebensbeichten der anderen Trinker gehört hatte. Das Lügen war ihr leichtgefallen, weil sie sah, was es bei den Frauen und Männern der Gruppe auslöste: Mitgefühl und Rührung. Ihre alkoholkranke Mutter und den langen und sinnlosen Kampf ihres Vaters gegen den Krebs hatte sie mit keinem Wort erwähnt.

Sie füllte die getrockneten Blätter in das Teeei, hängte es in die Kanne und goss das kochende Wasser darüber. Da ihr nicht gleich einfiel, wo sie das Tablett aufbewahrte, musste sie mehrere Schranktüren öffnen, bis sie es fand. Sie stellte die Tassen, die Teekanne und die Zuckerschale darauf, legte zwei Löffel daneben und ging zurück ins Wohnzimmer.

»Er hat nicht geschnarcht«, sagte Tracy und lachte. »Nie!«

Corinna nickte, stellte das Tablett auf den Couchtisch, setzte sich neben Tracy und unterdrückte ein Gähnen.

»Mir machte es nichts aus, wenn er mit anderen Frauen … du weißt schon. Ich bin ja selbst keine Heilige, nicht?«

»Und?«

»Chad findet das Ganze etwas problematischer.«

»Chad? Wer ist Chad?«

»Unser Housekeeper. Chad Wright.«

»Du hast ein Verhältnis mit eurem Housekeeper?«

»Ich bitte dich! Norm hat Chads Frau gevögelt. Sky.«

»Sky?«

»Eben! Sky. Lächerlich! Chad hat die beiden erwischt.«

»Hast du das der Polizei erzählt, Tracy?«

»Hab ich, ja! Er ist weg.«

»Chad ist weg?«

»Verschwunden, genau! Auch das hab ich der Polizei mitgeteilt.«

»Und seine Frau?«

»Sky sitzt in ihrem Haus, das uns gehört, und heult.«

»Wieso heißt jemand Sky?«, fragte Corinna, schenkte Tee in die Tassen und schob die Zuckerschale in Tracys Richtung.

»Wir sind in Amerika!«, sagte Tracy und schob den Zucker zurück.

Sie tranken schweigend, der Geruch des Tees füllte den finsteren Raum. Corinna fröstelte. Schließlich stand sie auf, legte sich auf Michaels Sessel und deckte sich zu. Tracy blieb sitzen, die dampfende Tasse in der Hand, dann legte sie sich ebenfalls hin.

»Ich liebe ihn trotzdem«, sagte sie nach einer langen Pause, »irgendwie. Er ist vielen nicht sympathisch, ich weiß, aber er ist ein guter Kerl. Ein guter Mann, glaub mir.«

Sie weinte, und Corinna überlegte aufzustehen, um sie zu trösten, blieb aber liegen und gab sich Mühe, nicht einzuschlafen.

»Morgen muss ich die Hunde abholen«, sagte Tracy, »im Zwinger.«

»Soll ich dich begleiten?«

»Wie bist du damit fertiggeworden, Co?«

»Mit Michaels Tod? Gar nicht. Es macht mich krank.«

»Immer noch?«

»Es ist doch erst neun Monate her, Tracy.«

»Du hast mir nie erzählt, was genau passiert ist.«

»Es war ein Unfall. Mehr gibt es nicht zu erzählen.«

»Norm hatte Feinde.«

»Haben wir das nicht alle?«

Tracy lachte spöttisch, aber es war ihr anzuhören, sie kämpfte mit den Tränen. Das Licht, das durch die Glastür zum Deck in den Raum fiel, machte die Konturen der Möbel weich und lag als Schimmer auf dem Fußboden.

»Leute, die ihn hassen. Richtig hassen.«

»Hast du die Namen der Polizei genannt?«

»Ja! Weißt du, wie er gestorben ist?«

»Ich hab's gesehen, ja.«

»Schrecklich, nicht? Wer macht so was?«

»Jemand, der in hasste.«

»Eben. Sag ich doch.«

Corinna wartete darauf, dass Tracy weiterredete, dann begriff sie, sie war eingeschlafen. Es dauerte nicht lange, und Corinna sank ebenfalls in den Schlaf, fiel in die Tiefe, trudelnd wie ein Blatt, das sich vom Ast gelöst hatte und nun fiel und fiel.

6

Eine Handvoll Sommersprossen

Da sie nicht vorhatte, zu lange bei Tracy zu bleiben, fuhr Corinna mit ihrem eigenen Auto. Wie immer, wenn sie wenig geschlafen hatte, war sie schlecht gelaunt. Sie parkte neben Tracys SUV, stieg aus und warf die Autotür ins Schloss. Es nieselte.

»Kommst du?« Tracy stand vor der langen Treppe, die zu ihrem Haus in der Bucht hinunterführte, einem modernen Bau aus Holz, Naturstein und viel Glas. Von den drei lichtdurchfluteten Etagen hatte man einen Traumblick auf den Atlantik.

»Jetzt komm schon, es regnet!« Tracy klang ungeduldig, aber Corinna blieb stehen und betrachtete das Haus mit Doppelgarage, in dem das Haushälterpaar wohnte; bei ihrem ersten Besuch hatte sie es für das Wohnhaus der Dunbars gehalten.

»Vielleicht ist er ja wieder da.«

»Lass uns erst …«, sagte Tracy.

Aber Corinna hatte bereits mit der Faust gegen die lindgrün gestrichene Haustür geklopft. Tracy zögerte, trat dann aber doch unter dem Dach vor, unter dem sie vor dem Regen geschützt gewesen war.

»Ich werd sie rausschmeißen. Beide.«

»Hast du nicht gesagt, dass es dir nichts ausmacht?«

»Der Kerl ist verschwunden! Und sie hat mit meinem Mann gevögelt.«

Corinna klopfte noch einmal, legte die Hände vor das ins Türblatt eingelassene Fenster und versuchte ins Innere des Hauses zu spähen.

»Wann hast du sie das letzte Mal gesehen?«, fragte Corinna.

»Sky? Bevor ich nach Boston bin.«

»Und Chad?«

»Keine Ahnung.«

Tracy schlug mit der flachen Hand mehrmals gegen die Tür und trat einen Schritt zurück. Als sie realisierte, dass sie damit wieder im Regen stand, stellte sie sich unter das Vordach der Doppelgarage.

»Rausschmeißen würd ich sie nicht, Tracy.«

»Aber ich.«

»Wenn er zurückkommt, weißt du wenigstens, wo er ist.«

Irgendwo im Wald möhnte eine Motorsäge, deren Tonlage tiefer wurde, als ihr Sägeblatt ins Holz griff. Corinna sah in Gedanken honiggelbe Holzspäne wegspritzen. Gleich darauf war zu hören, wie ein Baum fiel: Äste ratschten durch Äste anderer Bäume, und ein Mann schrie eine Warnung. Das Aufschlagen des Stammes auf dem Waldboden war als deutliche Erschütterung zu spüren.

»Das Haus gehört uns«, zischte Tracy. »Ich geh hier rein, wann ich will!«

Sie zog einen Schlüsselbund aus der Tasche ihrer Jeans und öffnete die Tür neben den Garagentoren. In der linken Garage stand ein schwarzes Ford Mustang Cabrio, bestimmt Normans Wagen, die rechte war leer. In der Ecke waren Reifen aufeinandergestapelt, auf der Werkbank lag ein blauer Overall mit Flecken. Corinna folgte Tracy durch eine weitere Tür in den Flur des Hauses, wo ein offener Koffer am Boden lag, leer bis auf ein Paar Stoffschuhe mit Keilabsätzen aus Kork und ein Jeanshemd. Sie gingen durch eine Küche, die penibel aufgeräumt war, in ein großes und dämmriges Wohnzimmer. Tracy trat an die Fensterfront und riss mit einem entschiedenen Ruck die Vorhänge auf; die Glastür ging auf ein Deck mit Sicht aufs Meer. Auf dem Sofa lagen mehrere Wolldecken und Kissen, auf dem Couchtisch stand eine Tasse auf einem Untersetzer, daneben lagen ein Tiegel mit Hautlotion und ein silberner Ohrring.

»Ausgeflogen«, sagte Tracy.

Im nächsten Moment fiel im oberen Stock ein Gegenstand zu Boden. Sie hörten Schritte auf der Treppe und liefen in den Flur. Die Frau, die ihnen auf der Treppe entgegenkam, war barfuß, trug Shorts und ein tief ausgeschnittenes Top mit verdrehten Spaghettiträgern. Ihr Make-up war verschmiert, offensichtlich hatte sie geweint. Sie blieb auf der Treppe stehen, die Hände abwehrend in die Höhe haltend.

»Es tut mir leid, Tracy, ich kann Ihnen gar nicht sagen wie …«

»Spar dir den Mist«, sagte Tracy barsch. »Wo ist er?«

»Chad? Keine Ahnung. Weg!«

»Ich kann dich jederzeit rausschmeißen, Sky! Jederzeit!«

»Er war's nicht. Bestimmt!«

Sky kam zwei Stufen hinunter, das Glöckchen an der Kette um ihre linke Fessel klingelte leise, und setzte sich auf die Treppe. Der grüne Lack auf ihren Zehennägeln war abgeblättert, den entzündeten Mückenstich am Knöchel hatte sie sich blutig gekratzt.

»Weißt du, wo Chad sich aufhält?«, fragte Corinna.

Sky schüttelte den Kopf und sah Corinna das erste Mal an, die sie von oben bis unten musterte. Sie war älter als ihr schlanker Körper und ihre straffen Oberarme vermuten ließen. Die Handvoll Sommersprossen, verteilt über Nase und Wangen, hatten wohl den einen oder anderen Mann um den Verstand gebracht. Ihr leicht verrutschter Blick verriet Sky. Corinna hatte lange genug im Drogendezernat gearbeitet, um einen Pothead zu erkennen.

»Wie lange lief das schon mit euch?« Tracys Stimme klang ruhig und beherrscht, aber sie wirkte trotzdem, als explodierte sie jeden Moment.

»Das hilft doch jetzt nichts«, sagte Sky.

Corinna konnte die Melodie, die im oberen Stock erklang, nicht sofort als Handyklingeln einordnen. Woher kannte sie die Melodie? Sky kämpfte mit gespannten Beinmuskeln dagegen an, aufzuspringen und nach oben zu laufen, um abzuheben.

»Willst du nicht rangehen?«, fragte Tracy.

Statt eine Antwort abzuwarten, drängte sie sich an Corinna vorbei, stieß Sky zur Seite und lief die Treppe hoch. Sky fiel beinahe vornüber, fing sich aber und wollte ihr nachlaufen, setzte sich dann aber wieder hin.

»Er ruft andauernd an«, sagte sie zu Corinna. »Er ist in Lowell bei seinem Bruder. Sagt er.«

»Glaubst du ihm?«

»Wo soll er sonst hin? Er war's nicht.«

Sie hörten Tracys Stimme im oberen Stock, verstanden aber nicht, was sie sagte. Corinna spürte ihre verspannte Nackenmuskulatur. Ein untrügliches Zeichen, dass sie bald Kopfschmerzen bekam. Sie sehnte sich nach einer Xanax, nach Ruhe. Sky trug an jedem Finger ihrer linken Hand einen auffälligen Ring, an der rechten keinen. Was verriet der feine Schweißfilm auf ihrer Oberlippe? Dass sie nervös war, weil sie gelogen hatte? Dass sie dringend einen Joint brauchte? Dass sie auf Meth war wie viele in Maine?

»Es ging mir nur ums Geld«, sagte sie leise mit gesenktem Blick.

Corinna hatte gelernt, dass es manchmal am besten war, keine Fragen zu stellen, sondern einfach abzuwarten und zuzuhören. Sie setzte sich eine Stufe tiefer als Sky auf die Treppe, sah sie nicht an.

»Norm hätte uns sonst rausgeschmissen. Hat er behauptet.«

Tracys Lachen im oberen Stock klang zynisch und unecht. War es ein Fenster, das sie öffnete, oder eine Schranktür?

»Klingt billig, ich weiß. Stimmt aber trotzdem. Es gibt doch keine Arbeit hier. Norm zahlt gut. Und das Haus hier ... das Haus ...«

Skys Hand beschrieb einen Bogen durch die Luft, als erklärte das Haus, wieso man sich als attraktive Frau auf ein Verhältnis mit seinem viel älteren Arbeitgeber einließ. Dann fing sie an, sich an dem Mückenstich zu kratzen. Corinna packte Skys Hand und hielt sie fest. Sie war kalt.

»Norm ist kein schlechter Liebhaber. Ich meine ...«

»Das hast du Chad hoffentlich nicht gesagt. Seid ihr verheiratet?«

»Seit drei Jahren. Er hat ihn nicht umgebracht.«

»Hat er sich mit Norm gestritten?«

»Logisch haben sie gestritten! Aber er hat ihn nicht umgebracht.«

»Hatte Norman Dunbar Feinde?«

»Allerdings!«, sagte Sky. »Hat doch jeder mit so viel Kohle.«

Tracys Stimme war verstummt, ihre Schritte kamen näher. Corinna gelang es aufzustehen, bevor sie auf der Treppe erschien. Tracy setzte sich zwei Stufen über Sky hin und drückte ihr das Handy in die Hand.

»Er stellt sich der Polizei, sagt er.«

»Er war's nicht, sag ich doch.«

»Mal sehen. Er kommt jedenfalls zurück.«

»Dürfen wir blei…«

»Darüber muss ich erst mal schlafen«, unterbrach Tracy sie und stand auf. »Lass uns von hier verschwinden, Co.«

Corinna blieb bis um 15 Uhr bei Tracy, dann fuhr sie nach Hause. Ihre Laune hatte sich gebessert. Der schwache Druck, den sie hinter der Stirn spürte, war beinahe angenehm. Ein sanfter Schmerz, der sie wach hielt und an etwas Bestimmtes erinnern wollte. Bloß woran? Tracy hatte nicht wie befürchtet das Gespräch mit ihr gesucht, sondern ihre Gesellschaft. Sie hatten sich auf der untersten Etage in einen Raum mit hohen Fenstern auf Liegesessel gelegt, nahezu auf Höhe des Meeresspiegels, italienischen Kaffee getrunken, leise Gregory Porter gehört, kaum geredet und waren eingenickt.

Sie stellte den Dodge in die Garage, blieb aber hinter dem Steuer sitzen und checkte ihr Handy. Ray hatte sich immer noch nicht gemeldet. Sie war unruhig, fühlte sich alt. Sie hatten die Hunde vergessen; oder fuhr Tracy allein nach Camden, um sie in der Tierpension abzuholen? Corinna gähnte und dachte dabei plötzlich an ihren Sohn Thomas. Hatte sie ihm das Gefühl gegeben, er wäre nicht willkommen und sie freute sich nicht auf seinen Besuch? In der Schweiz war es zwar erst kurz nach 21 Uhr, aber sie würde ihn trotzdem nicht anrufen: Ihre Stimme würde ihren Zustand verraten. Sie schrieb ihm besser eine SMS.

liebster tom, kanns kaum erwarten, bis ihr endlich hier seid! freue mich! grüsse an charlotte! deine mam

Das Verlangen nach einer Xanax war ebenso stark wie es noch vor nicht allzu langer Zeit nach Alkohol gewesen war. Sie blieb im Auto sitzen, bis ihr bewusst wurde, dass sie in der Garage einschlafen würde, wenn sie sich nicht zwang, aufzustehen und ins Cottage zu gehen.

Im Haus trieb sie die Unruhe von Zimmer zu Zimmer. Sie räumte einen Schrank im Gästezimmer aus und wieder ein, holte den Staubsauger aus der Kammer hinter der Küche, schaltete ihn dann aber doch nicht ein, sondern machte sich stattdessen daran, Fenster zu putzen, hörte aber nach der ersten Scheibe wieder damit auf. Alle paar Minuten nahm sie ihr Handy in die Hand, um nachzusehen, ob Ray endlich auf ihre SMS reagiert hatte, bis sie es schließlich ins obere Badezimmer legte und sich im Wohnzimmer aufs Sofa setzte, allerdings sofort wieder aufstand, um den Geschirrspüler auszuräumen. Bis sie begriff, dass sie die Maschine gestern nicht gestartet hatte, war die Hälfte des dreckigen Geschirrs bereits im Schrank verräumt. Warum schrieb Tom ihr nicht zurück? Sollte sie versuchen, ihn anzurufen? Im Haus störte sie die Wärme, auf dem Deck der Wind, der Lärm und der Gestank von *Norwood Lobster*. Eine knappe Stunde hielt sie es aus, dann trat sie doch ans Regal, den Kopf gesenkt wie eine Büßerin, und zog die Romane von Camus heraus. Weshalb hatte sie die Bücher eigentlich nie gelesen? Sie schob sich die zweitletzte Xanax in den Mund und ließ sich aufs Sofa sinken. Sie dachte an Michael, an ihren letzten Streit. Sie wünschte sich, tot zu sein. Sie blieb liegen, ohne sich zu rühren. Sie wünschte sich, niemals zu sterben.

7
Moosehead Paper

Unter den Glasplatten, die die Tische im *Roselyn* bedeckten, lagen Poster von Bangkok, Pattaya und Chiang Mai. Michaels Lieblingstisch in der Fensternische mit dem Poster von Ko Samui, wo sie ihre Flitterwochen verbracht hatten, war frei. Corinna setzte sich so hin, dass die ausgeblichene Fotografie auf dem Kopf stand: »The Tropical Marvel of Thailand. Ko Samui«. Sie sah über die Camden Street auf eine Drive-thru-Filiale der *Bangor Savings Bank*. Sie liebte es, Kunden dabei zu beobachten, wie sie sich abmühten, ohne auszusteigen Geld zu ziehen, und meist viel länger dafür brauchten, als wenn sie ausgestiegen wären. Heute war der Schalter leer. Im *Roselyn* gefielen Corinna sogar die künstlichen Blumen, die überall im Lokal verteilt waren. Man sah ihnen auf den ersten Blick an, dass sie aus Plastik waren. Das Kunstleder der Sitzbank klebte an ihren nackten Beinen und quietschte, als sie sich nach Xu Ying umwandte, der mit einer Dose Diet Coke auf sie zukam, die Speisekarte unter den Arm geklemmt.

»Schön, dich zu sehen«, sagte Xu und stellte die Cola auf den Tisch. »Wie immer?«

»Wie immer, Xu. Danke!«

Corinna brauchte nicht in die Speisekarte zu sehen. Sie aß immer Crab Rangoon als Vorspeise und danach ein extra scharfes Massaman-Curry mit Chicken. Der Duft nach Fischsauce, der in der Luft schwebte, erinnerte sie unweigerlich an ihre Flitterwochen vor dreiunddreißig Jahren. Die Bilder, die sich ihr aufdrängten, waren schmerzhaft, gleichzeitig genoss sie sie. Michael liebte thailändisches Essen und hatte sich bei Xu Ying sofort beliebt gemacht, indem er ihn bei ihrem ersten Besuch mit einem chinesischen »Ni hao« begrüßte. Bei ihrem zweiten Besuch hatte ihnen der kleine Mann mit dem dünnen weißen Zopf, der ihm bis zur Hüfte reichte, erzählt, Michael sei der erste, wirklich erste Gast im *Roselyn,* der ihn als Chinesen erkannt und nicht für einen Thailänder oder Japaner gehalten hatte. Sie wusste nicht viel von Xu Ying, nicht sein Alter, ob er verheiratet war und Familie hatte, nur, dass er aus Sichuan stammte und seit Jahrzehnten in den USA lebte. Was wusste er von ihr? So wenig wie sie von ihm. Würde er sie nach Michael fragen?

Xu brachte die Vorspeise und auch den Hauptgang so schnell, als hätte man in der Küche gar nicht erst auf ihre Bestellung gewartet, sondern angefangen zu kochen, sobald man sie aus ihrem Auto steigen sah.

Lange blieb sie nicht sitzen; sie konnte nicht damit umgehen, allein in einem Restaurant zu essen, fühlte sich beobachtet und bemitleidet und konnte es nicht lassen, sich vorzustellen, was die anderen Gäste dachten. Sie gab Xu ein Zeichen, ihr die Rechnung zu bringen, und trank die Cola aus. Xu kam sofort auf sie zu, das Kunstledermäppchen, in dem die Rechnung steckte, in der Hand. Er trug Ledersandaletten mit feinen Riemchen, seine Füße waren lang und schmal wie die Füße einer Frau, seine Zehennägel schneeweiß, als wären sie lackiert.

»Du gehört von tote Mann auf deine Insel?«

Xus Englisch klang, als machte er sich bewusst über die Sprache lustig. Es war Michael schwergefallen, sein Englisch nicht nachzuahmen.

»Ja«, sagte sie.

Warum erzählte sie Xu nicht, dass sie die Leiche gefunden hatte? Xu hob unmerklich das Kinn, gleichzeitig senkte er den Blick.

»Du ihn gekannt?«

Auf der Camden Street wurde gehupt, ein Automotor heulte auf, und für einen kurzen Moment war aggressive Rapmusik zu hören.

»Du ihn gekannt?«, fragte Xu noch einmal.

»Ja«, sagte Corinna nach kurzem Zögern, »flüchtig. Norman Dunbar.«

Dann erzählte sie ihm, wie sie seine Leiche in der Bucht der Shofestalls gefunden und die Polizei alarmiert hatte und in Rockland vernommen worden war. Xu hörte ihr zu, ohne sie zu unterbrechen.

»Ich in Skowhegan in Fabrik gearbeitet, viele Jahre her. Norman Dunbar hat Fabrik gekauft.«

»Dann hast du ihn also auch gekannt?«

»Ich ihn nie gesehen.«

»Was für eine Fabrik war das?«

»*Moosehead Paper*.«

»Eine Papierfabrik?«

»Papierfabrik, ja. Am Kennebec River.«

»Norman Dunbar hat die Papierfabrik gekauft. Und dann?«

»Gekauft und kaputt gemacht.«

»Zerschlagen«, sagte sie.

»Kaputt gemacht. *Moosehead Paper* geschlossen. Keine Arbeit mehr für mich und andere in Skowhegan.«

»Wie lange ist das her, Xu?«

»Fünfundzwanzig Jahre.«

»Und danach bist du hierher nach Rockland gekommen?«

»Erst Nashua, New Hampshire, Restaurant von Onkel.«

»Und du hast Norman Dunbar auch hier in Maine nicht kennengelernt?«

»Nein. Zum Glück.«

»Du hast ihn nie gesehen?«

»Du mich verdächtigen?«

»Nein, Xu, natürlich nicht.«

»Das freut mich.«

»Ich stelle Fragen, mehr nicht.«

»Wie Polizistin«, sagte Xu und lächelte breit.

»Wie eine Polizistin, stimmt, Xu.«

»Aber ich muss zugeben, ich mich gefreut, als ich gehört habe, dass er tot ist. Du verstehen?«

Er sah sie mit unbewegter Miene an, legte das Mäppchen auf den Tisch und schob es in ihre Richtung.

»Ja, das verstehe ich, Xu. Es gibt ebenfalls Menschen, denen ich den Tod gewünscht habe.«

»Ich jetzt nicht fragen, ob diese Menschen noch leben. Ich muss arbeiten. Pass auf dich auf.«

»Danke, Xu.«

Er deutete eine Verbeugung an, legte ihr die Hand auf die Schulter und drückte sie, dann verschwand er in der Küche. Corinna saß bereits am Steuer, als ihr auffiel, dass Xu sie nie zuvor berührt hatte.

8
Die Katze

Corinna erwachte und schaute instinktiv auf die Anzeige ihres Weckers. 3:37 Uhr. Was hatte sie geweckt? Sie spürte, dass etwas nicht stimmte, schwang die Beine aus dem Bett, gab sich einen Augenblick Zeit, um zu sich zu kommen, ließ sich dann zu Boden gleiten und kroch auf allen vieren auf den Treppenabsatz vor ihrem Schlafzimmer und lauschte, ob jemand im Haus war. Wie laut ihre Knöchel geknackt hatten! Sie atmete so leise wie möglich und vermied jede unnötige Bewegung. Nach einer Weile war sie sich ziemlich sicher, alleine im Haus zu sein. Sie kroch zum Fenster, hob vorsichtig den Kopf und spähte in den Garten hinunter. Sie brauchte nicht lange, bis sie den Mann entdeckte. Er stand etwas zu weit von der Garage entfernt, deswegen ragte seine Schulter aus dem Schatten, den sie auf die Wiese warf. Sie wartete mehrere Minuten, ob sich der Mann ihrem Cottage näherte, und als er sich nicht vom Fleck rührte, entschloss sie sich, ihn zu überraschen.

Sam, ein Ex-Navy-SEAL, hatte ihr in einem zweijährigen Kampf- und Survivalkurs in Lenzburg nicht nur beigebracht, dass ihre Hände tödliche Waffen waren, sondern auch, wie man geräuschlos ein Gebäude verließ oder betrat, mit der Dunkelheit verschmolz und sich unbemerkt durch die Nacht bewegte. »Deine Verteidigung beginnt mit dem Angriff des Gegners, nicht vorher. Achte auf seine Körpersprache. Achte auf seine Augen. Achte auf seinen Atem.

Vertrau deinen Instinkten. Zögere nie.« Sams Lehrsätze, die er während der Trainingseinheiten wie ein Mantra wiederholt hatte, waren ihr meistens erst nach den Einsätzen wieder eingefallen, aber Corinna war überzeugt, dass sie insgeheim ihre Bewegungen steuerten und ihr halfen, einen Täter zu analysieren und zu überführen.

Der Mann im Schatten ihrer Garage ahnte ihre Gegenwart in seinem Rücken erst, als es zu spät war. Sie trat ihm hart in die rechte Kniekehle, beförderte ihn mit einem Stoß ins Kreuz auf die Erde und hockte sich auf ihn, das Knie zwischen seine Schulterblätter gepresst. Er unternahm nicht einmal den Versuch sich zu wehren, machte sich im Gegenteil schlaff und ergab sich.

»Muss. Mit. Dir. Reden«, japste er.

»Ray!«

Sie sprang auf die Beine und trat einen Schritt zurück, ohne ihn aus den Augen zu lassen. Ray drehte sich auf den Rücken und blieb liegen, die Hände auf die Brust gepresst nach Atem ringend. Das Gras war feucht, der Himmel ein hohes Gewölbe, an dem kaum Sterne standen.

»Hast du nicht behauptet, du bist nicht mehr im Dienst?«, fragte er endlich mit gepresster Stimme.

»Bin ich auch nicht.«

»Dafür bist du ganz schön fit! Können wir reingehen?«

Corinna half ihm auf die Beine, schob ihn durch die Hintertür ins Haus und führte ihn ins dunkle Wohnzimmer. Er setzte sich erst aufs Sofa, als sie die restlichen Stoffrouleaus vor den Fenstern heruntergezogen und die Lampe auf dem Couchtisch angezündet hatte.

»Warum hast du nicht auf meine SMS reagiert?«

»Ich stecke in Schwierigkeiten.«

»Erzähl«, sagte sie.

»Dunbar.«

»Norman Dunbar? Dunbar ist tot.«

»Er hat mich erpresst. Und es wird nicht lange dauern, bis die Polizei das weiß.«

»Hast du ihn umgebracht?«

Ray stand auf, starrte sie empört an und ging auf die Wohnzimmertür zu. Dort blieb er stehen, machte eine wegwerfende Handbewegung und setzte sich wieder hin.

»Was dagegen, wenn ich rauche?«, fragte er.

»Allerdings. Hast du etwas mit seinem Tod zu tun oder nicht?«

»Nein! Er hat mich erpresst.«

»Willst du mir erzählen, womit?«

Ray schüttelte den Kopf und erklärte ihr, das könne er nicht, noch nicht, obwohl er ihr vertraue. »Hilfst du mir?«, fragte er.

»Wie soll ich dir helfen? Bin ich Privatdetektivin?«

Matt Dennison fiel ihr ein, der bei einem Sommerfest in Damariscotta zufällig neben Michael und ihr gesessen hatte. Er war Privatdetektiv. Sie hatten ihn in seinem Büro in Thomaston besucht: »Investigations. Background checks. Insurance claims. Missing persons and pets.« Über das Schild an seiner Tür hatten sie lange gespottet. Haustiere! Damals war sie noch im Dienst gewesen, und Matt hatte ihr angeboten, ihr zu helfen, wenn sie Unterstützung brauche, »von Kollege zu Kollege«.

»Finde raus, wer Dunbar umgebracht hat. Das würde mir zum Beispiel helfen.«

Traute sie Ray einen Mord zu? Er sah sie treuherzig an, die Hände auf den Knien. Sie kannte die Pose aus unzähligen Verhören im Vernehmungszimmer in Aarau und stand auf, um ihn nicht weiter ansehen zu müssen.

»Würdest du verschwinden?«, fragte er. »Wenn du an meiner Stelle wärst? Bis sich alles aufgeklärt hat?«

»Damit machst du dich erst recht verdächtig.«

»Also soll ich hierbleiben?«

Sie nickte und zeigte kopfschüttelnd auf die Zigaretten, die er aus der Tasche gezogen hatte und wieder wegsteckte.

»Geh zur Polizei. Erzähl ihnen von der Erpressung.«

»Das geht nicht. Ich bin auf Bewährung, das weißt du doch! Hilfst du mir?«

»Wie sieht's aus mit Benzos?«

»Nur wenn du mir hilfst. Deal?«, gab er zurück.

»Wie soll ich dir helfen?«

»Deal?«

Sie nickte und begleitete ihn zur Hintertür.

»Interessiert an W-18?«

»W was?«

»Aus Kanada. Besser und stärker als Fentanyl.«

»Das Zeug, an dem Prince gestorben ist?«

»Und Tom Petty, genau. Und?«

»Nein danke, Ray.«

»Oxycodone? Oxymorphone? Besser als Heroin, glaub mir.«

»Du willst mir Hillbilly-Heroin andrehen? Benzos, Ray, Benzos.«

»Ich frag ja nur!«

»Wo?«, fragte sie, obwohl sie sich vorgenommen hatte, nicht zu fragen.

»Im Gartenschuppen wie immer.«

»Und wie viele?«

»Auch wie immer. Pass auf dich auf!«

Sie ließ eine Viertelstunde verstreichen, bevor sie zum Gartenschuppen ging. Die vierzig Xanax lagen hinter dem Kompostsack in einem Topf auf dem untersten Regal links neben der Tür, wie immer eingewickelt in ein Handtuch. Sie schnupperte an dem Tuch. Es stank nach Benzin. Michael hatte es immer über den Tankdeckel des Rasenmähers gelegt, um ihn leichter aufdrehen zu können. Was das P bedeutete, das mit weißer Farbe auf den Benzinkanister gepinselt war, der neben dem Rasenmäher stand, hatten sie nie herausgefunden. Sie liebte das Knattern des Motors; Michael hatte den Rasenmäher geputzt, gewartet und gepflegt, aber die Wiese gemäht hatte Corinna. Er hatte sich strikt geweigert, Gartenarbeit zu erledigen.

Um ein Haar hätte Corinna die Katze übersehen, die unbeweglich im Schatten eines Ginsterbusches hockte und sie beobachtete. Das große Tier rührte sich nicht vom Fleck und legte den Kopf mit den aufgerichteten Ohren leicht schief wie ein Hund. Corinna blieb etwa zwei Meter von der Katze entfernt stehen und ging in die Hocke. Die Katze blinzelte verschwörerisch und wartete genau wie sie ab, was als Nächstes geschah.

9
Papierdrachen

Wie lange das Telefon wohl geklingelt hatte? Corinna kauerte vor dem Beet auf der Garagenseite ihres Cottage und verteilte den Rindenmulch, den Michael im letzten Jahr bei *Walmart* gekauft hatte. Sie hörte das Klingeln nur, weil ihr der Rücken wehtat und sie sich aufrichten musste. Sollte sie ins Haus laufen? Das Klingeln hörte sowieso auf, bevor sie das Wohnzimmer erreichte. Wenn sie noch lange zögerte ganz bestimmt.

Sie stand im Windfang und schlüpfte aus den offenen Gummischlappen, über die Michael sich immer lustig gemacht hatte – »Mit Absatz wären die Dinger sogar sexy!« –, als das Klingeln aufhörte. Sie ging in die Küche, drehte den Wasserhahn auf und trank aus der hohlen Hand, bis ihr der Hals vom eiskalten Quellwasser wehtat. Sie spürte, wie es über ihre nackten Unterarme lief und auf den Boden tropfte. Es ging ihr gut, sie fühlte sich leicht und unbeschwert. Selbst der Gedanke an den toten Norman Dunbar war nicht wirklich belastend. Sie hatte gestern Nacht zwei Xanax genommen und gleich nach dem Aufstehen die nächste. Umso heftiger traf sie die Erinnerung, die aus dem Nichts über sie hereinbrach: Sie beugte sich im ausgebrannten Einfamilienhaus in der Schweiz über eine verkohlte Leiche, die sich im Feuer zusammengekrümmt hatte, als wollte sie vor der Hitze flüchten. Sie setzte sich an den Küchentisch, schloss die Augen und konzentrierte sich auf ihren Atem, bis sie ruhiger wurde und den Brandgeruch nicht länger in der Nase hatte.

Dann checkte sie die Nummer des letzten Anrufes: Tracy. Obwohl sie keine Lust hatte, sich mit ihr zu unterhalten, rief sie zurück. Tracy hob gleich nach dem ersten Klingeln ab. Ihre Stimme klang forsch, im Hintergrund jaulten und bellten ihre Windhunde, die Krallen kratzten über den Steinboden. Wahrscheinlich drängten sie auf ihren Morgenspaziergang. Tracy war erneut vernommen worden, man hatte ihr Alibi überprüft und sichergestellt, dass sie, als ihr Mann ermordet wurde, nicht auf Spruce Head Island, sondern tatsachlich in Boston gewesen war, was von mehreren Zeugen bestätigt wurde. Der exakte Todeszeitpunkt war schwer zu bestimmen, die Obduktion hatte ergeben, dass Dunbar kein Wasser in der Lunge hatte, also erst nach seinem Tod in den Atlantik geworfen worden war. Tatwaffe war wie vermutet die Hummerzange, Todesursache eine massive Hirnblutung.

Tracy zählte die Fakten auf, als redete sie nicht über ihren Mann, sondern über einen Fremden. Corinna ließ sie reden, ohne sie zu unterbrechen. Die Hunde bellten, jaulten. Wieso fiel Corinna erst nach einer Weile auf, dass sie unruhig vor ihrem Bücherregal auf und ab ging, während sie Tracy zuhörte?

»Haben sie dir gesagt, wen sie verdächtigen?«, fragte Corinna.

»Nein.«

»Aber sie wissen von Chad, ich meine vom Verhältnis zwischen Norman und Sky?«

»Ja«, sagte Tracy knapp.

»Ist er zurückgekommen?«, fragte Corinna, öffnete die Glastür und trat aufs Deck hinaus.

»Wie bitte?«

»Ist Chad zurück?«

Sie sah das gerahmte Foto vor sich, das ihr in Skys Flur aufgefallen war: Chad stand in Taucheranzug an Bord eines Schiffes und hielt stolz eine Harpune in die Kamera, eine Sauerstoffflasche auf dem Rücken, die Taucherbrille in die Stirn geschoben. Sky hatte ihr erzählt, dass sie das Bild im Urlaub in Key West gemacht hatte. Er trug die schwarzen Haare kurz wie ein Soldat, war Mitte vierzig, athletisch und auf künstliche Weise attraktiv.

»Natürlich nicht! Das hast du doch nicht etwa im Ernst erwartet? Der Scheißkerl ist zur Fahndung ausgeschrieben.«

In der Ecke des Decks lagen Vogelfedern; Corinna beugte sich über das Geländer und entdeckte den ausgeweideten Kadaver eines Vogels auf der Wiese. Der zarte Rippenkäfig leuchtete in der Sonne, als wäre er aus Kunststoff. Wem gehörte die Katze, die sie letzte Nacht gesehen hatte?

»Setzt du die beiden auf die Straße?«

»Sky? Noch nicht.«

»Hat dir die Polizei die Tatwaffe gezeigt, Tracy?«

»Ja.«

»Gehört die Hummerzange euch?«

»Weiß ich doch nicht! Wir haben so viel Zeug.«

»Das hast du so ausgesagt?«

»Co!«

»Weiß man, wo Norman umgebracht worden ist?«

»Dazu hat man mir nichts gesagt. In unserem Haus jedenfalls nicht. Das steht fest.«

»Er wurde nicht in eurem Haus getötet?«

»Hörst du schlecht? Nein!«

Tracy fragte Corinna, ob es sie störe, wenn sie vorbeikomme, sie brauche dringend Bewegung und müsse sowieso mit den Hunden raus. Ein Zahnarzttermin in einer halben Stunde war die einzige Ausrede, die Corinna einfiel. Sie verabredeten sich zum Abendessen im *Luke's Lobster* in Tenants Harbor, dessen windgeschützte Terrasse in der Abendsonne lag und direkt aufs Wasser hinausging.

Nachdem sie aufgelegt hatte, klaubte Corinna die Vogelfedern auf. Drei waren blutverschmiert, bei zweien war der Kiel zerbrochen. Sie trug sie ins Wohnzimmer und breitete sie wie ein Fächer auf dem Couchtisch aus. Um sich vom Bücherregal fernzuhalten, duschte sie zum zweiten Mal, zog ihren Bikini an und schlüpfte in das mauvefarbene Sommerkleid, das Michael ihr in Boston gekauft hatte. Sie würde nicht in Shofestallers Bucht schwimmen, sondern am Owls Head draußen beim Leuchtturm.

Corinna fuhr hinter einem *FedEx*-Lieferwagen über den Weskeag River, blieb beim *Keag* aber nicht auf der 73 North Richtung Rockland, sondern bog auf die Dublin Road ab. Es waren kaum andere Autos unterwegs, und sie genoss die Fahrt über die kurvenreiche Landstraße, von der aus sie immer wieder einen Blick auf die zerklüftete Küste werfen konnte.

Der Parkplatz vor dem Flughafen Rockland war fast leer, doch vor dem Eingang des kleinen Terminals standen zwei Taxis: Der Mittagsflug aus Boston-Logan landete wohl demnächst. Die Straße führte in waldiges Gebiet, und Corinna nahm die Sonnenbrille ab. Bäume wischten vorbei, über den Asphalt vor ihr sprangen Lichtblitze, Bild um Bild, eine Diashow, deren Karussell viel zu schnell lief. Sie hielt im Ortskern von Owls Head unweit eines Teiches, der nahezu vollständig von Seerosen bedeckt war, und kaufte im General Store, der zum Verkauf stand, eine Flasche Polar Seltzer aus dem Eisfach. Der Sheriff lehnte vor dem Postamt an der Motorhaube seines Streifenwagens und unterhielt sich mit einer Frau mit hüftlangen schneeweißen Haaren, die sich auf ihren Rollator stützte.

Corinna folgte der Lighthouse Road der Bucht entlang; auf der hölzernen Pier waren Lobsterkörbe aufeinandergestapelt, zwei Männer beugten sich über die offene Motorhaube eines Trucks. Am Dodge Point bog sie in den dichten Wald, fuhr im Schritttempo an einer Handvoll schief in die Erde eingesunkener Grabsteine vorbei bis ans Ende der unbefestigten, mit tiefen Schlaglöchern durchsetzten Straße und stellte den Wagen auf dem öffentlichen Parkplatz in den Schatten.

Der Strand direkt unterhalb der Wiese mit Grillstellen und Parkbänken, den man über einen steilen Klippenweg erreichte, war ihr zu bevölkert. Sie nahm den Weg, der durch ein Wäldchen mit erstaunlich vielen Birken zu einem Steinstrand auf der anderen Seite der Landzunge führte. Dort badete man unter einem bedrohlichen Felsabbruch, auf dem der Leuchtturm von Owls Head stand. Vögel ließen sich schreiend von schwarzen Felsbändern in die Tiefe fallen, fingen sich knapp über dem Wasserspiegel auf, stiegen in die Höhe und standen reglos im Wind, als wachten sie über die kleine Bucht. Corinna breitete ihr Badetuch auf den Steinen aus und ging ins Wasser. Es war so kalt, dass sie gern geschrien hätte. Sie ließ sich fallen, tauchte unter, berührte den Grund mit den Fingerspitzen, kam prustend hoch und schwamm mit kräftigen Zügen hinaus. Der Wind trieb salzige Gischtfahnen übers Wasser. Eine Fähre nach Vinalhaven glitt so dicht am Ufer vorbei, dass sie die Passagiere an Deck sehen konnte. Sie schwamm weit hinaus, vor sich die Anlage des *Samoset Resort* und die bewaldeten Berge bei Camden. In der Skisaison konnte man dort von den Pisten den Blick auf den

Atlantik genießen. Corinna ließ sich auf dem Rücken treiben, bis sie mit den Zähnen klapperte und ihre eiskalten Finger nicht mehr spürte.

Sie legte sich auf der Wiese, die den Strand vom Wald abgrenzte, in die Sonne. Möwen glitten wie Papierdrachen ohne einen Flügelschlag über den Himmel, das regelmäßige Klatschen der Wellen klang wie die leise, aber eindringliche Aufforderung, sich dem Schlaf hinzugeben. Und Corinna döste tatsächlich ein. Als sie wieder zu sich kam, war ihr Bikini trocken. Ein schwarzer Hund saß in ihrer Nähe im Gras und betrachtete sie versonnen. Sein Fell glänzte wie Rabengefieder. Ein Pfiff hallte über die Bucht, er sprang auf die Beine, drehte sich einmal um die eigene Achse, als gäbe er ihr ein Zeichen, und rannte mit langen Sätzen davon.

Corinna schlüpfte in ihr Kleid. Auf dem Weg zum Leuchtturm kam ihr eine Gruppe älterer Frauen entgegen, die alle die gleichen weißen Mützen mit Stoffschirm trugen. Neben dem Haus, in dem früher bestimmt der Leuchtturmwärter gewohnt hatte und das jetzt ein kleines Museum und einen Souvenirshop beherbergte, war eine Grabplatte ins Gras eingefügt, darauf die eingemeißelte Zeile: »The Lighthouse Dog«. Ein Steg führte zu einer steilen Treppe, über die man zum Leuchtturm hinaufgelangte. Corinna wartete, bis eine Familie die Stufen herabgekommen war. Die Tochter, ein Teenager mit selbstverliebtem, blasiertem Gesicht, die sie überhaupt nicht wahrnahm, hielt ein Tablet in den Händen und filmte. Als das Mädchen mit der Kamera über Corinna hinwegschwenkte, konnte sie sich nicht beherrschen und zeigte ihm den Mittelfinger.

Hinter dem Leuchtturm gab es eine Stelle, an der man wie im Ausguck eines hohen Schiffsmasts stand. Michael hatte diesen Platz geliebt und sich nicht von der Sicht losreißen können. Sie hatte ihn für seine kindliche Begeisterung geliebt, sich Situationen hinzugeben und in ihnen aufzugehen.

Geliebt wie für seine Sammlung von Bierdeckeln, obwohl er gar kein Bier trank.

Für die pingelige Ordnung in seinem Teil des Kleiderschranks.

Für das Glas warme Milch, das er jeden Abend trank, bevor er ins Bett ging.

Für seine Fußballverachtung.

Für all die Scherze des schottischen Komikers Billy Connolly, die er auswendig konnte.

Für das Poster von *Blade Runner*, das er niemals weggegeben hätte.

Für seine Unfähigkeit, Feuer zu machen.

Für sein Chickencurry.

Seinen Tomatensugo.

Wenn Michael beim Sex kam, hat er summende Geräusche gemacht. Geschrien oder gestöhnt hat er nie. Danach war eine Traurigkeit in seinen Augen gewesen, als bedaure er, dass es vorbei war.

10

Streifenhörnchen

Corinna erkannte Sky erst, nachdem sich ihre Autos bereits gekreuzt hatten. Die Ladefläche ihres Trucks war mit Möbeln, Koffern und Taschen vollbepackt. Sky trug eine Sonnenbrille und einen in die Stirn gezogenen Cowboyhut. Corinna fuhr rechts ran, ließ einen Moment verstreichen, wendete und nahm die Verfolgung auf. Die zwei Pick-ups zwischen ihnen boten genug Sicherheit, um nicht entdeckt zu werden. Sky fuhr auf der 73 bis Saint George und bog dann auf die 131 North ab. In Thomaston wurde immer noch an der Route 1 gearbeitet, sie krochen im Schritttempo durch den Ort, einer der Pick-ups vor Corinna hielt vor der *Camden National Bank* an, dafür bog ein Lastwagen vor ihr auf die 1, auf der Sky bis kurz vor South Warren blieb. Dort nahm sie die 97 Richtung Süden. Corinna kannte die Strecke: Sie hatte mit Michael das *Olson House* besucht, in dem Christina Olson mit ihrem Bruder Alvaro gelebt hatte. Die körperlich behinderte Frau hatte dem Maler Andrew Wyeth für viele Zeichnungen und Gemälde Modell gesessen, darunter auch für sein berühmtes *Christina's World*, das auf der abfallenden Wiese vor dem Haus entstanden war.

Corinna ließ einen braunen Lieferwagen von UPS vor, der von einer Farm auf die Landstraße einbog. Sie wusste, wie wichtig es war, sich bei Verfolgungen zurückzuhalten. Hatte Tracy Sky rausgeworfen? Wem gehörten die Möbel auf der Ladefläche des Trucks? Sie nahm ihr Handy aus der Badetasche und wählte Tracys Nummer, die jedoch nicht abhob.

In East Friendship bog Sky von der 97 auf eine Nebenstraße Richtung South Cushing ab. Dort angekommen, fuhr sie südwärts. Diese Landzunge kannte Corinna kaum; die Straße führte erst an der Küste entlang, dann durch dichten Wald. Die Häuser, an denen sie vorbeifuhren, waren in schlechtem Zustand. Dächer waren eingesackt, Fensteröffnungen mit Plastikplanen verklebt. Auf vielen Grundstücken standen Autowracks, bewohnte Trailer verschwanden hinter Müllbergen. In dieser Gegend gab es kaum Zweithäuser, Touristen verirrten sich nur hierher, wenn sie die Abzweigung in South Cushing verpasst hatten. Das Maine, das sich hier offenbarte, hatte nichts gemein mit dem der Ferienprospekte. Hier lebten die Aussortierten: Arbeitslose, Alkoholiker, Drogen- und Tablettensüchtige, menschenscheue Einzelgänger und traumatisierte Exsoldaten der Kriege der amerikanischen Armee.

Sky verlangsamte das Tempo und bog auf eine unbefestigte Zufahrt ab, die tiefer in den Wald hineinführte. Auf dem Briefkasten, der schräg auf einem Holzgestell befestigt war, das an einen Galgen erinnerte, standen die Zahl 70 und der Name Snow. Corinna fuhr an der Zufahrt vorbei, ohne vom Gas zu gehen, wendete bei der nächsten Gelegenheit, fuhr im Schritttempo zurück bis kurz vor die Abzweigung und stellte das Auto am Straßenrand ins Unterholz. Sie ließ das Fenster nach unten gleiten, schaltete den Motor aus und lauschte. Sie hörte Skys Truck durch die Bäume. Nach kurzer Fahrt wurde der Motor ausgeschaltet, eine Autotür knallte, und ein Mann rief etwas, das sie nicht verstand. Sie wählte noch einmal Tracys Nummer, diesmal hob sie mit bemüht fröhlicher Stimme ab. Corinnas Frage, ob Chad aufgetaucht sei, löste ein verächtliches Schnauben aus.

»Sky ist auch verschwunden«, sagte Tracy, »als ich einkaufen war. Hat den Fernseher mitgenommen, die Stereoanlage und ein paar Möbel. Die seh ich nie wieder!«

Corinna erklärte Tracy, dass sie Sky verfolgt habe, beschrieb ihr, wo sie ungefähr war, versprach ihr vorsichtig zu sein und sich zu melden, wenn es etwas Neues gäbe. Sie stieg aus, drückte die Autotür leise ins Schloss und ging in den Wald hinein. Ihr Plan war, sich der Stelle, an der sich Sky aufhielt, von der Seite oder noch besser von hinten zu nähern. Sie ging tief gebückt und suchte Schutz hinter Büschen und Bäumen, aber es war unmöglich, völlig geräuschlos voranzukommen. Äste knackten und zerbrachen, Blätter raschelten, Zweige schnalzten gegen ihre Waden und Arme. Stellenweise war der Waldboden mit dickem, weichem Moos gepolstert, auf dem sich ging wie auf einem Watteteppich. Sie blieb alle paar Meter stehen, ging hinter einem Gebüsch oder Baum in die Hocke und horchte auf verdächtige Geräusche. Je tiefer sie in den Wald vordrang, desto dämmriger wurde das Licht. Die Luft schien stillzustehen, wurde zu einer kompakten Masse, durch die sie sich ihren Weg bahnen musste. Mückenschwärme folgten ihr, sie kam an einem Ameisenhügel vorbei, der sie überragte, fand das ausgeweidete Skelett eines Tieres von der Größe einer Ratte. Schließlich konnte sie Skys Truck durch die Bäume sehen. Er stand vor einem kleinen, mit Schindeln verkleideten Haus, von denen die hellblaue Farbe fast vollständig abgeblättert war. Der Vorplatz war mit ausrangierten Haushaltsgeräten vollgestellt. Corinna zählte fünf Mikrowellen, vier Waschmaschinen, zwei Trockner, vier Kühlschränke. Hinter dem Haus waren schwarze Müllsäcke zu einem Berg gestapelt, an einer

Wäscheleine hingen ein kariertes Hemd mit abgetrennten Ärmeln und eine Jeans. Falls die Besitzer des Hauses einen Hund hielten, war sie geliefert. Sky kam mit einem Karton aus dem Haus, der mit Gaffertape zugeklebt und offenbar ziemlich schwer war. Sie wuchtete die Kiste auf die Ladefläche des Trucks, zündete sich eine Zigarette an und rauchte sie an die Motorhaube gelehnt. Wo war der Mann, dessen Stimme sie gehört hatte? Corinna ließ sich auf den Waldboden gleiten und kroch vorsichtig auf allen vieren weiter, ohne Sky aus den Augen zu lassen. Was hatte sie eigentlich vor, wenn sie sich erst einmal neben oder hinter dem Haus befand? Wollte sie Sky zur Rede stellen? War der Mann ihr Ehemann Chad? Vor einem Hund brauchte sie sich wohl nicht zu fürchten, er hätte sie längst gewittert. Der Berg aus Müllsäcken war nicht nur hoch, wie sie feststellte, als sie sich auf der Rückseite des Hauses befand, er wuchs auch in die Breite. Ein Fenster stand offen, sie hörte Stimmen, die aus einem Radio kamen, wie sie annahm. Als ein Werbejingle gespielt wurde, den sie auswendig kannte, kroch sie weiter. Sie amüsierte sich jedes Mal köstlich über das Englisch von Richard, dem Besitzer des deutschen Restaurants in Brunswick, der Rouladen, Eisbein und Wiener Schnitzel anpries und das Wort »Kalbsgeschnetzeltes« bellte wie ein Offizier der Wehrmacht. Was wohl ein Amerikaner von dem Jingle hielt?

Corinna hatte noch immer keine Ahnung, wie sie vorgehen sollte. Sie erhob sich und wollte auf das Haus zugehen, als ein Mann aus dem Schutz eines Hartriegelbusches trat und ihr den Weg versperrte. Es war der Mann mit dem Taucheranzug, den sie vom Foto kannte. Sein Oberkörper war nackt, von seiner Schulter wand sich eine tätowierte Schlange über seine Brust und verschwand im Schritt seiner tiefsitzenden, zerrissenen Jeans. Er hielt eine Ruger mit verstellbarem Visier in der rechten Hand, wie sie auf einen Blick erkannte.

»Chad Wright?«, fragte Corinna.

Das Lächeln des Mannes erstarb, aber er kam weiter auf sie zu. Corinna winkelte die Arme ab und hielt die offenen Handflächen mit gespreizten Fingern vor ihre Brust, um anzuzeigen, sie sei unbewaffnet und harmlos. Der Mann schnalzte mit der Zunge und schloss die Augen, als müsste er über etwas nachdenken. Dann schlug er sie mit dem Knauf seiner Pistole nieder.

Das Streifenhörnchen nagte emsig an einer hellbraunen Nuss, die es mit den Vorderpfoten festhielt. Wieso hockte es so nah vor ihr? Nahm es an, sie sei tot? Sein buschiger Schwanz glänzte in der tiefstehenden Sonne, und Corinna hatte das unbändige Verlangen, ihn zu berühren. Um das Hörnchen nicht zu vertreiben, blieb sie liegen, ohne sich zu rühren. Sie hatte Kopfschmerzen, sah alles nur verschwommen.

»Wie kann man nur so blöd sein«, sagte sie laut zu sich selbst.

Das Streifenhörnchen erstarrte, schaute sie an, blieb aber sitzen. Erst als Corinna ihre Schläfe betastete, wo der Pistolenknauf sie getroffen hatte, ließ es die Nuss fallen, sprang mit einem Satz an einen Baum, hielt sich daran fest, ohne sich zu rühren, und raste dann urplötzlich den Stamm hoch, indem es ihn spiralförmig umrundete. Die Beule an ihrer Schläfe war groß und druckempfindlich, aber sie blutete nicht. Corinna setzte sich langsam auf und bewegte vorsichtig den Kopf. Skys Truck war verschwunden. Sie wollte nach ihrem Handy greifen, aber es war weg. Auch die Schuhe hatten sie ihr ausgezogen und weggenommen. Hielt sich jemand im Haus auf? Sie beschloss, es sich genauer anzusehen, bevor sie zur Straße lief. Wie empfindlich ihre nackten Sohlen waren! Sie spürte Zweige und Nadeln, zertrat Tannenzapfen, stieß sich die Zehen an Wurzeln und tänzelte über den Vorplatz um Scherben herum bis zu der Holztreppe vor der gedeckten Veranda, die bis auf einen Schaukelstuhl und einen überquellenden Aschenbecher leer war. Das Fenster neben der Tür war mit einer amerikanischen Flagge verhängt. Sie öffnete die Fliegentür und klopfte an die Tür, deren untere Hälfte von Hundekrallen zerkratzt war, drückte aber im selben Moment die Klinke nach unten und betrat das Haus, ohne abzuwarten. Der Flur war bis unter die Decke mit Plunder vollgestopft. Sie ging in die Küche, in der es nach gebratenem Speck roch. In der Spüle stapelte sich dreckiges Geschirr, auf dem Tisch standen zwei Teller mit Schlieren von Senf, Ketchup und Eigelb und fünf leere Flaschen Budweiser. Auch im winzigen Bad und im Schlafzimmer war niemand. Das verschmutzte Laken der Doppelmatratze war zum Teil abgezogen, Decken und Kissen lagen am Boden. Über dem Bett hing ein Poster von einem tropischen Strand mit weißem Sand.

Plötzlich wurde ihr bewusst, was sie hier eigentlich machte, und sie verließ das Haus. Hausfriedensbruch war das Mindeste, was man ihr vorwerfen konnte. Der Vorplatz lag jetzt im Schatten, und der Wald war ein dunkles Verlies. Sie lief bis zur Landstraße, ohne sich um die Steinchen zu kümmern, die ihr in die Fußsohlen stachen. Dass ihr Auto nicht mehr im Unterholz stand, erstaunte sie nicht wirklich. Aus welcher Richtung war sie gekommen? Sie sah jetzt wieder deutlich, aber ihr Kopf tat weh, und ihr war schwindelig und übel.

Sie ging dicht am Straßenrand. Der Asphalt, noch warm von der Sonne, fühlte sich rau an. Sie kam an einem Trailer vorbei, vor dem ein Mann an einem Grill stand und Fleisch wendete, eine Bierflasche in der Hand. Aus einem Fenster des Trailers lehnte ein anderer Mann und winkte ihr zu. Sollte sie sie um Hilfe bitten? Sie ging rasch weiter, um eine möglichst große Distanz zwischen sich und das blaue Haus im Wald zu bringen. Das erste Auto fuhr an ihr vorbei, ohne auch nur abzubremsen, das zweite, ein weißer Pick-up, bremste zwar, hielt aber nicht an. Das dritte Auto fuhr langsam an ihr vorbei und blieb ein gutes Stück vor ihr stehen. Auf der Ladefläche war ein Tisch festgebunden und mit einer Decke geschützt. Als Corinna den Wagen erreichte, glitt das Fenster auf der Beifahrerseite herunter. Der Mann am Steuer war bestimmt achtzig; der Hund, der neben ihm auf der Sitzbank hockte, sah sie treuherzig an. Sein rechtes Auge war trüb, offensichtlich war es blind.

»Wo wollen Sie denn hin, junge Frau?«, fragte der Mann.

»Nach Hause«, sagte Corinna und lächelte.

»Das wollen wir alle. Haben Sie was gegen Schuhe?«, fragte er und zeigte auf ihre nackten Füße.

»Sie nicht?«

»Steigen Sie ein. Barky tut Ihnen nichts. Oder Barky, was meinst du?«

Der Hund gähnte und rückte dichter an den Mann, als wollte er Corinna Platz machen. Sie öffnete die Tür und stieg ein.

Corinna lief ins Haus und brachte dem Mann eine Flasche Polar Seltzer aus dem Kühlschrank. Er hieß Carl und lebte in Rockland, hatte aber darauf bestanden, den Umweg auf sich zu nehmen und sie nach Hause zu fahren. Geld fürs Benzin lehnte er entschieden ab. Barky hatte seinen Kopf schon nach wenigen Meilen auf ihren Schoß gelegt und zufriedene Grunzlaute von sich gegeben. Den Tisch hatte Carl bei einem Freund in Pleasant Point abgeholt, er wollte ihn restaurieren und dann verkaufen.

Sie sah zu, wie Carl seinen Pick-up auf die Rockledge Road zurücksetzte und langsam wegfuhr. Ihr Schädel brummte, sie spürte ihren Puls in der Beule an der Schläfe, die sie immer wieder vorsichtig betastete. Sie wusch sich Gesicht und Hände an der Spüle in der Küche, dann ging sie ins Wohnzimmer, nahm zwei Xanax und ließ sich aufs Sofa sinken. Sollte sie nicht doch besser zum Arzt? Vielleicht hatte sie eine Gehirnerschütterung? Sie blinzelte, konnte die Autorennamen auf den Buchrücken problemlos lesen, drückte das Kinn auf die Brust, legte den Kopf erst in den Nacken und schüttelte ihn dann hin und her. Nichts. Die Schmerzen wurden dadurch nicht schlimmer. Den Diebstahl ihres Autos musste sie bald melden, ein Handy bekam sie bei *Staples* in Rockland.

11
Chemische Freunde

Als Corinna die Augen aufschlug, saß Tracy am Fußende des Sofas und las in einem Buch, das sie aus dem Regal genommen hatte.

»Vielleicht solltest du die Tür abschließen, Co?«

»Dann könntest du nicht mehr reinkommen, ohne zu klingeln.«

»Ich hab geklingelt! Wo ist dein Auto?«

»Gestohlen. Wie mein Handy. Wo sind die Hunde?«

»Im Auto, keine Sorge. Wo ist Sky?«

Corinna zuckte mit den Schultern, setzte sich auf und lehnte sich so weit nach vorn, dass sie auf die Wanduhr in der Küche sehen konnte. Es war 20:17 Uhr. Sie hatte länger als drei Stunden geschlafen. Seit wann saß Tracy bei ihr? Die Kopfschmerzen waren reduziert zu einem schwachen Wummern.

»Und Chad? Hast du ihn gesehen?«

»Gesehen ist gut.«

Sie deutete auf ihre Schläfe, stand auf und machte die Glastür zum Deck auf, weil sie plötzlich das Bedürfnis nach frischer Luft verspürte. Doch der Gestank nach Köder, der sofort ins Zimmer drang, war so penetrant, dass sie die Tür sofort wieder zuschob.

»Willst du das nicht besser einem Arzt zeigen?«, fragte Tracy besorgt und zog ihr Handy aus der Handtasche.

»Vielleicht«, sagte Corinna vage.

»Ich ruf Dr. Havener an. Ein Freund von … na ja, von

Norm. Du brauchst nicht mal aus dem Haus. Er kommt her.«

Corinna nickte erschöpft. Während Tracy mit dem Arzt sprach, fing sie an, wie jeden Abend die Stoffrouleaus hinunterzuziehen. Die Nachtlichter würde sie einstecken, wenn sie allein war.

»Jack ist etwa in einer Stunde hier«, sagte Tracy und ließ ihr Handy in die Tasche gleiten. »Erzählst du mir, was passiert ist?«

Corinna zögerte einen Moment, dann fing sie an zu reden, während sie im Wohnzimmer auf und ab ging. Ihre Fußsohlen brannten, ihr verspannter Nacken tat weh. Tracy saß regungslos auf dem Sofa und hörte ihr zu, ohne Fragen zu stellen. Sie war perfekt geschminkt und offensichtlich beim Friseur gewesen. Als Corinna mit ihrer Erzählung bei Carl und Barky angelangt war, setzte sie sich erschöpft neben Tracy. Sie war hungrig. Und sie hatte Verlangen nach einer Xanax.

»Und du bist sicher, dass es Chad war?«

»Ganz sicher. Ich hab Hunger.«

»Wir fahren ein anderes Mal ins *Luke's*«, sagte Tracy bestimmt. »Ich hol Pizza im *Mussel Ridge*. Die mit *bluecheese*?«

Corinna nickte und erinnerte Tracy daran, dass sie keinen Alkohol im Haus hatte. Falls sie Wein trinken wolle, müsse sie welchen kaufen. Tracy bestellte die Pizza, reichte Corinna das Handy und forderte sie auf, den Diebstahl ihres Autos zu melden. Corinna schüttelte den Kopf. Sie hatte keine Lust auf die Fragen der Polizei und wollte jetzt auf gar keinen Fall nach Rockland aufs Revier.

»Nach dem Essen«, bat sie, legte Tracys Handy auf den Couchtisch und ging in die Küche, um Teller und Gläser zu holen und den Tisch zu decken.

Der Arzt war ein weißhaariger älterer Herr, schlank und athletisch, der sich nach jeder Frage, die er freundlich stellte, den Schnurrbart zwirbelte. Seine Berührungen waren sachlich und bestimmt, seine Hände trocken, obwohl er schwitzte. Seine Schläfenhaare sahen aus wie Vogelfedern, Flaum. Die Untersuchung dauerte keine zehn Minuten, dann verstaute er die Instrumente in seiner altmodischen abgegriffenen Ledertasche und ließ sie zuschnappen.

»Nehmen Sie regelmäßig Medikamente?«

Corinna schüttelte den Kopf und dachte dabei natürlich an die Xanax hinter Camus' Romanen.

»Nichts?«, fragte er nach und sah sie prüfend an.

»Nichts.«

Jack Havener langte in die Tasche seines Jacketts mit den aufgenähten Ellbogen-Patches und drückte ihr zwei Medikamentenpackungen in die Hand. Tylenol. Ein nichtopioides Analgetikum auf Basis von Paracetamol. Jack Havener war ein vorsichtiger Arzt.

»Da jetzt sogar unser genialer Mr Präsident begriffen hat, was Opioide anrichten, gebe ich Ihnen besser keine Xanax oder so. Ruhen Sie sich aus. Schlafen Sie viel. Dann geht es Ihnen bald besser.«

Als Corinna Dr. Havener fragte, wie viel sie ihm schulde, schüttelte er milde lächelnd den Kopf, stand auf und gab ihr die Hand. Tracy begleitete ihn zur Tür und kam erst wieder zurück, als Corinna die Teller in die Spülmaschine geräumt, die Pizzaränder in den Abfall geworfen und den Esstisch abgewischt hatte.

»Einer deiner Liebhaber?«

»Jack? Lange her, Co, sehr lange.«

»Womit hat Norm eigentlich sein Geld verdient?«

»Das hat mich nie interessiert.«

»Ach komm! Jetzt erzähl schon.«

»Er hat Firmen beraten, die in Schwierigkeiten steckten. Hat ihnen Wege aufgezeigt, Lösungen vorgeschlagen.«

»Eine Heuschrecke?«

»Ihr Europäer mit euren Schlagwörtern und fiesen Namen! Norm war ein guter Mann. Heuschrecke! Gott! Er war Geschäftsmann.«

»Du hast gesagt, er hatte Feinde, Tracy. Warum?«

»Natürlich hatte er Feinde, sei nicht naiv, Co! Er hat Firmen fusioniert, Firmen aufgelöst. Wegen ihm gab es Arbeitslose, viele Arbeitslose, nehme ich mal an. Logisch. Das geht nicht anders, bei seinem Beruf.«

»Auch hier in Maine?«

»Das weiß ich nicht, Co! Chad hat ein Motiv!«

»Kennst du Ray Marling?«

»Wer kennt ihn nicht? Der Sohn des Inselkönigs. Ein Nichtsnutz.«

»Was hatte er mit Norm zu tun?«

»Ray mit Norm?« Tracy lachte verächtlich, trat ans Fenster und sah in die Nacht hinaus. Corinna sah in Gedanken das Meer vor sich. Unermüdlich rollten die Wellen auf das Land zu, brachen, liefen aus, rollten erneut an, brachen und liefen aus, ein ewiger Kreislauf, so beruhigend wie verstörend. »Wieso fragst du nach Ray, Co? Willst du wissen, ob mein Mann ein Drogenproblem hatte?«

»Hatte er?«, gab Corinna zurück.

»Nein! Ganz im Gegenteil zu dir!«

»Was hatte er dann mit Ray Marling zu tun?«, fragte Corinna, ohne auf den Vorwurf einzugehen.

»Ich weiß es nicht!«

In diesem Augenblick flog ein Stein durch die Fensterscheibe über dem Esstisch, verfing sich im Stoffrouleau und kullerte zu Boden. Corinna lief aufs Deck hinaus, sprang über das Geländer auf die Wiese und rannte ums Haus. Die Gestalt, die durch den Garten auf die Straße und Richtung Wald sprintete, hatte vielleicht dreißig Meter Vorsprung. Corinna war barfuß, und ihre schmerzenden Sohlen hinderten sie daran, mit vollem Tempo zu laufen. Die Gestalt, aufgrund der Statur und der Art, wie sie sich bewegte, war es wohl ein Mann, lief auf ein Crossmotorrad zu und sprang hinter dem wartenden Fahrer auf den Sattel. Der Motor heulte auf, und das Crossbike raste ohne Licht in den Wald hinein. Corinna blieb stehen, schöpfte keuchend Atem und ging dann langsam zurück. Die Katze, die mitten auf der Wiese vor dem Deck saß, sah sie erst, als sie direkt vor ihr stand. Sie mauzte leise meckernd, sprang ihr aus dem Stand in die Arme und schmiegte sich schnurrend an sie.

Corinna öffnete eine Büchse Sardinen, gabelte sie auf einen flachen Teller und stellte ihn vor dem Kühlschrank auf die Fliesen. Die Katze sah sie erst blinzelnd an, bevor sie sich gierig darüber hermachte. Tracy stand kopfschüttelnd in der Tür, ein Glas Rotwein in der Hand.

»Katzen sind verlogene Biester«, sagte sie.

»Findet die Hundebesitzerin«, gab Corinna zurück.

»Hast du eine Ahnung, wer den Stein geschmissen hat?«

»Ein anderer Kerl hat auf ihn gewartet«, antwortete Corinna und zuckte mit den Schultern, »auf einem Motorrad. Sind in den Wald abgehauen.«

»Hast du dich mit jemandem angelegt?«

»Nicht dass ich wüsste, Tracy.«

»Und was machst du jetzt?«

»Ich lass die Scheibe morgen ersetzen, ganz einfach.«

»Rufst du nicht die Polizei?«

»Wegen so was? Nein, Tracy. Bestimmt nicht.«

»Hat das was mit dem Mord an meinem Mann zu tun? Was denkst du?«

»Erzählst du mir, was Norm mit Ray zu tun hatte?«

»Frag Ray! Weiß doch jeder, dass ihr euch kennt, Co. Wir sind hier auf einer Insel. Jeder weiß alles über jeden!«

»Ich weiß gar nichts!«

»Das ist genau dein Problem! Du weißt nichts, fast nichts, ich weiß zu viel, aber nicht alles. Ich hab keine Ahnung, was Ray mit meinem Norm zu tun hatte. Ich fahr jetzt in unseren Palast über dem Meer, weine um meinen Mann, der umgebracht worden ist. Und dank dem hier …«, sie hielt das Glas in die Höhe und trank es in einem Zug leer, »kann ich sogar schlafen. Und mit ein wenig Hilfe meiner kleinen chemischen Freunde. Du weißt ja, was ich damit meine. Und morgen fahr ich nach Hause.«

»Nach Carolina?«

»Nach Hause, ja.«

»Und Norm?«

»Seine Leiche ist noch nicht freigegeben.«

»Wo wirst du ihn beerdigen?«

»Zu Hause!«

»Hier?«

»In Maine?!« Tracy schnaubte verächtlich. »Ich beerdige Norm in Myrtle Beach. Zu Hause, wo sonst. Dort gehört er hin.«

»Möchtest du, dass ich dich begleite?«

»Nicht nötig, danke. Ich brauche jetzt vor allem Ruhe. Und die Kinder kommen. Beide, stell dir vor! Zusammen habe ich sie seit Ewigkeiten nicht mehr gesehen, nicht mal an Weihnachten. Jetzt kommen sie nach Hause. Beide. Jetzt, wo er tot ist! Weinst du oft um Michael?«

»Manchmal.«

»Ich kann nicht. Immer noch nicht.«

»Es tut mir leid, Tracy.«

Tracy nickte, nahm sie kurz in den Arm und drückte sie. Dann ging sie. Corinna trat ans Küchenfenster und sah zu, wie Tracy in ihr Auto stieg, den Motor und die Scheinwerfer einschaltete, aber bestimmt eine Minute lang nicht wegfuhr. Das Bellen und Jaulen ihrer Windhunde übertönte ihr Weinen, aber Corinna sah ihr schmerzverzerrtes Gesicht.

12

Ein lindgrünes Boot

Drei Tage später wurde Corinnas Dodge auf einem Parkplatz an der County Road 32 zwischen South China und East Vassalboro am Ufer des China Lake gefunden. Weder ihr Handy noch ihre Schuhe lagen darin. Sie suchte den See auf GoogleMaps: Er lag im Landesinnern, etwa drei Autostunden von der Küste entfernt, und sie fragte sich, ob Sky und Chad auf der Flucht nach Kanada waren. Das Auto wurde beschlagnahmt, um kriminaltechnisch untersucht zu werden, weil man davon ausging, dass Chad es gestohlen hatte, der mittlerweile als Hauptverdächtiger am Mord von Norman Dunbar galt. Sie bestellte bei *Joes* ein Taxi, ließ sich zum Flughafen Rockland bringen, mietete einen Ford Mondeo, fuhr weiter zu *Staples* und kaufte sich ein Smartphone.

Sie setzte sich an den Esstisch im Wohnzimmer und fing an, die wenigen Nummern, die sie auswendig kannte, in ihr neues Handy einzuspeichern. Alle anderen waren verloren, weil sie sie nirgendwo notiert hatte. Die Katze schlief auf seinem Musiksessel. Corinna fütterte sie seit dem Abend, an dem sie ihr auf den Arm gesprungen war, mit Essensresten und gab ihr Wasser. Katzenfutter hatte sie noch keines gekauft. Das getigerte Männchen hatte das gesamte Haus ausgekundschaftet, bevor es sich für den Musiksessel als Schlafplatz entschieden hatte.

Corinna hatte es damals nicht geschafft, sich die Unfallstelle an der A1 anzusehen, an der Michael mit seinem

Audi gegen den Pfeiler der Brücke gefahren war, über die man in Lenzburg die Autobahnzufahrt Richtung Bern erreichte. Wie mehrere Zeugen unabhängig voneinander aussagten, hatte Michael auf der Überholspur beschleunigt, war plötzlich in einem waghalsigen Manöver auf die rechte Spur eingeschert und hatte die Kontrolle über den Wagen verloren. Um die Unfallstelle zu meiden, hatte Corinna Umwege in Kauf genommen. Sie schaffte es nicht, unter der Brücke hindurchzufahren. Michaels Auto dagegen hatte sie sich angesehen, aufgefordert von ihrem Psychiater, der ihr dringend empfohlen hatte, sich der Wahrheit zu stellen und einen Umgang mit der Tatsache zu finden, dass ihr Mann tödlich verunglückt war. »Es ist grundfalsch, sich abzulenken, Frau Holder! Sie müssen sich Ihrem Problem stellen.« Das Bild des auf die Hälfte zusammengestauchten schwarzen Audis, der kaum mehr an ein Auto erinnerte, des plattgewalzten Daches und der nicht mehr vorhandenen, völlig eingequetschten Fahrerseite war ihr lange nicht nur im Traum, sondern oft auch tagsüber erschienen. Es hatte ihr nicht geholfen, dass sie sich Michaels Unfallwagen angesehen hatte, nein. Darum schrie sie ihrem Psychiater kurz darauf ins Gesicht, er könne sich seine Scheißratschläge Gott weiß wohin stecken und daran verrecken, und war aus seiner Praxis gestürmt, in der ein Sandkasten stand, in dem sie mit Holzfiguren Situationen nachstellen musste.

Der Himmel war wolkenlos, das Meer unbewegt, aber mit 26 Grad war es kühler, als der Wetterbericht vorhergesagt hatte. Sie setzte sich mit einer Tasse Kaffee aufs obere Deck und sah zu, wie eines der drei Boote von Andrew Marling, das am Pier lag, mit leeren Lobsterkörben beladen wurde. Seine Bojen waren rot mit drei grasgrünen Streifen, die sich nicht berührten. Von den anderen Bojen vermochte sie noch immer nicht zu sagen, zu welchen Familienclans oder Fischereikooperationen sie gehörten. War Ray auf der Insel geblieben, wie sie ihm geraten hatte? Womit konnte Norman Dunbar ihn erpresst haben? Ihr Konsum hatte sich bei drei Xanax täglich eingependelt, ihr schlechtes Gewissen hatte sich in Luft aufgelöst. Zwei Kajaks, eines rot, das andere blau, durchquerten Seal Harbor, bestimmt waren sie auf dem Weg nach Norton Island. Die hintere Person paddelte noch schlechter als Michael; er war gern mit dem Kanu an der Küste entlanggefahren, hatte es aber nur selten geschafft, das Paddel ruhig einzutauchen, die Ruderbewegung rund durchzuziehen und in einer geraden Linie vorwärtszukommen. Corinna hatte das Paddel dagegen geräuschlos und ohne Spritzer eingetaucht und ihr Kanu wie an einer Schnur gezogen übers Wasser bewegt. Würde sie es eines Tages schaffen, ohne Michael hinauszufahren? Sie vermied den Anblick ihrer Kanus, die in einem Geschirr unter der Decke der Garage hingen.

Sie stellte die Tasse in die Spüle und füllte sie mit heißem Wasser. Ray wohnte an der Bufflehead Road, sie wusste allerdings nicht genau in welchem Haus. Sie zog ihre Laufschuhe an, die sie im ersten Jahr aus der Schweiz mitgebracht, aber fast nie gebraucht hatte. Michael hatte sich über Jogger mit ihren verbissenen Gesichtern und bunten engen Hosen und Trikots lustig gemacht. Einen Moment war sie versucht, die Katze allein im Cottage zu lassen, dann trug sie sie aber doch aufs Deck und verschloss die Glastür. Die Katze machte einen Buckel, sah sie vorwurfsvoll an, strich ihr gleichzeitig um die Beine und sprang dann auf die Wiese und lief davon.

Dass kein Stück Gartenschlauch auf der Island Road lag, sondern eine totgefahrene Schlange, begriff sie erst, als sie fast bei ihr angelangt war. Sie war nicht dicker als ihr Mittelfinger und keinen Meter lang, trotzdem machte Corinna einen Bogen darum. Der Wald links der Straße lag im Schatten, auf der rechten Seite drang Sonne durch die Baumkronen, warf Lichtflecken auf den Boden und brachte Insektenflügel und Harzknollen zum Glitzern. Als sie den Scheitelpunkt erreichte, an dem die Straße auf der anderen Seite der Insel zum Meer abfiel, konnte sie die Brücke vor sich sehen. Sie schien zu schweben und hin und her zu schwingen. Über dem Asphalt flirrte die Luft, und für einen Moment glaubte sie irritiert, auf der Brücke stehe Wasser.

Die Bufflehead Road zweigte unmittelbar vor der Brücke von der Island Road ab und folgte dem zerklüfteten Inselufer. Die ablaufende Flut ließ eine Sandbank zutage treten, auf der Vögel auf einem geschälten Baumstamm saßen, der angeschwemmt worden und auf Grund gelaufen war. Neben dem ersten Cottage, an dem sie vorbeiging, jätete ein Mann Unkraut. Das Haus stand zum Verkauf, genau wie das nächste, in dessen Garten ein Trailer stand. Von dieser Seite der Insel sah man über die geschützte Baum Bay auf die bewaldete Rackliff Island, wo die Häuser wohlhabender Sommergäste standen. Corinna ging an verschiedenen Ferienhäusern vorbei, ohne dass ihr ein Mensch begegnete, bis ihr endlich eine jüngere Frau entgegenkam, die wusste, dass Ray Marling im übernächsten Haus wohnte.

Das hellgrün gestrichene Cottage stand am Waldrand auf einer Anhöhe. Die Wiese davor war ordentlich gemäht, das weiße Geländer des Decks frisch gestrichen. Zwischen dem Cottage und einem Schuppen stand ein Verhau aus Maschendraht, vor dem ein verbeulter Toyota Corolla parkte. Die Hühner, die im Verhau untergebracht waren, sah Corinna erst, als sie daran vorbeiging. Sollte sie sich bemerkbar machen? Was das Betreten ihrer Grundstücke betraf, waren viele Mainer empfindlich. Im offen stehenden Tor des Schuppens war ein Motorboot aufgebockt, daneben standen ein Eimer Farbe und ein Transistorradio voller Farbspritzer. Corinna blieb stehen. Im selben Moment trat eine junge Frau aus dem Schuppen. Sie hielt einen Pinsel in der Hand, war barfuß und trug einen Overall, der über dem Bauch spannte. War sie schwanger?

»Entschuldigen Sie«, sagte Corinna, »ich suche Ray.«

»Den hab ich rausgeschmissen.«

Die Frau legte den Pinsel vorsichtig auf dem Rand des Farbeimers ab und löste das Band, mit dem sie ihre roten Haare zusammengebunden hatte.

»Wissen Sie, wo ich ihn finde.«

»Sind Sie die Polizistin aus Schweden?«

»Ich war bei der Polizei«, sagte Corinna und trat einen Schritt näher, »aber ich komme aus der Schweiz.«

»Was?«

»Egal. Wissen Sie, wo ich Ray finde?«

»Natürlich weiß ich, wo der Mistkerl steckt. Bleibt die Frage, ob er von Ihnen gefunden werden will.«

»Ich glaube schon.«

»Sagen Sie.«

»Rufen Sie ihn an und fragen Sie ihn.«

»Rufen Sie ihn selbst an«, sagte die junge Frau, fasste den Haarschwall mit beiden Händen, drehte ihn zusammen und schlang das Band darum.

»Mein Handy wurde gestohlen.«

»Und?«

»Ich hab seine Nummer nicht mehr«, sagte Corinna.

»Nicht mein Problem.«

»Ich will ihm helfen«, sagte Corinna. »Das ist alles.«

»Das will ich auch. Immer noch. Und was hat's genützt?«

»Gehört das Boot Ihnen?«

»Schön, was?«

Corinna nickte, trat an das Boot und strich mit der Hand über seinen bauchigen Rumpf. Das Holz war warm von der Sonne.

»Seit wann sind Sie auf Xanax?«, fragte die junge Frau und tauchte den Pinsel in die lindgrüne Farbe.

»Seit dem Tod meines Mannes.«

»Wie lange ist das her?«

»Neun Monate. Und Sie?«

»Bin seit einem halben Jahr clean«, sagte die junge Frau und fing an, das Boot zu streichen.

»Gratuliere. Und wie geht es Ihnen?«

»Ich hab wieder angefangen Bier zu trinken. Also jetzt nicht mehr«, sagte sie und strich sich lächelnd über den Bauch. »Sonst geht's mir gut. Gefällt Ihnen die Farbe?«

»Sehr schön«, gab Corinna zurück. »Haben Sie einen zweiten Pinsel?«

Nach zwei Stunden waren sie mit dem ersten Anstrich fertig. Schon nach den ersten Pinselstrichen hatte Maggie den Sender *Frank 106.9* auf dem Transistorradio eingeschaltet, der ausschließlich Oldies spielte und den Michael geliebt hatte.

Maggie war neunundzwanzig, seit vier Jahren arbeitslos, träumte davon, mit Ray eine Tankstelle mit Imbiss zu führen und einmal nach Europa zu reisen, weil sie Venedig, den Eiffelturm und Deutschland sehen wollte, wo ihr Großvater in Ramstein stationiert gewesen war. Nach zwei Fehlgeburten war sie im fünften Monat schwanger.

»Gar nicht schlecht gemalt«, sagte Maggie und nahm Corinna den Pinsel ab, »für eine Polizistin.«

»Seid ihr verheiratet?«, fragte Corinna und folgte ihr in den Schuppen, in dem ein Pick-up mit zersplitterter Heckscheibe stand und es nach heißer Dachpappe roch.

»Seit drei Jahren.«

»Verstehst du dich mit Rays Eltern?«

»Seine Mutter ist tot, schon lange. Ich hab sie nicht kennengelernt.«

»Und sein Vater? Andrew?«

»Sagen wir so: Ich bin nicht unglücklich, dass mein Schwiegervater auf einer langen Kreuzfahrt ist.«

»Seit wann?«

»Vier Wochen.«

»Und wie lange noch?«

»Fast vier Monate, zum Glück. Er reist rund um die Welt. Mit seiner neuen Flamme. Kostet ein Vermögen.«

Das Licht in dem Raum war dämmrig, darum bemerkte Corinna erst nach einer Weile, dass das Ladebett des Pickups randvoll war mit leeren Glasflaschen.

»Bringen Geld«, sagte Maggie, die Corinnas Blick bemerkt hatte.

Neben der Werkbank stand eine Harley mit vorverlegten Fußrasten und langer Gabel. Der tropfenförmige Tank war demontiert und lag auf der Werkbank. In den Dachbalken hing ein vertrocknetes Wespennest.

»Männer bleiben Jungs«, sagte Maggie und strich mit flacher Hand über den Harleysattel, »zum Glück. Aber das weißt du ja.«

Sie stellte die Pinsel in ein leeres Gurkenglas und goss Terpentin darüber. An der Wand über der Werkbank hing eine amerikanische Fahne mit einem langen Riss; das Licht, das durch die Bretterritzen fiel, machte sie durchscheinend.

»Männer bleiben für immer Jungs, stimmt«, sagte Corinna. »Michael sammelte Bierdeckel.«

»Siehst du!«

»Dabei trank er gar kein Bier.«

»Steckt Ray in Schwierigkeiten?«, fragte Maggie.

»Sieht so aus.«

»Wegen Dunbar?«

»Scheint so. Ich hab Dunbar gefunden. Also seine Leiche, im Meer.«

»Ich weiß.«

»Ich würd wirklich gern mit Ray reden.«

»Wir haben ein Sommerhäuschen am Damariscotta Lake.«

»Wo genau?«

»Sechs Meilen südlich von Jefferson. Ich mach dir einen Plan. Und ich ruf ihn an und sag ihm, dass du kommst.«

»Warum fährst du nicht mit?«

»Weil ich keinem Kerl nachlaufe. Nicht mal Ray Marling. Kapiert?«

»Kapiert«, sagte Corinna.

»Fehlt dir dein Mann?«

»Jede Sekunde.«

»Versteh ich. Jetzt trinkst du eine Cola, und ich mach dir den Plan.«

»Klingt gut.«

»Und dann ruf ich den Mistkerl an und warn ihn vor dir.«

13
Der Einbruch

In Thomaston war der Belag der Route 1 immer noch aufgerissen, und der Verkehr staute sich, weil er an mehreren Stellen nur einspurig über die staubige Schotterpiste geführt wurde. Corinna brauchte fast eine halbe Stunde, um den Ort zu durchqueren. Vor dem Verkaufslokal der Werkstatt des Maine State Prison saßen Männer mit langen Haaren und schmalen Sonnenbrillen auf einem ausrangierten Sofa, präsentierten ihre Tattoos und winkten den Frauen zu, die an ihnen vorbeifuhren.

Schon wenige Meilen außerhalb von Thomaston löste sich der Verkehr auf, und sie kam zügiger voran. Der Sender *Frank 106.9*, den sie im Radio gesucht hatte, trug sie in ihre Jugend zurück, obwohl sie für die meisten Songs zu jung war. Trotzdem kannte sie viele Texte und sang laut mit. Auf der Höhe von Waldoboro verlief die Route 1 für mehrere Meilen schnurgerade wie mit dem Lineal gezogen. Die vier Spuren fielen erst lange Zeit steil ab, führten danach durch einen flachen Abschnitt, wo sie von Tankstellen, Shops und den Filialen verschiedener Großhändler gesäumt wurden, und zogen schließlich über zwei Meilen steil und immer noch schnurgerade nach oben. Die Strecke gab ihr wie keine andere Straße in Maine die Gewissheit, in den USA zu sein. Karosserien blitzten in der Sonne, Frontscheiben, Meilen von ihr entfernt. Der Verkehr floss gemächlich, jedoch zielgerichtet dahin. Ein chromglänzender Lastwagen fuhr so dicht auf, dass es sich anfühlte, als schöbe er sie vor sich her. Kaum stieg die Straße wieder an, blieb er weit zurück. Ein Schwarm Harleys überholte sie, keiner der Männer trug einen Helm, fast jeder fuhr in T-Shirt und ohne Jacke. Das satte Dröhnen der Motoren, das Corinna in der Bauchhöhle spürte, übertönte die Musik aus dem Radio.

Wie Maggie geraten hatte, fuhr sie an der Abzweigung für die County Road 32 vorbei und bog bei Nobleboro auf die Straße, die erst dem Ufer des Damariscotta Lake folgte und später in ein Waldgebiet führte. Sie fuhr langsam, um auf keinen Fall den Cooks Pond rechts der Straße zu verpassen. Exakt dreieinhalb Meilen nachdem sie den Teich hinter sich gelassen habe, sollte sie links auf einen unbefestigten Weg in den Wald biegen, der bis zum Seeufer führte. Dort lag das Sommerhäuschen.

Die andere Uferseite des Damariscotta Lake kannte sie: Michael und sie hatten nördlich von Damariscotta ein Cottage mit Seegrundstück besichtigt. Damariscotta mit seinem Kino, der Buchhandlung samt Coffeeshop, den Restaurants, Galerien und Läden hatte ihnen gefallen, aber das Cottage war in schlechtem Zustand und nicht winterfest gewesen.

Endlich sah sie rechterhand den Cooks Pond durch die Bäume blitzen. Um sich ganz auf den Kilometerzähler auf dem Tacho konzentrieren zu können, ging sie noch einmal vom Gas. Und tatsächlich gab es nach exakt dreieinhalb Meilen eine unbefestigte Zufahrt in den Wald. Äste kratzten über die Karosserie, Kieselsteine spritzten gegen das Bodenblech. Sie machte das Radio aus und ließ das Fenster nach unten gleiten. Vögel zwitscherten, auf der Straße, von der sie abgebogen war, fuhr ein Auto vorbei, sie sah die sandfarbene Karosserie vorbeiwischen. Der Wald war dunkel und undurchdringlich, wich aber nach zwei Meilen plötzlich zurück und machte für eine Lichtung Platz, auf der die Zufahrt endete. Der See lag direkt vor ihr. Im Uferbereich hatte das Wasser einen flaschengrünen Ton, weiter draußen war es tiefblau. Windböen ließen Schauer über seine Oberfläche ziehen, jetzt hörte sie das Rauschen der Baumwipfel. Sie parkte neben Rays Truck und stieg aus. Die Luft war frisch und roch anders als auf Spruce Head Island: Die Salznote fehlte – und natürlich der Gestank von *Norwood Lobster*. Maggie und Ray hatten vereinbart, dass Corinna ihn anrief, wenn sie am See angekommen war. Sie zog das Handy aus der Tasche und wählte Rays Nummer, die Maggie ihr diktiert hatte, ließ es aber sinken, weil Ray von einem Trampelpfad auf die Lichtung trat. Er trug knielange, weite Shorts, ein T-Shirt und Flipflops.

»Ihr Frauen haltet zusammen, was«, sagte er und bedeutete ihr, ihm zu folgen.

Die Sommerhütte bestand aus einem großen Raum mit Kochnische und Hochbett. Ray nahm für sich ein Bier aus einer Kühlbox und für Corinna eine Cola. Das dreieckige Deck der Hütte ragte keinen Meter über dem Wasser auf den See hinaus. Die Spitze des Dreiecks erinnerte Corinna an ein Sprungbrett, und sie stellte sich vor, wie sie kopfüber sprang. Um die Mückenschwärme zu vertreiben, die sich wie feine Netze um sie legten und sich kaum abschütteln ließen, zündete Ray mehrere Duftkerzen an und verteilte sie auf dem Deck. Eine Kerze stellte er auf die Haube des Gasgrills. Corinna hatte sich vorgenommen, keine Fragen zu stellen, sondern zu warten, bis er von sich aus erzählte. Schwierige Verhöre hatten die Kollegen in Aarau ihr überlassen: »Du kannst zuhören, das bringt sie zum Reden.« Ray war unrasiert und roch nach Schweiß, sein Blick war fahrig, er stand immer wieder auf, verrückte Kerzen, schaute über den See, verschwand murmelnd in der Hütte, rumorte herum und setzte sich dann doch wieder hin. Einzelne Kerzen qualmten, und wenn der Wind aus der falschen Richtung wehte, brannten Corinnas Augen von ihrem chemischen Zitronengeruch.

»Bleibst du jetzt eigentlich ganz hier in Maine?«, fragte er schließlich.

»Weiß ich noch nicht. Vielleicht.«

»Ich würde sofort abhauen, wenn ich könnte.«

»Und wohin?«

»Irgendwohin.«

Er stand auf, verschwand schon wieder in der Hütte und kam mit einem weiteren Bier zurück. Seine Beine waren mit Mückenstichen übersät, von denen die meisten entzündet waren.

»Mein Vater redet nicht mehr mit mir«, sagte er, ohne sie anzusehen.

Corinna schwieg, trat ans Geländer und schaute über den See, der nun von einem abweisenden Stahlblau war. Der flaschengrüne Farbton im Uferbereich war verschwunden.

»Kennst du ihn?«

Corinna schüttelte den Kopf. Sie hatte sich einmal kurz mit Rays Vater Andrew unterhalten, als sie hintereinander vor *McLoons Lobster Shack* im Hafen von Spruce Head Island anstanden. Er war ein lauter, zu sehr von sich selbst überzeugter Mann, das zumindest war ihr Eindruck gewesen. Die abschätzige Art, mit der er sie musterte und taxierte, hatte den Eindruck, den sie von ihm hatte, nur bestätigt.

»Maggie hat mir erzählt, er sei auf einer Weltreise.«

»Zum Glück! So lauf ich dem blöden Arschloch wenigstens nicht über den Weg.«

»Wieso hat Norman Dunbar dich erpresst?«

»Ich bin in sein Haus eingebrochen«, sagte Ray und sah sie zum ersten Mal richtig an. »Im letzten Herbst.«

»Allein?«

»Fast.«

»Das heißt?«

»Chad hat die Alarmanlage ausgeschaltet, dann ist er mit Sky ins Kino. Damit die beiden ein Alibi haben und so.«

Er setzte sich anders hin, räusperte sich, trank Bier. Schwieg.

Und schwieg.

Und dann erzählte er.

»Chad hat behauptet, dass ich mir so viel Zeit lassen kann, wie ich will. Dunbars Frau sei in South Carolina, und Norman bleibe über Nacht in Portland, wo er geschäftlich zu tun habe. Ich hab das Badezimmerfenster in der untersten Etage eingeschlagen. Ich hab das Haus ja nur von außen gekannt und mir erst mal jedes Zimmer genau angeschaut. Jede Kommode hab ich durchsucht, jeden Schrank, auch in der Küche und in den Badezimmern. Die haben sogar eine Sauna. Der Kerl muss im Geld schwimmen. Vier Bäder! Eins größer als das andere!«

Wenn Corinna einem Täter zuhörte, der beschrieb, was er getan hatte, überkam sie das verwirrende Gefühl, sie stehe ein Stück neben sich, sei nicht wirklich anwesend und betrachte die Szene aus sicherer Distanz. Das Gesicht, das sie dabei machte, wirkte vertrauenserweckend und ließ Verdächtige reden, das zumindest hatte ihr Vorgesetzter behauptet. Ray schwitzte, saß auf der vordersten Kante seines Stuhls und sah ihr fest in die Augen, als gäbe er damit einen Teil der Schuld an sie ab. Auch das kannte sie aus den vielen Verhören, die sie geführt hatte: Blicke, die Anteilnahme suchten, Verständnis, manchmal sogar Bewunderung oder zumindest Anerkennung.

»Hast du Handschuhe getragen?«

»Handschuhe«, sagte Ray spöttisch, stand auf und löschte eine Kerze, die blakte und deren Wachs auf die Bretter des Decks tropfte.

»Kennst du *Departed*?«, fragte er und setzte sich wieder hin.

»Den Film von Scorsese?«

»Mit Jack Nicholson und Matt Damon, genau. Spielt in Boston.«

»Und mit Leonardo DiCaprio und Mark Wahlberg«, ergänzte sie.

»Michael Sheen spielt auch mit.«

Sie konnte einige Dialoge mitsprechen, so oft hatten sie und Michael den Film gesehen.

»Erinnerst du dich an die Szene ganz am Schluss, als Mark Wahlberg Matt Damon umlegt?«

Corinna nickte. Einmal waren sie stundenlang durch den Hafen von Boston gelaufen, weil Michael unbedingt den Ort finden wollte, an dem eine seiner Lieblingsszenen mit Nicholson gedreht worden war.

»Genau so hab ich ausgesehen! Plastikhaube auf der Birne, Überschuhe aus Plastik, Latexhandschuhe, Overall, Ärmel und Hosenbeine mit Tape umwickelt.«

»Profi bleibt Profi.«

Er sah sie irritiert an, fiel aber sofort in ihr Lachen ein. Auch das hatte ihr Vorgesetzter an Corinnas Verhörtechnik gelobt: das Vertrauen, das sie aufbaute, indem sie mit Verdächtigen scherzte und lachte.

»Was hast du mitgenommen?«

»Zwei MacBooks, ein Tablet, ein Soundsystem, zwei DVD-Player, eine Rolex, die im Bad herumlag. Das musst du dir mal vorstellen, drei Damenuhren aus Gold, ein Silberbesteck aus tausend verschiedenen Teilen, Schmuck, eine Zeichnung von Andrew Wyeth, vier Drucke von Andy Warhol, Masken aus Holz, wahrscheinlich aus Afrika, und sechs Tonfiguren aus Asien, auf die mich Chad hingewiesen hatte.«

»Nicht schlecht«, sagte Corinna und konnte sich einen Begeisterungspfiff nur knapp verkneifen.

»Und knapp zweitausend Dollar in bar«, sagte Ray stolz.

»Drogen?«, fragte Corinna nach einer kurzen Pause.

Ray sah sie überrascht an, senkte den Blick und schüttelte lächelnd den Kopf.

»Koks«, sagte er, »5 Gramm. Von ihr. Der Stoff lag jedenfalls in ihrem Bad in einem Puderdöschen im Spiegelschrank.«

Sie schwiegen und sahen dem Kanu nach, das nahezu geräuschlos an ihnen vorbeiglitt und eine Kiellinie hinter sich herzog, die sich nach wenigen Augenblicken auflöste. Die Frau, die darin saß, trug einen Strohhut und sang laut vor sich hin, ohne sie zu bemerken.

»Womit hat Dunbar dich erpresst?«

»Er hat mich erwischt.«

»War er nicht in Portland?«

Ray schwieg, stand auf und trat ans Geländer. Die Wipfel der Fichten hinter ihm fingen keine Sonne mehr, der Wald, an dessen Rand die Hütte stand, war bereits schwarz, das Wasser dunkel grundiert. Die Stimmen der Vögel klangen verhalten, als wäre es klug, die Fröhlichkeit über die eigene Existenz zurückzuhalten.

»Ich war schon auf dem Weg zur Tür. Aber dann bin ich noch mal in die Küche und hab den Kühlschrank aufgemacht, um nachzuschauen, was man trinkt, wenn man reich ist, richtig reich. Nicht wie mein Vater.«

»Und?«

»Champagner. Weißwein aus Europa. Frankreich. Solches Zeug. Bier saufen sie das gleiche wie wir. Ich hab mir ein Bud genommen und mich im Wohnzimmer in aller Ruhe ans Fenster gesetzt.«

»Und dann ist Dunbar zurückgekommen?«

»Vielleicht hat mich Chad reingelegt. Keine Ahnung. Er bestreitet es, aber wer weiß. Dunbar stand jedenfalls plötzlich vor mir!«

»Und du hast ihn umgebracht.«

»Ich hab den Einbruch gemacht, aber ich habe ihn nicht umgelegt.«

Rays Stimme klang jetzt, da die Geschichte eines geglückten Einbruchs in ihr Gegenteil kippte, kleinlaut. Er beschrieb, wie Norman Dunbar plötzlich vor ihm stand, das Handy in der einen, einen Revolver in der anderen Hand, und ihn mit dem Angebot überraschte, die Polizei nicht anzurufen, wenn Ray im Gegenzug seinen Vater dazu überredete, ihm endlich den geplanten Bootssteg vor seinem Haus zu genehmigen.

»Darauf hast du dich eingelassen?«

»Ich bin auf Bewährung, schon vergessen?«

»Hat dein Vater die Macht, über einen solchen Steg zu entscheiden?«

»Verhindern kann er ihn jedenfalls! Macht er ja schon seit Jahren. Er hasst Dunbar! Wie alle, die hier auf der Insel was zu sagen haben. Ja, mein Scheißvater kann dafür sorgen, dass ein Steg gebaut wird. Oder eben nicht.«

»Aber dein Vater redet nicht mit dir«, stellte Corinna fest, trank ihre Cola aus und stellte die Flasche auf den Boden.

Ray nickte, verschwand in der Hütte, kam gleich darauf

mit einer neuen Cola zurück und drückte sie ihr in die Hand.

»Norman hat mich in meiner lächerlichen Montur und mit den Taschen voller Zeug, das ihm gehört, fotografiert. Als Beweis und Druckmittel. Vor zwei Wochen hat er mir gedroht, die Polizei zu alarmieren, wenn die Baugenehmigung nicht endlich auf seinem Tisch liegt.«

»Die Polizei anrufen? Der Einbruch liegt ein halbes Jahr zurück, Ray!«

»Dunbar hätte behauptet, es sei vor ein paar Tagen passiert. Er hätte das irgendwie hingedreht, was weiß ich! Mir glaubt doch keiner.«

»Wer weiß von dem Einbruch, abgesehen von Chad?«

»Keiner.«

»Nicht mal Maggie?«

Er schüttelte bestimmt den Kopf.

»Sky?«

»Keine Ahnung! Weißt du, was das Verrückteste ist? Die Rolex hat er mir geschenkt. Das Scheißteil hat ihm nie gefallen, hat er gesagt!«

»Hast du sie noch?«

»Bin ich bescheuert? Hat sieben Riesen gebracht. Das Bargeld hab ich auch behalten.«

»Und was willst du von mir?«

»Haben wir doch schon besprochen! Find raus, wer ihn umgebracht hat.«

»Du warst es nicht?«

»Wie oft willst du mich das noch fragen? Ich hab ihn nicht umgebracht!«

»Gehört die Harley dir?«

»Welche Harley?«

»Die in deinem Schuppen. Nimmst du mich mal mit?«

»Fahr sie doch selber!«

14
Kleine Zettel

Ihr Lieblingstisch auf der gedeckten Terrasse des *Schooner Landing* in Damariscotta war besetzt. Corinna wollte sich erst an einen der Tische in der Nähe setzen, ging dann aber auf die Außenterrasse, auf der sie noch nie gegessen hatten. Sie würde ohnehin nur dauernd zu ihrem Fenstertisch hinüberschielen und an Michael denken. Sie fand einen freien Tisch, von dem sie den gleichen Ausblick auf die Bucht und den Hafen hatte wie von drinnen. Der Sonnenschirm war geschlossen, Abendsonne fiel flach übers Wasser und belegte alles mit einem weichen Schimmer.

Sie bestellte eine Diet Coke, sechs Pemaquidaustern und als Hauptgang fangfrischen gebratenen Schellfisch aus dem Atlantik. Michael hatte den Hummersalat geliebt, den es im *Schooner Landing* gab. Corinna war allergisch auf Hummer, ausgerechnet auf Hummer, Maines Leibspeise, die in nahezu jedem Lokal auf der Karte stand. Um sie aufzuziehen, hatte Michael ihr gelegentlich Weingummi in Form kleiner Hummer gekauft, die es im *South End Grocery* in Rockland gab, wo er einkaufte, weil ihm *Walmart* zu groß war.

Auf der *Mazu*, die direkt vor ihrem Tisch am Pier ankerte, konnte man übernachten. Allerdings blieb die Jacht im Hafen liegen und lief nicht aus, wie Michael gelesen hatte. Den Eltern der Familie, die zurzeit auf der *Mazu* übernachteten, war es sichtlich unangenehm, so auf dem

Präsentierteller zu sitzen. Aus dem Steuerhaus sahen sie immer wieder verstohlen aus dem Fenster. Die zwei Töchter, Teenager mit hüftlangen blonden Haaren, genossen hingegen die Aufmerksamkeit der Gäste des *Schooner Landing*. Sie lagen im Bikini auf dem Sonnendeck, rieben sich ausgiebig Arme und Beine ein und machten provozierende Dehnübungen.

Corinna zahlte, schlenderte über die Außenterrasse, auf der mittlerweile nahezu jeder Tisch besetzt war, und sah einer Gruppe Touristen zu, die für den Oyster Tasting Cruise an Bord des *River Tripper* gingen. Obwohl Michael begleitete Touren nicht ausstehen konnte, hatte er die Rundfahrt mit dem roten Ausflugsboot sehr genossen. Man fuhr an Hog Island und Perkins Point vorbei in den Sonnenuntergang, der Weißwein und die Austern waren hervorragend, und die Anekdoten, die Skipper Chip über die Austernfarmen erzählte, an denen sie vorbeikamen, waren so interessant wie witzig gewesen.

Chip fuhr seinen *River Tripper* in die Strömung des Damariscotta River, warf Corinna eine Kusshand zu, als sich ihre Blicke kreuzten, und nahm Kurs in Richtung offenes Meer, das man auf der Rundfahrt aber nicht erreichte, obwohl das Boot beinahe eine Stunde lang in seine Richtung fuhr.

Corinna brauchte eine Weile, bis sie sich in den Abendverkehr einfädeln konnte. Vor dem Kino stand eine Menschentraube, auf den Bürgersteigen, die an den Galerien und Souvenirläden, der Buchhandlung mit den Blechtischen vor den Schaufenstern und der Bibliothek vorbeiführten, drängten sich Urlauber. Sie kroch im Schritttempo die kleine Steigung hoch, an deren Ende eine Ampel mit langen Rotphasen stand, die den Verkehr weiter staute. Die Blätter eines Baumes direkt an der Kreuzung leuchteten abwechselnd rot, orange oder grün. Als sie endlich an der Ampel ankam, bog sie gedankenverloren von der Main Street auf die 129 South ab und begriff erst nach etlichen Meilen, dass sie auf dem Weg zu dem Cottage war, das sie in ihren ersten Ferien in Maine vor fünf Jahren in South Bristol gemietet hatten. Für einen Moment war sie versucht weiterzufahren, das Häuschen am Waldrand zu suchen und in Erinnerungen zu schwelgen, aber dann drehte sie um und fuhr über den Zubringer auf die Route 1 zurück. Das Licht der untergehenden Sonne in ihrem Rücken lag als Feuersaum auf den Wipfeln des Waldes, dessen Bäume zu einer dunklen und undurchdringlichen Wand verschmolzen waren.

Sie schaltete den Motor aus, blieb jedoch sitzen. Mücken tanzten im Licht der Scheinwerfer, und ihr fiel auf, dass das Garagentor dringend gestrichen werden musste. Sie machte das Licht aus und stieß die Fahrertür auf, konnte sich aber nicht dazu aufraffen auszusteigen. Das Ticken des auskühlenden Motors war trotz der Kühlaggregate zu hören, die Nacht war warm und klar, der Himmel mit Sternen beschlagen. Sie war erschöpft, hatte Verlangen nach einer Xanax und sehnte sich nach tiefem, traumlosem Schlaf. Wenn Rays Geschichte stimmte, hatte er Norman Dunbar nicht umgebracht. War Chads Eifersucht groß genug für einen Mord im Affekt, also Totschlag? War Chad überhaupt eifersüchtig?

Corinna dachte an den Polizeipsychiater, den sie nach ihrem Zusammenbruch regelmäßig besucht hatte, sah sich in Gedanken wieder auf dem Stuhl sitzen, dessen Stahlrohre bei jeder ihrer Bewegungen und bei tiefen Atemzügen verräterisch geknarzt hatten. Das abstrakte Ölbild an der Wand hinter dem Schreibtisch des Psychiaters hatte sie gehasst, ohne zu wissen weshalb. Sein Parfum hatte ein Stechen hinter ihrer Stirn verursacht, sein Schnurrbart hatte sie unerklärlicherweise an einen Hundewelpen denken lassen. Er hatte ihr empfohlen, ihre Sorgen und Ängste auf kleine Zettel zu schreiben, diese Zettel in Umschläge zu stecken und in eine Schachtel zu legen, die sie auf den Dachboden tragen und erst wieder herunterholen sollte, wenn sie sich stark genug fühlte. Sie hatte ihm angesehen, dass er ernsthaft glaubte, dieser Ratschlag helfe ihr.

Sie stieg aus und gähnte. Als sie die Autotür ins Schloss warf, fiel ihr wieder ein, was Xu erzählt hatte: Er hatte seine Arbeitsstelle verloren, weil die Papierfabrik von Norman Dunbar aufgekauft und zerschlagen worden war. Wie viele Angestellte waren damals auf die Straße gesetzt worden? War die Abwicklung ohne Proteste über die Bühne gegangen? Sie würde morgen nach Rockland fahren und in der Public Library recherchieren. Und sie würde PI Matt Dennison in Thomaston um Hilfe bitten.

Sie blieb eine Weile stehen, um die erstaunlichen Formen der Schatten zu betrachten, die Büsche und Bäume auf die Wiese ihres Grundstückes warfen, und beschloss, durch den Garten zu gehen. Vielleicht begegnete sie der Katze und konnte sie ins Haus locken. Sie bog um die Hausecke, wobei ihr auffiel, dass sie vergessen hatte, das Licht über der Eingangstür auszuschalten. Im Hafen wurde ein Bootsmotor gestartet und auf Touren gebracht, kurz danach entfernte sich das Motorengeräusch und erstarb.

Ein Kratzen auf dem Asphalt brachte sie dazu, stehen zu bleiben und sich umzudrehen. David Byrd und sein Partner Jeff kamen auf der Straße auf sie zu. Ihr Hund, den Jeff an kurzer Leine hielt, drängte ungestüm vorwärts, David trug einen Stein in der Hand, den er wie eine Trophäe in die Höhe streckte, als sie vor ihr stehen blieben und sie begrüßten.

»Wir brauchen deinen Rat, Corinna.«

Jeffs helle Stimme passte nicht zu seinem athletischen Körper, seinem markanten Kinn, den blauen Bartschatten auf den Wangen, den blitzend weißen Zähnen und wasserblauen Augen. Er trug knielange Shorts, die seine muskulösen Beine zur Geltung brachten.

»Du warst doch Polizistin, nicht Corinna?«, fragte David.

Sie nickte, ging vor dem braunen Labrador, der sich hingesetzt hatte, in die Hocke und strich ihm über den Schädel. Seine schwarzen Lefzen mit den rosa Punkten tropften, sein Fell roch nach Marihuana. Jeff tätschelte ihm die Flanke, als wollte er ihm die Erlaubnis geben, sich anfassen zu lassen. Er wirkte aufgeregter als David und schaute sich unruhig um, während David erzählte, was vorgefallen war. Vor etwa zwei Stunden hatte jemand einen Stein durch ihr Wohnzimmerfenster geworfen, sie wussten nicht, ob es klug war, die Polizei zu alarmieren, oder ob sie sich als Sommergäste nicht besser zurückhielten, um die Einheimischen nach der Unterschriftensammlung nicht noch mehr gegen sich aufzubringen.

»Das ist er«, sagte David und wollte Corinna den Stein reichen, doch der Hund schob die Hand mit seiner Schnauze beiseite.

»Ist das schon mal passiert?«

»Noch nie, nein.«

»Habt ihr euch mit jemandem auf der Insel angelegt?«

»Abgesehen von *Norwood*, meinst du?«

Jeffs Stimme klang spöttisch, aber auch enttäuscht. Er warf den Kopf in den Nacken und strich sich durch die Haare.

»Findest du, wir sollen die Polizei anrufen?«, fragte David.

Corinna schüttelte den Kopf und nahm David den Stein aus der Hand.

»Ich würde gar nichts unternehmen«, sagte sie. »Lasst mich wissen, wenn es noch einmal passiert. Dann sehen wir weiter.«

Der Hund gähnte, wobei er ein leises Jaulen von sich gab, ließ sich auf den Boden sinken und legte sich auf die Seite. Der Asphalt war immer noch warm, wie Corinna erstaunt feststellte. Den Stein, der durch ihre Scheibe geworfen worden war, erwähnte sie nicht.

15
Defektes Gestänge

Am anderen Morgen fuhr sie gegen elf ins *Keag*. Sie setzte sich an einen Fenstertisch, aß zwei Pancakes mit Ahornsirup und trank Kaffee. Die Strömung der ablaufenden Flut verwandelte das Wasser des Weskeag River unter der Brücke in einen reißenden Strom. Springende Fische blitzten in der Morgensonne, Möwen kreisten.

Als sie an der Theke zahlte, erklärte Linda ihr, dass es nur eine Sache gebe, für die sich der Besuch des *Maine Lobster Festival*, das in der ersten Augustwoche in Rockland stattfinde, lohne: das Lobster Crate Race am Sonntagnachmittag. Die Versuche der Teilnehmer, das Hafenbecken zu überqueren, indem sie über aneinandergebundene Hummerkörbe liefen, seien amüsant, der Rest des Festivals sei Touristenscheiße wie das meiste hier im Sommer.

Ihr Postfach war bis auf Werbeprospekte, eine Rechnung von *Fairpoint* für Festnetz und Internet und eine Zahlungsbestätigung von *Central Maine Power* leer. Emily saß wie üblich im Hinterzimmer ihrer Poststelle und rief ihr einen Gruß durch die Schalteröffnung zu, ohne sie anzusehen.

Corinna nahm erst die Dublin Road und bog dann auf die Ballyhac Road. Bei der Zufahrt zum Birch Point Beach State Park hielt sie an, ließ das Fenster auf ihrer Seite nach unten gleiten und bog mit knirschenden Reifen auf die bekieste Forststraße, die durch den Wald des Naturparkes zum öffentlichen Badestrand führte. Auf dem großen

Parkplatz stellte sie ihr Auto auf einen der letzten Schattenplätze, nahm ihre Badetasche und ging zum Strand hinunter. Sie breitete ihr Badetuch im Sand aus, schlüpfte aus dem Kleid, wechselte in die Badeschuhe und lief ins Meer. Sie schwamm mit kräftigen Zügen hinaus, drehte sich auf den Rücken und ließ sich treiben. Der Himmel war wolkenlos, das Wasser tiefblau und kaum bewegt. Die Segel Dutzender Boote standen im flauen Wind. »Du bist so weit weg, Co. Ich komme nicht mehr an dich ran!« Wie oft hatte Michael ihr das in den Monaten vor seinem Tod vorgehalten? Dabei hatte sie sich nichts mehr gewünscht, als die Distanz zu ihm zu überwinden. Sie schwamm um die Felsbank herum aufs offene Meer hinaus. Im Schatten der Föhren war das Wasser dunkler und kühler. Der Wald an der Nordseite der Bucht lag in der Sonne und wirkte licht und einladend. Auf den Felsen davor, glatt vom ewigen Schlag der Wellen, lagen Familien, spielten Kinder, deren Stimmen übers Wasser hallten. Sie drehte um und schwamm den Felsen entlang Richtung Ufer, bis sie Grund unter den Füßen spürte. Am Himmel kreiste ein Raubvogel, dem sie mit den Augen folgte, während sie ans Ufer watete.

Sie rieb sich trocken, setzte die Sonnenbrille auf, legte sich rücklings in die Sonne und versuchte an nichts zu denken, an niemanden, nicht an Michael, nicht an sich selbst. Sie hatte gehofft, das Leben würde nach ihrem frühzeitigen Ausscheiden aus dem Dienst leichter, doch sie hatte sich getäuscht. Noch vor wenigen Monaten war sie Witwe und Polizistin gewesen, jetzt war sie Witwe und *ehemalige* Polizistin. Leichter war ihr Leben deswegen nicht geworden.

Dass sie die Therapie beim Polizeipsychiater abbrach, war von ihrem Vorgesetzten nicht gutgeheißen, aber akzeptiert worden. Er hatte ihr empfohlen, eine Auszeit zu nehmen, drei, vier Wochen Ferien zu machen, aber sie hatte darum gebeten, im Dienst bleiben zu dürfen, die Arbeit helfe ihr, gebe ihrem Leben einen Sinn. Dann hatte sich der Zwischenfall ereignet, der zu ihrem frühzeitigen Ausscheiden geführt hatte: Corinna hatte einen Abendspaziergang durch die Altstadt gemacht, dankbar um die milde Frühjahrstemperatur, erstaunt, wie viele Lokale ihre Tische schon auf die Bürgersteige gestellt hatten. Den Mann, der mit zwei anderen vor einer Shishabar saß und ihr nachpfiff, kannte sie. Sie hatte ihn wenige Tage zuvor vernommen, da er zum wiederholten Mal wegen häuslicher Gewalt gegen seine Frau verhaftet worden war. Sie war mit dem festen Vorsatz weitergegangen, sich auf keinen Fall provozieren zu lassen, und dann doch stehen geblieben und sogar zu seinem Tisch zurückgegangen, weil er es nicht lassen konnte, ihr nachzurufen: »Die schöne Kommissarin! Nehmen Sie ein Glas mit mir, meine Frau braucht nichts davon zu wissen! Ich kenne übrigens ein Hotel in der Nähe, dort zeig ich Ihnen, was ein richtiger Mann alles mit Ihnen anstellen kann!« Das dreckige Lachen der beiden anderen Männer hatte bestimmt genauso dazu beigetragen, dass sie die Beherrschung verloren hatte, wie der taxierende, verächtliche Blick des Mannes, den sie vernommen hatte. Sie nahm sein Glas und schüttete ihm das Bier ins Gesicht. Er sprang auf und wollte sie ins Gesicht schlagen, aber sie hatte seine Faust mit dem linken Unterarm abgeblockt, ihm die Handkante in den Nacken geknallt und ihn dann vor seinen Freunden unter dem Applaus der anderen Gäste in die Knie gezwungen.

Als ihr Bikini trocken war, setzte sie sich auf, zog die Beine an die Brust und beobachtete die Wellen, die am

Strand ausliefen. Sie schlüpfte in ihr Kleid, packte ihre Sachen zusammen und ging zum Wagen zurück, der mittlerweile in der prallen Sonne stand. Damit die Hitze entweichen konnte, öffnete sie alle Fenster und die Vordertüren, verlor aber bald die Geduld. Als sie am Steuer saß, wusste sie plötzlich, wohin sie fahren wollte.

Maggie stand vor dem aufgebockten Holzboot, einen Pinsel in der einen, den Farbeimer in der anderen Hand, und besserte einige Stellen aus. Sie war barfuß und trug denselben Overall wie bei Corinnas letztem Besuch, hatte die roten Haare aber nicht zusammengebunden.

»Ich will nicht über ihn reden«, sagte Maggie und stellte den Eimer auf den Boden, als Corinna auf sie zuging.

»Ich auch nicht.«

»Kaffee?«

»Lieber eine Cola«, sagte Corinna und deutete auf das Kofferradio, das in der offenen Schuppentür auf dem Boden stand, aber nicht lief.

»Die Batterien.«

Maggie strich den Pinsel an der Innenseite des Eimers ab, legte ihn auf dessen Rand und bedeutete Corinna, ihr zu folgen. Sie setzten sich auf das Deck, dessen Bodenbretter nicht gestrichen waren. Maggie spannte einen Sonnenschirm mit defektem Gestänge auf, verschwand im Haus und kam mit zwei kalten Coladosen zurück. Corinna schob ihren Stuhl aus dem Schatten des Schirmes und hielt ihr Gesicht mit geschlossenen Augen in die Sonne. Maggie blieb im Schatten sitzen. Ihre Füße waren klein und blass, Kinderfüße mit lackierten Zehennägeln, um die rechte Fessel trug sie eine Kette aus Holzperlen. Der leichte Wind, der vom Meer herkam, roch nach Salz.

»Dunbar hat Ray wirklich erpresst«, sagte Maggie und knackte mit ihrer Dose, indem sie die Faust um sie schloss.

»Er hat dir davon erzählt?«

»Erst gestern. Ray hat Dunbar nicht umgebracht, das weiß ich, glaub mir. Obwohl er dazu allen Grund gehabt hätte.«

»Weil Dunbar ihn erpresst hat?«

»Und weil er mich belästigt hat.«

Maggie stand auf, trank lange aus der Dose und ging dann ohne ein weiteres Wort ins Haus. An der fensterlosen Seitenwand war Brennholz gestapelt, die Stirnseiten der aufeinandergeschichteten Scheite leuchteten gelb. Als Maggie zurückkam, hatte sie eine Flasche Bier in der Hand. Sie zog ihren Stuhl ein Stück zurück, setzte sich hin und legte die Füße aufs Geländer. Sie hebelte den Kronkorken mit einem Plastikfeuerzeug auf, Schaum spritzte auf ihren Overall und den Boden. Der Fleck auf dem blauen Stoff verblasste rasch, so heiß war es. Nur ein weißer Umriss blieb zurück.

»Du bist schwanger«, sagte Corinna. »Trink das nicht.«

»Stimmt«, sagte Maggie, stand auf, trat ans Geländer und schüttete das Bier ins Gras. »Zufrieden?«

»Es geht nicht um mich, Maggie, sondern um euer Baby.«

»Ich weiß.«

»Dunbar hat dich belästigt?«

»Letztes Jahr auf dem Lobsterfestival. Er hat mich im *Myrtle* vor den Toiletten an die Wand gepresst und auf den Hals geküsst. Dann hat er mir unter den Rock gefasst, den Slip heruntergerissen und den Finger … du weißt schon.«

»Hast du ihn angezeigt?«

»Norman Dunbar? Vergiss es!«

»Aber Ray hast du davon erzählt?«

»Erst vor ein paar Wochen. Nicht sofort. Ist er wirklich ertrunken?«

»Nein, ist er nicht.«

»Sondern?«

»Das willst du nicht wissen, Maggie.«

»Und ob! Sag schon.«

»Man hat ihm die Griffe einer Hummerzange durch die Augenhöhlen ins Hirn gehämmert.«

»Ohne Scheiß?«

»Ohne Scheiß.«

»Warst du gern Polizistin?«

Corinna zögerte. Sie konnte sich genau daran erinnern, wie es gewesen war, eine Uniform zu tragen, bevor sie zur Kripo gekommen war. Ja, sie war gern Polizistin gewesen.

»Zum Schluss nicht mehr«, sagte sie leise.

»Und warum nicht?«

Die Haube des Gasgrills in der Ecke des Decks hatte einen Sprung, der mit Gaffertape geklebt war, auf einem Teller unter dem Grill lagen weiße Knochen in einem Klecks geronnener brauner Sauce.

»Und warum nicht?«, wiederholte Maggie.

»Weil ich es nicht mehr ausgehalten habe.«

Maggie sah sie an, sagte aber nichts. Sie hatte etwas Bootsfarbe auf der rechten Wange. Corinna schaffte es, die Bilder, die sich ihr aufdrängten, von sich zu schieben, spürte ihren Puls im Hals klopfen, trank einen Schluck Cola, presste die kalte Dose gegen die Stirn und schlüpfte aus den Schuhen, um die sonnenwarmen Bretter unter ihren nackten Sohlen zu spüren.

»Er hat den Jungen sexuell missbraucht, dann hat er ihm, seiner Mutter, seinem Bruder und dessen Freundin die Kehle durchgeschnitten. Um seine Spuren zu verwischen, hat er ihr Haus angezündet. Ich hab die vier Leichen gesehen.«

»Wie alt war der Junge?«

»Was spielt das für eine Rolle?«, stieß Corinna hervor und schüttelte entrüstet den Kopf.

»Tut mir leid. Hat man ihn erwischt?«

Corinna nickte, stand auf und trat ans Geländer. Die Hälfte der Bucht lag mit einem Schlag im Schatten, da die Sonne von einer Wolke verdeckt wurde. Schauer jagten über das Wasser, und die Baumstämme auf Rackliff Island waren schwarze Striche.

»Er hat lebenslänglich bekommen und eine ordentliche Verwahrung.«

»Das heißt?«

»Er kommt nie mehr raus! Man hat ihn verurteilt wegen räuberischer Erpressung, Freiheitsberaubung, Geiselnahme, sexuellen Handlungen mit Kindern, sexueller Nötigung, Pornografie, Brandstiftung, Urkundenfälschung, Vorbereitungen zu Mord und natürlich wegen Mord.«

»Gibt es die Todesstrafe in der Schweiz?«

Corinna schüttelte den Kopf, angelte mit den Zehen nach ihren Schuhen, schlüpfte dann aber doch nicht hinein.

»Er war dreizehn. Der Junge, den er missbraucht hat, war dreizehn. Sein Bruder … und seine Freundin …«

»Hast du Kinder?«

»Thomas«, sagte Corinna. »Er wird im Oktober dreißig.«

»Ist er verheiratet?«

»Er hat eine Freundin. Charlotte.«

»Magst du sie?«

»Allerdings. Sie ist eine tolle junge Frau.«

»Ich hoffe, es wird ein Mädchen«, sagte Maggie, stellte

sich neben sie, legte ihr den Arm um die Schulter, zog ihn aber gleich wieder zurück. Das Licht, das die Bucht überflutete, als wäre ein Tor geöffnet worden, verwandelte das Wasser in einen blitzenden Spiegel, der sie blendete.

»Ich werde sie Janis nennen«, sagte Maggie leise und wie zu sich selbst. »Aber das weiß Ray noch nicht.«

16

Gulasch, Spätzle und Rotkraut

Vor dem *Farnsworth Art Museum* stand eine junge Frau, die ihr Handy, das auf einen Selfiestick montiert war, in die Zweige eines Baumes streckte, um sich selbst zu fotografieren. Am größten war das Gedränge wie üblich vor dem *Grasshopper Shop*. Die Wartespuren vor der Verladerampe des Fährterminals waren bis auf einige wenige Autos leer, offenbar hatte vor Kurzem eine Fähre auf eine der Inseln abgelegt. Dafür reichte die Menschenschlange vor den rot gestrichenen Bretterbuden des *Lobster Shacks Laws* über den Parkplatz hinaus ein gutes Stück die Straße lang. Corinna fuhr an *Burger King* und *McDonald's* vorbei, überholte vorsichtig eine Frau, die neben ihrer Harley am Straßenrand stand und ihr Handy ans Ohr drückte.

Der Parkplatz des *Roselyn* war bis auf ein Auto mit gelbem New-York-Nummernschild und zwei Kanus auf dem Dach leer. Die einzigen Gäste, zwei ältere Paare, saßen ausgerechnet an Michaels Lieblingstisch mit dem Poster von Ko Samui. Corinna trat an die kleine Theke, auf der die Kasse stand und an der die *takeaways* ausgegeben wurden. Neben der Kasse lagen ein aufgeschlagenes Rätselheft und ein Kugelschreiber mit zerkauter Kappe. Das Kreuzworträtsel war beinahe fertig ausgefüllt, die Doppelseite mit einem wässrigen gelben Fleck verschmiert. Am Ende seines Lebens hatte ihr Vater nichts lieber gemacht, als Kreuzworträtsel zu lösen. Er hatte sich an den kleinen Balkontisch ihrer Mietwohnung gesetzt, die Sonnenstoren so weit heruntergedreht, dass er im Schatten war, und auf jede Störung mit einem tödlich beleidigten Blick reagiert. Corinna hörte Frauenstimmen aus der Küche; stritten sie sich? Für sie hatte die thailändische Sprache immer einen zänkischen oder zumindest aufgeregten Unterton.

Im ersten Moment hielt sie die Frau, die mit dem Rücken voran aus der Schwingtür trat, für ein Mädchen, so klein und schmal war sie. Die Frau hielt in jeder Hand einen Teller mit gelbem Curry und sah Corinna unbewegt, fast feindselig an. Sie ging an ihr vorbei, ohne zu grüßen, und trat an Michaels Lieblingstisch, jetzt mit einem breiten, aber falschen Lächeln im Gesicht.

Das Telefon neben der Kasse klingelte, und die Frau hob ab, sonst wäre sie wohl wieder in der Küche verschwunden, ohne sich um Corinna zu kümmern. Corinna wartete, bis die Frau, die bestimmt siebzig war und eine lange Narbe auf der Wange hatte, eine Bestellung aufgenommen hatte, und fragte sie dann, ob Xu Ying da sei.

»Er nicht mehr hier arbeiten«, sagte die Frau. »Sie Tisch?«

Corinna schüttelte den Kopf, obwohl der Duft, der aus der Küche zog, verlockend war.

»Können Sie mir sagen, wo ich Xu finde?«

»German Place.«

»German Place?«

»*The Happy Clam.*«

»In Tenants Harbor?«

Die Frau nickte, deutete eine Verbeugung an, die schmalen Kinderhände mit ausgestreckten langen Fingern vor der Brust aufeinandergelegt, und verschwand durch die Schwingtür in der Küche.

Die Fahrt nach Tenants Harbor dauerte fast vierzig Minuten, weil Corinna auf der 131 hinter einen Kühllastwagen geriet, der eine nach Fisch stinkende Tropfspur auf dem Asphalt hinterließ. Der Gegenverkehr war so dicht, dass sie ihn erst auf dem letzten Drittel der Strecke überholen konnte. Sie fuhr so schnell in den Ort hinein, dass sie die Einfahrt zum *Happy Clam* verpasste und bis zum Postamt weiterfahren musste, um zu wenden. Sie hatten mehrmals im *East Wind Inn* in Tenants Harbor gegessen, einem eleganten weiß gestrichenen Hotel alter Schule, dessen Garten sich bis zum Meer erstreckte und freie Sicht auf die Bucht bot. Über das *Happy Clam* hatte Michael sich immer lustig gemacht, weil es mit deutschem Essen warb: »Welcher Schweizer will in Maine deutsch essen?«

Sie bog auf den unbefestigten Parkplatz, der an das Haus der *Schoolhouse Bakery* grenzte. Das Baguette, das Michael dort ganz am Anfang ihrer Zeit in Maine gekauft hatte, war schon am selben Tag so hart gewesen, dass man damit einen Nagel hätte in die Wand schlagen können. Abends war die Terrasse des *Happy Clam*, deren hinterer Teil mit einer Zeltplane abgedeckt war, meist voll, jetzt, um 15 Uhr, war sie bis auf wenige Gäste leer. Das einstöckige Holzhaus erinnerte Corinna an die Speiselokale im Spreewald in der ehemaligen DDR, in denen sie und Michael auf einer Radtour vor vielen Jahren einfach, aber hervorragend gegessen hatten. Sie stand auf der Treppe zur Terrasse, da trat Xu aus dem Lokal, einen vollen Teller in der einen, eine Flasche Budweiser in der anderen Hand. Er lächelte sie an und deutete auf einen Zweiertisch an der Wand, der im Schatten eines dreieckigen Vordaches stand.

»Hier versteckst du dich«, sagte Corinna, als er an ihren Tisch trat.

»Veränderung gesund«, sagte er und legte ihr eine Speisekarte hin, »habe ich gelesen.«

»Das heißt noch lange nicht, dass es stimmt.«

»Oh, doch, es stimmt. Du essen?«

»Kannst du es empfehlen?«

»Allerdings!«

Er klappte die Karte auf, blätterte zu den deutschen Gerichten und lächelte sie verschmitzt an. Corinna bestellte eine Cola light, Xu nickte und verschwand im Haus. Jägerschnitzel. Rinderrouladen. Frikadellen. Hühnerfrikassee. Schweinebraten. Gulasch. Würstchen mit Sauerkraut. Ein Auto hielt vor der Terrassentreppe. Die Frau, die am Steuer saß, stieg aus, öffnete die Beifahrertür und half einem alten, mageren Mann beim Aussteigen. Er trug eine Nasensonde, deren Schläuche in einen kleinen Tank liefen, den er auf dem Rücken hatte.

»Vietnamese?«, fragte er Xu mit schnarrender Stimme, der mit Corinnas Cola aus dem Haus getreten war.

»Chinese«, sagte Xu seelenruhig.

Er stellte die Flasche auf ihren Tisch, half dem Alten die Treppe hoch und führte ihn zu dem Tisch, auf den er gedeutet hatte. Der Mann, er trug ein zerschlissenes Pink-Floyd-T-Shirt, Hosen in Tarnfarbe und Flipflops, ließ sich auf den Stuhl sinken und tätschelte Xu dankbar die Hand. Corinna bestellte Gulasch mit Spätzle und Rotkohl und bat Xu, ihr einige Fragen zu beantworten.

»Eine Polizistin arbeiten immer, was?«

»Wie heißt der Ort, in dem du in der Papierfabrik gearbeitet hast?«, fragte sie, ohne auf seinen Scherz einzugehen.

»Skowhegan.«

»Skowhegan«, wiederholte Corinna, »indianisch?«

»Der Ort, an dem man auf die Fische wartet. Stammt von den Abenaki-Indianern.«

»Angelst du?«

»Ich esse Fisch, fangen sollen andere.«

»Wie viele haben damals ihre Arbeit verloren?«

»Über dreihundert.«

»Wann war das genau?«

»Juni 1993.«

»Gab es Proteste gegen die Schließung?«

»Natürlich. Hat aber nichts genützt.«

»Demonstrationen?«

»Demonstrationen. Viele Zeitungen haben darüber geschrieben. Es gab Fernsehberichte. Gespräche. Mehr Demonstrationen.«

»Kam es zu Gewalt?«

»An einer Demonstration, ja. Es gab Verletzte. Hier.«

Xu bückte sich und krempelte das rechte Bein seiner Hose hoch; die Operationsnarbe auf seiner Wade war unsauber verheilt.

»Bin vor ein Auto geschubst worden. Bein zweimal gebrochen.«

»Die Fabrik hieß *Moosehead Paper*, nicht?«

Xu nickte, rollte das Hosenbein nach unten und klappte die Speisekarte zu.

»Ein Mann hat seine Frau und sich selbst umgebracht. Weil er die Arbeit verlor. Hat er im Abschiedsbrief geschrieben.«

»Hast du ihn gekannt?«

»Nur gesehen. Er arbeitete in Siederei, ich in Lager.«

»Weißt du, wann er sich umgebracht hat?«

»November 1993. Ich war an Beerdigung. Jetzt muss ich arbeiten.«

Xu deutete ironisch lächelnd eine Verbeugung an, blickte Corinna an und ging zurück ins Lokal.

17
Winchester

Um den Verkehr in Rocklands Innenstadt zu beruhigen, waren die zwei Spuren der Main Street mit ihren Restaurants, Geschäften und Galerien nur in nördlicher Richtung zu befahren. In den Süden der Stadt gelangte man über die Union Street, an der sich die *Public Library* befand. Corinna war schon so oft an dem hellen Sandsteingebäude vorbeigefahren, dessen Eingangsportal von zwei Säulen gestützt wurde, dass sie es nicht mehr wirklich wahrgenommen hatte, obschon es zu den auffälligsten Häusern Rocklands gehörte. Sie parkte, nahm ihr neues Handy aus der Tasche und tippte »newspapers maine« in die Suchleiste. Sie musste wissen, in welchen Zeitungen sie recherchieren wollte. Das Gulasch, das sie im *Happy Clam* gegessen hatte, war hervorragend gewesen, genau wie die Spätzle und der Rotkohl. Sie ging quer über die Wiese zum Eingang der Bibliothek. Michael hatte die entspannte, fröhliche Atmosphäre der Sommerkonzerte auf dieser Wiese geliebt. Letztes Jahr hatten sie vor dem Konzert im *Farmers Market* Baguette, Käse und kalifornischen Riesling für ein Picknick gekauft. Sie hatten im Gras gelegen, getrunken, gegessen und barfuß zur Musik einer Folkband aus Bar Harbor getanzt. Michaels Tod hatte das Fenster, durch das nach dem Vierfachmord wieder Licht in ihr dunkles Inneres geströmt war, für immer geschlossen, ging ihr durch den Kopf, während sie sich an seine ausgelassene Stimmung erinnerte.

Sie zog die schwere hölzerne Tür auf und betrat die *Public Library*, in der es angenehm kühl war. Das diffuse und freundliche Licht erinnerte sie an verschlafene Sonntagnachmittage, die sie gemeinsam auf dem Sofa vor dem Fernseher verdöst hatten. Der Stuhl am Informationsschalter war leer, dafür waren alle Sessel und Stühle des Lesesaales, in dem es einen mächtigen offenen Kamin gab, von weißhaarigen Frauen und Männern besetzt, die lasen oder versonnen durch die hohen Fenster ins Freie sahen, in die Hitze des Sommerabends, das sonnenverbrannte Gras, den Verkehr auf der Union Street. Besetzt waren auch die Stühle vor den sechs Computern, die auf einem großen Tisch standen. Das zögerliche Klacken der Tasten war das einzige Geräusch, das die andächtige Stille störte. Im hinteren Bereich der *Public Library* war es heller, Staub schwebte im Licht, das durch ein nachträglich eingefügtes Oberlicht fiel. Vor dem Regal mit den Neuanschaffungen, wie das Schild »Just published« anzeigte, stand ein Mann mit schulterlangen Haaren, in denen sich ein Zweig mit giftgrünen Blättchen verfangen hatte. Corinna wandte sich ab, um dem Drang zu widerstehen, den Zweig zu befreien. Die Bibliothekarin, die hinter dem Ausleihtresen damit beschäftigt war, Bücher auf einen Wagen mit Gummirädern zu stapeln, lächelte ihr zu, trat an den Computer und drückte behutsam eine Taste. Der Bildschirm wurde hell, und ein kaltes blaues Licht legte sich auf ihr Gesicht.

»Wie kann ich Ihnen helfen?«

»Ich suche das Zeitungsarchiv.«

»Zeitungsarchiv?«

»Bevor es das Internet gab. Druckausgaben von den *Bangor Daily News*, der *Somerset Gazette*, vom *Kennebec Journal* und vom *Morning Sentinel*. Von Juni und November 1993.«

Die Bibliothekarin schüttelte entschuldigend den Kopf und erklärte ihr, sie müsse sich direkt an die Redaktionen wenden, da die Bibliothek kein Archiv dieser Zeitungen habe. Die *Historical Society* im Untergeschoss allerdings besitze ein Archiv der örtlichen *The Courier Gazette*, vielleicht helfe ihr das weiter. Corinna kannte die Wochenzeitung, weil Michael sie jeden Donnerstag gekauft hatte.

»Sind Sie Mitglied bei uns?«

Der Zweig im Haar des Mannes wippte auf und nieder, als er ein Buch aus dem Regal nahm. Eine Sekunde lang geriet ein Blättchen in die Sonne und blitzte auf.

»Lesen Sie?«

»Ja«, log Corinna.

»Dann lohnt es sich, glauben Sie mir! Bücher, DVDs, CDs. Und freies Internet auf unseren Computern.«

Corinna zögerte, löste dann aber doch eine Jahreskarte für 45 Dollar und ließ sich von der Frau erklären, wie sie ins untere Stockwerk gelangte.

Die Luft in dem Raum war stickig. Corinna versuchte flach zu atmen und nicht auf das Knarzen des Korbsessels zu achten, wenn sie umblätterte. Die stille zierliche Frau, die trotz der Hitze eine Strickjacke trug, hatte ihr aufmunternd lächelnd sämtliche Juni- und Novemberausgaben der *Courier Gazette* des Jahres 1993 gebracht. Nach einer halben Stunde fand Corinna, wonach sie suchte. Der Artikel über die Schließung der Papierfabrik *Moosehead Paper* füllte fast eine Seite. Eine großformatige Schwarz-Weiß-Fotografie zeigte die Fabrik, ein kleines und unscharfes Bild ihren ehemaligen Direktor Jareth Drummond. Der Text war sachlich, verschwieg aber nicht die Tragödie, die die Schließung für viele Menschen und das ganze Somerset County bedeutete. Es war die Rede von einem Investor aus South Carolina, der eine maßgebliche und unrühmliche Rolle bei der Zerschlagung gespielt hatte, namentlich erwähnt war Norman Dunbar aber nicht. Den zweiten Artikel, den Corinna suchte, fand sie rasch, er war der Aufmacher der Ausgabe vom 15. November. Der Tonfall war engagiert, und der Verfasser James E. Vance scheute nicht davor zurück, Partei zu ergreifen, Schuldige zu benennen und zu verurteilen. Jacob Snyder, 55, hatte über zwanzig Jahre bei *Moosehead Paper* gearbeitet, zuletzt als Meister in der Siederei. Der Verlust seiner Arbeitsstelle schlug Snyder den Boden unter den Füßen weg. Er konnte weder die Hypothek für sein Haus in Skowhegan noch die Medikamente für seine nicht krankenversicherte, seit Jahren an MS leidende Frau Emma länger bezahlen. Jacob Snyder zog mit seiner Frau, der 13-jährigen Tochter Betsy und dem 11-jährigen Sohn Ty in einen Trailer auf dem Grundstück eines Arbeitskollegen. Am 13. November 1993 brachte er die Kinder zu seiner Schwester in Winslow am Unterlauf des Kennebec River, fuhr mit seiner Frau an ihren Lieblingsort am Flussufer auf der Höhe von Oak Islands, erschoss zuerst sie und danach sich selbst mit seiner Winchester-Repetierschrotflinte auf der Vorderbank des Ford Pick-ups, den er am nächsten Tag hätte abliefern müssen, weil er mit den Raten im Verzug war. Es war kalt an jenem 13. November 1993, über Nacht hatte der erste Frost des Jahres angeschlagen, Büsche und Bäume am Ufer des Kennebec trugen Weiß, schrieb James E. Vance. Corinna hatte nie eine Schusswunde von einer Schrotflinte gesehen, aber Abbildungen davon, deswegen konnte sie sich vorstellen, was die Munition angerichtet und wie die Leichen ausgesehen haben mussten. Wie hatte es Jacob Snyder fertiggebracht, seine kranke Frau mit einem solchen Gewehr zu töten?

Wie groß mussten seine Verzweiflung oder sein Hass gewesen sein?

Das Farbfoto, das auf der Titelseite der *Courier Gazette* vom 15. November 1993 abgedruckt war, zeigte die vierköpfige Familie vor einer weiß gestrichenen Bretterwand, vielleicht ihrem Häuschen. Emma, die Mutter, saß in einem Rollstuhl, Jacob, ihr Ehemann, stand hinter ihr, beide Hände auf ihren Schultern. Die Kinder Betsy und Ty standen Arm in Arm neben ihren Eltern und lächelten verlegen in die Kamera. Das Bild war offensichtlich im Sommer gemacht worden: Das Licht war grell, nahezu weiß, Mutter und Tochter trugen ärmellose Kleider, Vater und Sohn Hemden mit kurzen Ärmeln. Nur die Füße der Mutter waren zu sehen, sie trug billige Flipflops, die anderen Füße waren abgeschnitten, aber Corinna stellte sich vor, dass sie barfuß gewesen waren, als das Bild aufgenommen worden war. Wer hatte es gemacht? Ein Verwandter, eine Nachbarin? Alle vier lächelten, wirkten gelöst, fröhlich. Eine glückliche Familie. Trotz der kranken Mutter im Rollstuhl. James E. Vance machte seine Schuldzuweisung erst im letzten Abschnitt seines Artikels, der im Umlauf im zweiten Bund der Zeitung abgedruckt war. Er nannte Norman Dunbar und auch seine Beraterfirma *Nordun* beim Namen und verwies auf weitere Firmen und Fabriken, die Dunbar erst aufgekauft, danach tranchiert und zerschlagen hatte.

Was war aus Betsy und Ty geworden? Corinna notierte sich ihre Namen, den des Journalisten sowie die der aufgekauften und zerstörten Fabriken, verzichtete aber darauf, um eine Kopie des Artikels zu bitten. Sie schwitzte und brauchte eine Xanax. Die stille Frau stand an der verglasten Eingangstür, abwesend und verträumt, als wäre die Welt ein sicherer, schöner Ort.

18
Running on Empty

Der Officer, der ihr die Schlüssel ihres Dodge übergab, war einen Kopf kleiner als sie, hatte kurze grau melierte Haare und einen Stiernacken. Er begleitete sie auf den Parkplatz vor dem Polizeirevier in Rockland und bot ihr an, den Mietwagen zum Flughafen zu fahren, wenn sie ihn mit ihrem Auto begleite und anschließend wieder zurückbringe.

Fensterrahmen und Türkante ihres Wagens waren rußgesprenkelt, als hätte man versucht, ihn in Brand zu setzen; die Polizei hatte diese Stellen bestäubt, um nach Fingerabdrücken zu suchen, das Pulver aber nicht abgewischt. Sie machte die Tür auf: Der Innenraum roch nach Reinigungsmitteln und Zigarettenrauch, das Polster des Beifahrersitzes hatte einen großen weißen Fleck, der Deckel des Handschuhfaches war mit einem Hammer oder Stein zerschlagen worden. Corinna deutete auf den Fleck und sah den Officer fragend an.

»Die haben, na ja, draufge…«

»Die haben auf meinen Sitz gepisst?«

Er blickte zur Seite, als stünde dort jemand, der ihm helfen könnte. Das Pflaster, das auf seiner rechten Wange klebte, zeigte einen Bluttupfer. Bestimmt hatte er sich beim Stutzen seiner spitz zulaufenden Koteletten geschnitten.

»Gepisst nicht, nein, leider. Aber ge…«

»Haben Sie ihn erwischt?«

»Chad Wright?«
»Der mein Auto gestohlen hat, genau.«
»Nein, *ma'am*. Wollen wir los?«
»Und seine Frau? Sky?«
»Auch nicht. Leider. *Ma'am*, wir sollten …«
»Sind sie nach Kanada? Was glauben Sie?«
»Möglich. Allerdings sind die Kollegen an der Grenze alarmiert.«

Er trug Cowboystiefel und fuhr mit der rechten Stiefelspitze an seinem linken Hosenbein auf und ab, um den Staub zu entfernen.

»Sie sind aus der Schweiz, richtig?«

Corinna nickte. Hinter dem Lenkrad hatte das Armaturenbrett eine Delle, wie sie erst jetzt bemerkte, als hätte jemand voller Kraft mit der Faust draufgeschlagen.

»Ich war da, ein schönes Land. Wirklich schön. Ich fahre voraus, geht das in Ordnung?«

Corinna nickte, zog die Fahrertür zu und startete den Motor. Der Officer sah sie prüfend an, zuckte entschuldigend mit den Schultern, setzte sich ans Steuer des Mietwagens und fuhr los. Sie ließ einen Moment verstreichen, bevor sie ihm folgte. Erst hielt sie Abstand, aber als sie auf der Route 73 Richtung Owls Head und Flughafen waren, schloss sie so dicht auf, dass er ihr im Rückspiegel beunruhigte Blicke zuwarf. Letzte Nacht hatte sie zuerst mit Thomas telefoniert und danach lange im Internet recherchiert: James E. Vance war im Oktober 2004 gestorben. Weder über Betsy noch über Ty Snyder hatte sie irgendetwas gefunden. Norman Dunbars Beraterfirma *Nordun* war nachweislich allein in Maine federführend an vier weiteren feindlichen Übernahmen und Zerschlagungen von Firmen beteiligt. Die letzte war vor elf Monaten in einer Sägerei in Bangor über die

Bühne gegangen und hatte 80 Angestellte die Arbeitsstelle gekostet.

Am Flughafen angekommen, parkte der Officer den Mietwagen vor dem kleinen Gebäude von *Budget*, stieg aus, drückte Corinna den Mietvertrag in die Hand und ging zum Streifenwagen des Sheriffs von Knox County hinüber, der mit offener Fahrertür vor dem Flughafeneingang stand. Der Sheriff stieg aus, nahm seinen Hut ab, legte ihn auf die Motorhaube und erwartete den Officer mit erhobenen Armen, als ergäbe er sich. Auf der Asphaltfläche hinter dem Flughafen rollte ein Sportflugzeug mit wirbelnden Propellern ruckelnd zur Startbahn hinüber. Der Himmel war mit weißen Wolken übersät, das Licht hatte einen unnatürlich gelben Farbstich, der in den Augen brannte. Sie betrat das Gebäude der Autovermietung. Der Wartebereich war leer, und sie legte die Papiere auf den nicht besetzten Schalter und räusperte sich. Die Hitze verschlug ihr den Atem. Da sich nichts rührte, räusperte sie sich noch einmal, dann hustete sie und rief: »Hallo, ist da jemand?« Irgendwo im hinteren Teil des Gebäudes lief ein Radio, der Bildschirm, der hinter dem Schalter an der Wand hing, war dunkel und voller Fingerabdrücke. Sie wartete eine Weile, dann legte sie den Schlüssel auf die Papiere, räusperte sich noch einmal und ging.

Das Sportflugzeug war gestartet, und sie folgte ihm, die rechte Hand als Sonnenschutz vor dem Gesicht, bis es sich im Himmel aufgelöst hatte. Als der Sheriff sie bemerkte, strich er sich mit beiden Händen seitlich die Haare nach hinten, setzte den Hut auf und stieg in seinen Wagen.

Corinna holte eine alte Decke aus dem Kofferraum, faltete sie zusammen und legte sie auf den Beifahrersitz. Das Handschuhfach war leer geräumt, Chad und Sky hatten Michaels CDs von Santana, den Rolling Stones, den

Allman Brothers, Bob Dylan und Bob Seger mitgehen lassen. Auch die Straßenkarten und Fahrzeugpapiere, der Schirm, die Stablampe und der Regenschutz, den Michael in einer Tankstelle in Rockport gekauft hatte, waren weg. Der Officer verabschiedete sich vom Sheriff und kam über den Parkplatz auf sie zu. Er trug eine Sonnenbrille mit verspiegelten grünen Gläsern, in denen Corinna sich selbst winzig klein, dafür aber doppelt sah.

Sie schwamm weiter hinaus als jemals zuvor, drehte sich auf den Rücken und schloss die Augen. Der Atlantik war hier draußen deutlich kälter als in Ufernähe, und sie bewegte Arme und Beine, damit sie nicht fror. Der Strand am Birch Point war besser besucht als sonst, die Badegäste lagen dicht an dicht, die Felsen waren von Jugendlichen mehrerer Ferienlager besetzt, die am Strand Ballspiele machten und in Gruppen ins Wasser wateten, hinausschwammen und nach Gummiringen tauchten. Plötzlich machte ihr das dunkle, kalte Wasser Angst, und sie fing an, so schnell sie konnte ans Ufer zu schwimmen. Um die aufkeimende Panik in den Griff zu bekommen, versuchte sie an etwas anderes zu denken als die tiefe Leere unter ihr, aber es gelang ihr nicht. Als sie endlich Grund unter sich sah, schwamm sie langsamer, hörte mit den Beinbewegungen auf und streckte beide Arme nach unten, bis sie mit den Fingerspitzen den Boden berührte und sich wie früher als Kind ans Ufer bewegte. Hier war das Wasser wärmer, und sie ließ sich Zeit. Schließlich richtete sie sich auf und legte die letzten Meter breitbeinig watend zurück. Kinder kreischten, über den Baumwipfeln kreisten Möwen. Sie schlüpfte aus den Badeschuhen, die bei jedem Schritt quietschten, und ging barfuß über den Strand. Sie kam sich vor, als hätte sie kein Gewicht, als schwebte sie.

Lag das am Xanax, das sie gleich nach dem Aufstehen ohne Frühstück geschluckt hatte? Sie streckte sich auf ihrem Badetuch aus, drehte sich auf den Rücken, machte die Augen zu und sah sich unvermittelt mit anderen traumatisierten Polizisten im Kreis sitzen. Sie warfen sich bunte Stoffbälle zu, malten gemeinsam große Bilder mit Fingerfarben, stellten Figuren in Sandkästen, gruppierten sie um, spielten Rollenspiele mit ihnen, sangen im Chor, lachten und weinten. Geholfen hatte es nichts. Oder doch? Alle Süchtigen logen. Warum sollte sie eine Ausnahme sein? Von den Selbsthilfe- und Motivationsbüchern, die ihnen der Psychiater empfohlen hatte, hatte sie keines gelesen. Die Titel hatten sie zum Lachen gebracht und gleichzeitig aggressiv gemacht.

Sie öffnete die Augen und blickte aufs offene Meer hinaus. Eine Gruppe Jugendlicher mit roten Badekappen schwamm in Zweierkolonne dicht am Ufer entlang, begleitet von einer Frau im Badeanzug, die auf den Felsen neben ihnen herging und auf einer Trillerpfeife rhythmisch pfiff.

Corinna trank ein Glas Wasser an der Spüle, öffnete die Glastür zum Deck, legte *Running On Empty* von Jackson Browne auf und machte es sich auf dem Sofa bequem. Der Wind, der vor einer Stunde aufgefrischt und sie vom Strand vertrieben hatte, trug den Gestank nach Fischköder in ihr Cottage, und für eine Weile gefiel ihr die Vorstellung, auf einem Boot im Atlantik zu treiben, ziellos, aber nicht verloren. Der Lärm von *Norwood Lobster* war so durchdringend, dass sie bald aufstand und die Glastür wieder zuschob.

Als sie erwachte, war es beinahe dunkel. Sie hatte den Nachmittag und den Abend verschlafen. Corinna gähnte, trat an die Glastür und betrachtete Wolkenriffe mit rot glimmenden Rändern, die sich im Westen aufgebaut hatten. Das Meer lag reglos im Hafen, ein Lobsterboot, dessen Motor sie durch das Brummen, Kreischen und Wimmern der Kühlaggregate nicht hören konnte, näherte sich rasch der Pier. Sie trat aufs Deck, setzte sich aber nicht hin. Die Luft war frisch, das Schilf, das sie in ihrem ersten Sommer in Maine gepflanzt hatte, raschelte. Wehte der Wind kräftiger, klang es gelegentlich, als würden die Rispen, an denen man sich so leicht schnitt, singen oder jammern. In Davids Haus brannte kein Licht, und ihr fielen die Steine ein, die jemand durch ihre Fenster geworfen hatte. Sie ging in die Küche und holte die Taschenlampe, die sie im Schrank unter der Spüle aufbewahrte, falls der Strom ausfiel, was in den vier Jahren erst einmal passiert war, im Winter vor zwei Jahren, als sie für mehrere Tage eingeschneit gewesen waren. Im Garten machte sie die Lampe an, ließ ihren Strahl übers Gras wandern und richtete ihn schließlich in den Busch, unter den sie den Stein gelegt hatte, der durch die Scheibe ihres Wohnzimmers geworfen worden war. Sie trug ihn ins Haus und legte ihn neben den von David. Die Steine sahen aus, als wären sie aus demselben Felsen gebrochen worden, hatten die gleiche rötliche Farbe. Sie wog sie in der Hand, hob sie hoch und drehte sie hin und her, roch an ihnen, wunderte sich über ihren feuchten, metallenen Geruch. Dann klingelte das Telefon.

Instinktiv wollte sie nach ihrem Handy greifen, begriff aber, dass es das Festnetztelefon war. Sie ließ die Steine vorsichtig aufs Sofa fallen, nahm den Apparat aus der Station, stutzte wegen der Nummer, die ihr bekannt vorkam, ohne dass sie wusste woher, und machte das Licht an, bevor sie abhob. Es kam ihr falsch vor, im Dunkeln zu stehen und mit jemandem zu reden, den sie vielleicht nicht kannte. Sie nannte ihren Namen und wusste im selben Augenblick, dass die Nummer auf dem Display ihre eigene war, die Nummer ihres gestohlenen Handys.

»Sky«, sagte sie, als sich niemand meldete. »Chad?«

Deutlich war zu hören wie jemand atmete, und im Hintergrund etwas, das wie Verkehrsrauschen klang. Sie trat an die Glastür.

»Du musst mir helfen.«

»Sky?«

»Er dreht durch.«

»Ruf die Polizei, Sky. Die können dir helfen.«

»Bullshit!«

»Bist du allein?«

»Hilf mir! Bitte!«

»Wo bist du, Sky?«

»Hilf mir! Bitte!«

»Du musst mir sagen, wo du bist, Sky.«

Sie hörte das Summen und Schüttern des Kühlschrankes in ihrer Küche und spürte, dass sie Hunger hatte und das Bedürfnis nach einer Xanax und der Ruhe, die es mit sich brachte.

»Wo bist du?«

»In der Nähe von Lincolnville.«

»Lincolnville, Maine?«

»Versprich mir, dass du nicht die Polizei alarmierst!«

»Lincolnville, Maine?«

»Ja! Lass die Cops aus dem Spiel! Versprochen?«

»Wo in Lincolnville?«

»Im *Ducktrap Motel.* Zimmer elf. Hilfst du mir?«

»Warum hast du mir nicht geholfen, Sky, als er auf mich los ist? Warum sollte ausgerechnet ich dir helfen?«

»Weil ich schwach bin.«

»Und ich bin stark oder was?«

»Du bist stark, und du bist ein guter Mensch«, sagte Sky und legte auf.

Corinna zog Camus' Bücher aus dem Regal, schluckte zwei Xanax und trat mit dem Handy ans Fenster. Hatte sie genug in der Hand, um die Polizei zu alarmieren? Verlor sie damit nicht zu viel Zeit? Der Küstenort Lincolnville mit seinem idyllischen Hafen befand sich auf halber Strecke zwischen Camden und Belfast im Waldo County, eine knappe Autostunde von Spruce Head Island entfernt, das *Ducktrap Motel* etwas nördlich von Lincolnville an der Whitney Road, wie sie recherchiert hatte.

Sie würde nicht die Polizei, sondern Matt Dennison anrufen. Der Privatdetektiv hatte ihr seine Hilfe angeboten, und sie würde sie annehmen. Allein fuhr sie auf keinen Fall nach Lincolnville. Sie öffnete die oberste Schublade der Flurkommode und suchte in den Visitenkarten, die Michael darin aufbewahrt hatte, nach der des Detektivs. *Moody Auto Parts. Archer's on the Pier. Joe Bumiller Plumber. Craignair Inn & Restaurant. Rockland Antiques Marketplace. South End Grocery. The Strand Cinema. Lulu's Ice Cream and Gelato. Penbay Oil, Cobb & Son Carpentry.* Matt Dennisons Visitenkarte war silbern beschichtet und kleiner als die anderen. Er hob nach dem vierten Klingeln ab.

19
Walzahn

Matts Büroräume befanden sich in einem Gebäude der Zeile imposanter viktorianischer Backsteinhäuser an Thomastons Main Street, die die Bedeutung der Kleinstadt bezeugten, bevor die Schiffswerften und Kalksteinbrüche in den dreißiger Jahren geschlossen worden waren. Corinna parkte vor *Athens Mediterranean Pizzeria* zwischen einem Ramcharger und einem Pick-up mit heruntergeklappten Sonnenblenden, auf dessen Armaturenbrett eine silberne Schutzfolie ausgebreitet war. Das Schaufenster des Ladens neben der Pizzeria war mit weißer Farbe übermalt, das Schild abmontiert.

Corinna blieb hinter dem Steuer sitzen und betrachtete einen Mann, der allein an einem Fenstertisch des *Athens* saß, auf die nächtliche Straße hinaussah, ohne sie zu bemerken, und ab und zu aus einem großen Glas trank. Was kümmerte sie Skys Schicksal? War sie ein guter Mensch? Den Moment, die Polizei zu alarmieren, hatte sie verpasst. Sie betastete die Beule an ihrer Schläfe und erinnerte sich an ihren Schreck, als Chad aus dem Schutz der Bäume herausgetreten und mit erhobener Waffe auf sie zugegangen war.

Sie stieg aus, unsicher, ob sich der Eingang für die Bürogeschosse auf der Rückseite des Backsteingebäudes befand. Waren Michael und sie damals nicht um das große Haus herumgegangen und hatten ein Treppenhaus betreten, in dem mehrere Reihen Blechbriefkästen am Fuß einer steilen dunkelgrau gestrichenen Treppe hingen? Auf der Suche nach Matts Büro waren sie sich wie in einem amerikanischen Film vorgekommen. Die Neonröhren an der Decke hatten gesummt, die endlosen Korridore waren von Türen mit schlichten Nummern oder Geschäftsschildern von Anwaltskanzleien, Steuerberatern und Psychologen gesäumt gewesen.

Die Nacht war lau, der Himmel klar; die Milchstraße schien hinter den glühenden Sternen zu schweben, gespenstisch flirrend und flackernd, als hätte sie einen Wackelkontakt. Die Metalllamellen des Abzugs über der Eingangstür der Pizzeria klapperten, die Abluft duftete nach gerösteten Zwiebeln, geschmolzenem Käse und gebackenem Teig. Corinna erinnerte sich an die Pizza, die sie und Michael nach ihrem Besuch bei Matt an einem der Tische auf dem erhöhten Bürgersteig im Schatten der Stoffmarkise gegessen hatten. Als Corinna auf den Stufen der Steintreppe stand, die von der Main Street auf den Bürgersteig führte, löste sich ein Mann aus dem Schatten des Gebäudes und kam auf sie zu.

»Corinna?«

Matt trug wadenlange Shorts und ein Shirt der New England Patriots, der Stoff seiner weißen Bootsschuhe leuchtete grell im Licht, das durch die Scheiben der Pizzeria fiel. Er blieb ein Stück von ihr entfernt stehen und reichte ihr steif und förmlich die Hand.

»Ich fahre, und du erzählst mir, was ich wissen muss«, sagte er und zeigte mit dem Autoschlüssel auf den Ramcharger.

Matt öffnete ihr die Tür, ging dann um den Wagen herum, glitt mit einer schwungvollen Bewegung hinters Steuer und startete den Motor, wobei er sie erwartungsvoll ansah, als wünschte er sich ein Lob für den satten Klang. Corinna war verblüfft, wie hoch sie saßen. Das Sitzpolster quietschte, als sie mit der Hand darüberstrich. Der Delfin, der als Duftspender am Rückspiegel hing, baumelte heftig hin und her, so schnell setzte Matt den Wagen auf die Main Street zurück, um nicht hinter die Kolonne zu geraten, die sich an der Baustelle südlich des Ortes gebildet hatte und auf sie zukam.

»Hast du kein Navi?«

»Doch«, sagte Matt und tippte sich grinsend gegen die Stirn.

Erst als sie die letzten Häuser Thomastons hinter sich gelassen hatten, fing Corinna an zu erzählen. Sie gab sich Mühe, nichts auszulassen, jede Kleinigkeit zu erwähnen und auf Vermutungen zu verzichten. Wie Chad sie im Wald niedergeschlagen hatte, erzählte sie zuletzt. Sie befanden sich inzwischen am Rand von Rockland und sahen, wie die Lichter der Stadt die Unterseiten der Wolken beleuchteten, die Richtung Atlantik trieben. Sie wollte auf keinen Fall, dass Matt Chad unterschätzte, darum beschrieb sie ihn als gefährlicher, als er ihrer Meinung nach tatsächlich war. Matt hörte zu, ohne sie ein einziges Mal zu unterbrechen. Er hielt sich exakt an die Geschwindigkeitsbegrenzung und schaute immer wieder in den Rückspiegel, als könnte sie jemand verfolgen.

»Nervös?«, fragte sie.

»Berufskrankheit.«

»Du wirst verfolgt, Matt? Ist es nicht eher umgekehrt?«

»Trotzdem«, sagte er, kniff die Unterlippe mit den Fingern zusammen und stieß zischend Luft aus. »Warum hast du mich angerufen und nicht die Polizei?«

»Weil Sky mich darum gebeten hat, die Polizei aus dem Spiel zu lassen.«

»Trotzdem, Corinna. Bist du sicher, keinen Fehler zu machen?«

»Nein, bin ich nicht. Bist du bewaffnet?«

Matt sah sie an und deutete mit dem Kinn aufs Handschuhfach, aber sie rührte sich nicht und sah ihn wortlos an. Trug er ein Toupet? Die Haare auf seinem Kopf passten nicht zu seinen Koteletten, der Haaransatz war für einen Mann seines Alters erstaunlich tief.

»Da drin liegt eine Glock 20«, sagte er. »10 mm.«

»So genau brauch ich das nicht zu wissen, Matt.«

»Ich mein ja nur. Beruhigt?«

Sie nickte und sah wieder auf die Straße. Sie fuhren langsam durch Rockland, vorbei am Kino *The Strand*, das den Film *The Hero* mit Sam Elliott in der Hauptrolle zeigte, vorbei an einer Familie, die sich vor dem *Rockland Café* um die ausgehängte Menükarte drängte, vorbei am Terminal, auf dessen Zufahrtsrampe ein verlorener vw-Bus stand, der bestimmt die letzte Fähre verpasst hatte. Auf dem Parkplatz vor dem *Burger King* an der Ampel mit der Abzweigung zur 1a lag ein umgekippter Einkaufswagen, ein Teenager lehnte an der hochgeklappten Motorhaube eines Sportwagens, rauchte und telefonierte.

»Gehört bestimmt seinem Vater«, sagte Matt.

»Oder der Mutter.«

»Wie geht es Michael?«

In den vergangenen Monaten hatte sie gelernt, ihre Emotionen nicht zu zeigen. Dass es Menschen gab, die nicht von Michaels Tod wussten, war ungeheuerlich, aber nicht zu vermeiden.

»Gut«, sagte sie leichthin, beugte sich nach vorn und versuchte erfolglos, das Gekritzel auf dem obersten Blatt des Blockes zu entziffern, der mit einem Saugnapf am Armaturenbrett befestigt war.

»Wann kommt er nach?«

»Bald«, sagte sie.

Sie hatte nicht die Kraft, Matt die Wahrheit zu erzählen, noch nicht. Es gab Fragen, die sie nicht beantworten konnte. Bei Sätzen und Gesten, die sie trösten sollten, schrillten bei ihr die Alarmglocken und sorgten dafür, dass sie sich noch mehr zurückzog. Und sie war zu schwach und zu unsicher, um Erinnerungen auszuhalten, die unweigerlich auftauchten, sobald sie über Michaels Tod sprach. Es war leichter, die Gegenwart einfach auszuhalten. Und die Zukunft? Warum gelang es ihr nicht, nach vorne zu schauen?

»Eine Tante von mir hat drei Mal denselben Mann geheiratet.«

»Und wie oft ist sie geschieden?«, fragte Corinna.

»Zwei Mal. Das dritte Mal hat sie ihn erschossen.«

»Machst du Witze?«

»Schön wär's!«

Auf der Stoßstange des Autos vor ihnen klebte ein Sticker, den sie erst lesen konnte, als sie am Ortsausgang von Rockland an einer Ampel dicht hinter ihm anhielten: »Don't call 911 – buy a gun.«

»Seltsames Auto hast du«, versuchte Corinna es mit einem Themenwechsel. »Oldtimer?«

Matt warf ihr einen misstrauischen Blick zu, verzichtete aber auf weitere Fragen nach Michael.

»Fast. Dodge hat den Ramcharger von 1974 bis 93 gebaut. Es gibt Fanclubs dafür. Machst du dir was aus Autos?«

Corinna schüttelte den Kopf, klopfte auf das Armaturenbrett, als wollte sie den Wagen loben, und sah nun doch ins Handschuhfach. Die Glock war in einen Lappen gewickelt, der vertraute Geruch des gefetteten Laufes weckte Empfindungen, die sie jetzt nicht wollte. Sie schlug den Deckel des Handschuhfaches zu, ohne die Waffe berührt zu haben.

In Camden gerieten sie in einen Stau und bewegten sich im Schritttempo durch die Innenstadt mit ihren Delis, Boutiquen, Galerien, Bars und Restaurants.

»›Camden by the Sea, Rockland by the Smell!‹ Schon mal gehört?«

Corinna nickte. Eine Fischfabrik hatte Rockland bis vor wenigen Jahren so stark verpestet, dass Touristen den Ort lange Zeit gemieden hatten und erst zurückgekommen waren, nachdem die Fabrik geschlossen worden war.

Aus *Cuzzy's Restaurant* drang Countrymusik, fröhliche Menschen drängten sich auf den Bürgersteigen. Sie brauchten beinahe zehn Minuten, um den beliebten Ferienort mit dem pittoresken Jachthafen zu durchqueren.

Hinter Camden war der Wald zu dicht, um die Stämme einzelner Bäume unterscheiden zu können. Die Route 1 schien zwischen schwarzen Wänden hindurchzuführen, die manchmal bedrohlich nahe rückten. Nach einigen Meilen traten die Bäume zurück, die Landschaft öffnete sich und fiel sanft zum Spiegel des Meeres hin ab. Ihre Scheinwerfer erfassten einen Traktor, den Mähbalken über Nacht angehoben. Kurz darauf fuhren sie an einem verlassenen Betongebäude vorbei, vor dessen Laderampe ein Lieferwagen stand, der im Licht der Natriumdampflampe schimmerte, als sei er mit einer grünen Flüssigkeit übergossen worden.

»Wir sind gleich da«, sagte Matt. »Wenn wir noch ein Stückchen weiterfahren würden, könntest du Islesboro sehen.«

»Die Insel?«

»In der Penobscot Bay. Genau.«

»Was hat Islesboro, was andere Inseln nicht haben?«

»John Travolta hat dort seinen eigenen Flughafen.«

»Toll.«

Es gab kaum eine Insel vor der Küste Maines, von der es nicht hieß, John Travolta besitze darauf einen eigenen Flughafen. Und ein Haus. Sie wusste noch immer nicht, auf welcher Insel er wirklich ein Anwesen hatte. Matt schien ihr Sarkasmus nicht zu stören.

»Wart ihr schon mal in Belfast?«

»Irland?«

»Belfast, Maine«, sagte Matt spöttisch.

»Ja.«

»Einer der letzten ursprünglichen Küstenorte. In Camden, Boothbay Harbor und Bar Harbor haben die Reichen doch längst alles aufgekauft. Belfast ist anders. Weißt du warum?«

Matt erwartete keine Antwort, dennoch schüttelte Corinna den Kopf.

»Weil es in Belfast eine große Geflügelfabrik gab. Die Bucht war ein einziges Drecksloch voller Hühnerfedern. Darum haben die Segler mit ihren Jachten sie gemieden. Die Fabrik ist längst geschlossen worden. Es gibt eine schöne alte Eisenbrücke aus den dreißiger Jahren da oben. Allein dafür lohnt sich die Fahrt.«

Im letzten Sommer hatten sie einen Ausflug nach Belfast gemacht und in einem Stadtpark am Wasser in der Sonne gelegen. Die grüne Eisenbrücke, die sich über den Hafen spannte, hatte Michael so gut gefallen, dass er sie aus allen möglichen Winkeln fotografiert hatte.

Auf der Kuppe, hinter der die Straße in einer Geraden zum Hafen von Lincolnville abfiel, nahm Matt den Fuß vom Pedal und ließ den Wagen wie ein Gefährt aus einer vergangenen Zeit an den Häusern vorbeigleiten. Corinna konnte den Blick unmöglich von den mit bunten Girlanden und Lichterketten geschmückten Fenstern des *Whale's Tooth* lösen. Sie hatten es nie geschafft, in dem berühmten

Fischlokal am Wasser zu essen. An den Tischen, auf denen Kerzen brannten, saßen glückliche Paare, aßen, tranken, lachten. Es gab so viel, das sie und Michael gemeinsam erlebt hatten. Und es gab so viel, das sie niemals erleben würden. Ein Stück außerhalb Lincolnvilles bremste Matt ab und deutete auf ein Schild am Straßenrand: *Ducktrap Motel.*

»Warum hilfst du ihr eigentlich?«, fragte er und setzte den Blinker.

»Weil sie mich angerufen hat.«

»Das ist kein Grund.«

»Sie sagt, ich sei ein guter Mensch.«

»Na dann!«, lachte Matt und klopfte mit beiden Händen aufs Lenkrad. Über dem Wald war der Himmel undurchdringlich schwarz, über dem Atlantik dagegen leuchtete er kobaltblau. »Und? Bist du ein guter Mensch?«

»Bald«, sagte sie, »hoffentlich. Und du?«

»Um mich geht's hier nicht. Du kannst immer noch die Polizei anrufen.«

»Ich weiß, Matt. Will ich aber nicht.«

»Dir ist bewusst, dass du damit eine Grenze überschreitest?«

Corinna nickte und setzte sich aufrecht hin, um einen selbstsicheren und entschlossenen Eindruck zu machen.

20
Feuerwerk

Die schmale Motelzufahrt war nur in eine Richtung befahrbar; sie führte an Parkplatz und Empfangsgebäude mit Rollstuhlrampe vorbei und in einer Schleife durch das sanft abfallende Gelände zurück auf die Route 1. Einige der weiß gestrichenen Cottages waren aneinandergebaut, andere standen frei. In mehreren Zimmern brannte Licht, aber nur auf einer Veranda saß ein älteres Paar und las im Licht einer Gaslampe, deren Fauchen deutlich zu hören war. Matt stellte seinen Ramcharger auf den letzten freien Parkplatz und schaltete Motor und Scheinwerfer aus. Zimmer 11 befand sich in einem freistehenden Cottage am Rand der Anlage. Die Haustür stand einen Spaltbreit offen, alle drei Fenster, die sie vom Parkplatz aus sehen konnten, waren erleuchtet. Über der Lehne eines Stuhles auf der Veranda hing eine Jeansjacke.

»Wartest du im Auto oder kommst du mit?«

Statt Matt zu antworten, öffnete Corinna das Handschuhfach, nahm die Glock heraus, wickelte sie aus dem Lappen und reichte sie ihm. Dann legte sie den Lappen zurück ins Handschuhfach und machte es zu, stieß die Autotür auf und sprang ins Freie. Matt blieb einen Augenblick sitzen, als hätte er Bedenken, stieg dann aber ebenfalls aus, steckte die Pistole über der rechten Gesäßtasche in den Bund seiner Shorts und nickte ihr zu. Bevor sie ihm folgte, versicherte sie sich, dass das lesende Paar nicht auf sie aufmerksam geworden war. Sie stellte sich neben der Tür mit dem Rücken an die Hauswand, angespannt und gleichzeitig hellwach wie früher bei Einsätzen der Kapo Aarau. Matt klopfte. Da sich nichts rührte, trat er einen Schritt zurück und warf ihr einen fragenden Blick zu. Corinna nickte, er zögerte, stieß die angelehnte Tür dann aber doch auf und betrat das Cottage. Sie ließ einen Augenblick verstreichen, ging ihm nach, drückte die Tür hinter sich ins Schloss und zog die Vorhänge vor den Fenstern zu. An der einen Wand stand ein Fernseher auf einer Kommode, daneben lagen eine plastikbeschichtete Menükarte von *Pizza Hut* und die Fernbedienung. Das Doppelbett war zerwühlt, beide Kissen lagen am Boden. Vor dem Nachttisch, dessen oberste Schublade offen war, stand ein leerer Eiskübel. Matt betrat das Bad und kam nach einem kurzen Moment wieder heraus, ein blutiges Handtuch in der Hand. Er zog alle Schubladen der Kommode und des Nachttischs auf, sah hinein und schob sie wieder zu. Dann riss er Laken und Wolldecke vom Bett, wobei zwei zerdrückte Dosen Bud light und ein Handy zu Boden fielen. Dass es ihr Telefon war, begriff Corinna erst, als sie es in der Hand hielt.

»Das gehört mir«, sagte sie, schaltete es ein und starrte auf das Foto auf dem Display.

»Sky war nicht alleine hier, Matt!«

Das überbelichtete Handyfoto zeigte eine Nahaufnahme von Skys Gesicht: Ihr linkes Auge war zugeschwollen, das rechte angsterfüllt aufgerissen. Ihr Lidstrich war verschmiert, ihre Oberlippe aufgeplatzt, ihr Kinn blutverschmiert. Chad stand mit gebleckten Zähnen hinter ihr, eine Hand auf ihrem Scheitel, als segnete er sie. Mit der anderen Hand hielt er eine Streichholzschachtel in die Höhe.

»Hast du die Streichholzschachtel hier irgendwo gesehen?«, fragte Corinna und betrat das Bad.

In dem kleinen, muffigen Raum war es drückend heiß. Es

roch nach Parfum, in der Duschwanne lagen schmutzige weiße Socken, auf dem Boden ein benutzter Waschlappen. Der Spiegelschrank war bis auf ein Wattestäbchen und eine Packung Papiertaschentücher leer, das Waschbecken voller Blut. Sie beherrschte sich, das Wasser aufzudrehen und es wegzuspülen, schüttelte stattdessen den Duschvorhang aus, fand aber nichts als eine Duschhaube, die in den Falten des Plastiks klebte. Die Seife, die in der Duschwanne lag, war nicht ausgepackt worden. Den blutigen Handabdruck auf der Tür des Badezimmers sah Corinna erst, als sie ins Zimmer zurückging. Matt lag vor dem Bett auf dem Boden. Er setzte sich ächzend auf, sein Gesichtsausdruck verriet, dass er etwas gefunden hatte. Er warf ihr eine Streichholzschachtel zu, und sie machte sie auf. Der Zahn, der darin lag, war strahlend weiß, erstaunlich groß und hatte einen haarfeinen Riss.

»Eine Schaufel«, sagte Matt, nahm den Zahn zwischen Daumen und Zeigefinger und drehte ihn hin und her wie einen wertvollen Stein.

»Vielleicht wissen die am Empfang etwas«, sagte er und legt den Zahn zurück in die Schachtel.

In einer Ecke des Empfanges stand eine Eismaschine, an der Decke drehte sich langsam ein Ventilator aus Holz. Die Wanduhr hinter dem Tresen zeigte 22:27 Uhr, das Poster von Machu Picchu, das daneben hing, war verblichen. Im Hinterzimmer, in dem Corinna ein schmales Bett mit zerwühlter Decke bemerkte, lief Musik. Da sich nichts rührte, nachdem Matt sich mehrmals laut geräuspert hatte, schlug er auf die Glocke, die neben einem Drehgestell mit Ansichtskarten auf dem Tresen stand. Eine Toilettenspülung ging, ein Türriegel klickte, dann trat eine Frau mit rot gefärbten langen Haaren aus dem Hinterzimmer. Sie sah sie bemüht freundlich an, konnte aber nicht verbergen, dass sie sich gestört fühlte.

»Was kann ich für Sie tun?«

Sie trug billige Ringe und eine Uhr mit Plastikarmband. Ihre Stimme verriet, dass sie starke Raucherin war.

»Eine Freundin von uns wohnt bei Ihnen«, sagte Matt. »Zimmer 11. Wissen Sie, wo wir sie finden?«

Die Frau lächelte sardonisch, zog einen Barstuhl heran, setzte sich und fing an, mit einem Kugelschreiber zu spielen, indem sie mit seinem Ende auf die Theke klopfte und die Mine vor- und wieder zurückspringen ließ.

»Es ist mir nicht erlaubt, Informationen über unsere Gäste rauszugeben, Sir.«

»Hatte Sky Besuch?«, fragte Corinna, legte ihre Hand auf den Tresen, als entspannte das die Situation, und lächelte die Frau freundlich an.

»Wie gesagt, es ist mir nicht erlaubt ...«

»Meine Freundin ist in Gefahr, verstehen Sie«, sagte Corinna mit einem flehenden Unterton. »Ihr Mann schlägt sie.«

»... Informationen über unsere ...«

»Ich bin Privatdetektiv«, sagte Matt barsch und warf seinen Ausweis auf den Tresen. »Haben Sie etwas gesehen?«

Die Frau schüttelte unsicher den Kopf, ließ aber immerhin den Kugelschreiber in ein Plastikkörbchen neben der Kasse fallen und beugte sich mit gerunzelter Stirn über seinen Ausweis.

»Das Foto«, sagte sie und zeigte auf das Bild, »neu ist das aber nicht!«

»Oder gehört?«, fragte Corinna.

Die Frau schüttelte noch einmal den Kopf und schob den Ausweis von sich weg. Matt steckte ihn ein, drehte sich abrupt um und verließ wortlos das Gebäude.

Matt lehnte an seinem Auto, eine Zigarette im Mund, die nicht brannte. Das Paar war verschwunden, ihre Gaslampe stand fauchend auf dem Geländer der Veranda. Nun war der Himmel über dem Meer so schwarz wie über dem Wald.

»Wegen so was fang ich nicht wieder an«, sagte er, ließ die Zigarette aus dem Mund zu Boden fallen und trat darauf.

»Und jetzt?«, fragte Corinna.

»Jetzt fährst du nach Hause und legst dich schlafen. Wir werden sie nicht finden. Keine Chance. Und die Polizei auch nicht, das weißt du.«

Sie nickte. Die Lichter eines vorbeifahrenden Autos strichen durch die Büsche und über die Wiese. Der Mann, der mit seiner Frau auf der Veranda gesessen und gelesen hatte, trat im Pyjama aus dem Cottage. Er breitete beide Arme aus, gähnte genüsslich und schaute dabei in den Himmel, ohne sie zu beachten. Dann schaltete er die Gaslampe aus und brachte sich damit wie ein Zauberer von einem Moment zum nächsten zum Verschwinden.

Corinna fuhr eben auf die Brücke, die auf Spruce Head Island führte, da schraubte sich die fahle Leuchtspur einer Rakete in den Nachthimmel, zerplatzte über Rackliff Island und erstrahlte als blauweißer Pilz, der die Baumwipfel und den Wasserspiegel in ein kaltes Licht tauchte. Der dumpfe Knall war erst Sekunden später zu hören. Im Sommer hatte sie oft mit Michael auf dem oberen Deck gesessen und die Feuerwerke bewundert, die nahezu jede Nacht irgendwo an der Küste in den Himmel stiegen. Eine rote Feuerblume erblühte, gefolgt von einem verzögerten weißen Blitz in ihrem Zentrum, der rote Garben versprühte. Die Fäden, die im Atlantik verglühten, erinnerten sie an Skys Blut im Waschbecken.

Sie fuhr den Wagen in die Garage und ging ins Haus, ohne noch einmal den Blick zu heben. Im Dunkeln durchquerte sie das Wohnzimmer, warf Camus' Bücher achtlos aufs Sofa, schluckte mit geschlossenen Augen eine Xanax, spürte, wie sie ruhig wurde, und stellte sich Menschen vor, die gemeinsam die Gesichter in den Nachthimmel hoben, die Münder offen in Erwartung des nächsten Knalles, nächsten Feuerblitzes und der nächsten Rakete, vielleicht der letzten dieser Nacht, die ihre Gesichter und das Wasser mit ihrer Farbe belegte.

21
Ein gerupftes Huhn

Mitten in der Nacht fing es heftig an zu regnen, und Corinna erwachte. Das Rauschen war so tröstlich, dass sie aufstand, das Fenster öffnete und den Kopf ins Freie hielt. In ihrem Traum hatte ein schwarzer Eisenkahn auf einem träge dahinströmenden Fluss einen schwimmenden Bagger vor sich hergeschoben, in dessen Schaufel Michael geborgen wie in einer schützenden Hand lag und zu einem Bob-Seger-Song Gitarre spielte.

Der Lärm der Kühlaggregate von *Norwood Lobster* hatte nachts eine andere Klangfarbe, störte aber genauso wie tagsüber. Sie blieb im offenen Fenster stehen und sah zu, wie der Himmel über dem Atlantik langsam hell wurde. Matt hatte ihr gestern auf der Rückfahrt versprochen, Informationen über Chad und Sky, über die Schließung von *Moosehead Paper* im Juni 1993, über Jacob Snyder, seine Frau Emma und seine Kinder Betsy und Ty zusammenzutragen. Als PI hatte er Zugang zu Datenbanken, die ihr bestimmt weiterhalfen. Was wohl aus Snyders Kindern geworden war? Deutete der Name Jacob nicht auf einen religiösen Hintergrund hin? Aber warum hatten er und seine Frau ihre Kinder dann Betsy und Ty getauft? War Jacob religiös aufgewachsen und hatte sich später vom Glauben losgesagt? Und von welchem Glauben? Gedanken an Sky versuchte sie zu verdrängen, sah aber doch immer wieder ihren herausgeschlagenen Zahn, das Blut im Waschbecken, den Handabdruck auf der Badezimmertür und das Foto auf ihrem Handy vor sich, das sie auf Matts Rat gelöscht hatte. Hätte sie sich doch an die Polizei wenden sollen? Und weshalb hatte sie Matt ihren Besuch bei Ray Marling in der Hütte am Damariscotta Lake verschwiegen, dafür aber von dessen schwangerer Frau Maggie erzählt? Wollte sie Ray schützen? Wozu und wovor?

Der Regen hörte mit einem Schlag auf. Den Geruch, der ihr in die Nase stieg, hatte sie schon als Kind geliebt: nasser Asphalt, nasses Gras, nasser Straßenstaub. Im Hafen sprang der Motor eines Lobsterbootes an, kurz darauf durchquerte ein Boot das Hafenbecken und nahm Kurs auf die offene See. Aus dem Wald stieg Dampf auf, als atmete dort ein großes Tier. Zwischen den Inseln Whitehead und Norton stand eine Nebelbank, in die das Boot hineinfuhr. Erst hielt sie das klägliche Schreien der Katze für das Quietschen eines Gartentores, dann fiel ihr ein, dass es ein solches Tor in ihrer Nachbarschaft nicht gab und dass sie gestern Nacht nicht nach der Katze Ausschau gehalten hatte. Sie schloss das Fenster, ging nach unten und ließ das Tier ins Haus. Es strich ihr um die Beine, lief aber bald in die Küche und blieb vorwurfsvoll mauzend vor dem Kühlschrank stehen. Ihr Fell war klatschnass, und sie wirkte klein und beinmager. Corinna öffnete eine Dose Thunfisch und sah zu, wie sich die Katze gierig darüber hermachte, wobei sie leise meckerte. Sobald sie den Teller leer gefressen hatte, gähnte sie und ging mit erhobenem Schwanz ins Wohnzimmer, ohne Corinna eines weiteren Blickes zu würdigen. Leichtfüßig sprang sie auf Michaels Musiksessel, ließ sich darauf nieder und fing an, sich die Pfoten zu lecken. Corinna sah ihr zu, wobei sie sich wie ein gnädig geduldeter Gast im eigenen Haus vorkam. Spürte ein Tier, dass es beobachtet wurde? Falls die Katze es bemerkte, ließ sie sich nichts anmerken. Corinna hatte sich schon als kleines Mädchen eingebildet zu merken, wenn ihre Eltern oder die Kindergärtner und Lehrer sie heimlich beobachteten. Später hatte sie gelernt, dass das nicht stimmte: Michael hatte sie oft beobachtet, ohne dass es ihr bewusst war. Wenn sie auf dem Sofa lag und fernsah. Wenn sie in der Küche Kartoffeln schälte. An ihrem Schminktisch. Am Steuer. Beim Zähneputzen. Wenn sie einen Schluck aus der Ginflasche nahm. Aus der Flasche *Southern Comfort*. Aus der Weinflasche. Die Katze drehte sich auf die andere Seite, weg von ihr. Corinna konnte es nicht lassen, zu ihr hinüberzugehen und ihr durchs Fell zu fahren, bevor sie in den oberen Stock ging, um sich noch einmal hinzulegen.

Gegen elf klingelte das Telefon. Da sie keine Lust hatte zu reden, wollte sie erst nicht abheben, tat es dann aber doch. Die Katze lag ausgestreckt auf dem Sessel und schlief.

»Stör ich?« Tracy klang erschöpft, deprimiert. Wahrscheinlich hatte sie getrunken, vielleicht auch geweint.

»Rufst du aus Carolina an?«

»Sie geben seine Leiche nicht frei.«

»Du bist noch hier?«

»Was dagegen?«

»Hat man dir die Hummerzange eigentlich gezeigt, Tracy?«

»Das hast du mich schon mal gefragt!«

»Kennst du sie?«

»Auch das hab ich dir schon erzählt, Co! Ich weiß es nicht.«

»Gehört sie euch?«

»Ich weiß es nicht!«

»Und das haben sie akzeptiert?«

»Er hat mich nie geschlagen, Norm. Musst du wissen. Nie. Fast nie.«

»Du musst mir das nicht erzählen, Tracy.«

»Nur ein Mal. Ein einziges Mal.«

»Tracy! Bitte.«

»Ich war selbst schuld. Hat er behauptet. Und er hatte recht! Doch. Hatte er. Wirklich. Ich war schuld.«

»Was hast du getan?«

»Das geht dich nichts an! Hast du auf Michaels Beerdigung eine Rede gehalten?«

»Ich konnte nicht.«

»Kein Wort? Nichts? Keine persönlichen Abschiedsworte?«

»Ich hab's nicht geschafft.«

»Ich werde etwas sagen. Wenn ich es schaffe. Oh Gott!« Tracy schluchzte, beruhigte sich aber sofort wieder. Corinna hörte, wie sie einen Schluck trank.

»Ich bete schon lange nicht mehr. Du, Co?«

»Manchmal, doch.«

»Nur wenn's dir beschissen geht. Stimmt's?«

»Stimmt.«

»Ich weiß nicht, wie ich das schaffen soll. Ohne ihn. Norm.«

»Soll ich vorbeikommen?«

»Schaffst du es, allein, Co, ohne Michael? Wie macht man das?«

»Soll ich vorbeikommen, Tracy?«

»Lieber nicht. Mir geht es nicht so besonders.«

»Eben.«

»Ich nehm ein schönes Tablettchen und leg mich hin.«

»Dann bis morgen, Tracy. Wir gehen essen. Ins *Luke's*.«

»Wenn ich morgen noch hier bin.«

»Versprochen?«

»Mal sehen.«

»Gibt es was, was du mir nicht erzählst? Was Neues?«

»Nicht für dich«, sagte Tracy und legte auf, ohne sich zu verabschieden.

Corinna hielt das Telefon noch eine Weile in der Hand, ehe sie es vorsichtig hinlegte. Die Katze hatte sich aufgesetzt und sah sie aufmerksam an. Dann sprang sie blinzelnd von Michaels Sessel, kam auf sie zu, überlegte es sich aber im letzten Augenblick anders und ging in die Küche. Auf der Rockledge Road fuhr ein Pick-up vorbei, auf dessen Ladefläche Hummerkörbe aufeinandergestapelt waren.

Ihre Alkoholsucht hatte Michael Angst gemacht. Darum war er tot. Seine Angst vor ihrer Sucht hatte ihn in den Tod getrieben. Hatte ihn nachlässig und unvorsichtig gemacht, hatte ihn abgelenkt. Ihr Mann war gestorben, weil er unvorsichtig geworden war, bereit, Risiken einzugehen. Man hatte ihr geraten, sich den Anblick seiner Leiche zu ersparen, und sie hatte nicht darauf bestanden. Wie schaffte sie es ohne ihn? Hätte sie ihn aufhalten können damals, als er aus der Wohnung gestürmt war? Wieso war er nicht geblieben und hatte sie, obwohl sie im Unrecht war, in den Arm genommen, um damit jene Grenze zu überschreiten, über die sie es nie schaffte, wenn sie sich stritten?

Plötzlich hatte sie das Verlangen, mit ihrem Sohn zu reden und ihm zu sagen, wie sehr er ihr fehle und dass sie sich auf ihn freue. Aber sie schaffte es nicht, ihn anzurufen. Sie machte einen Kaffee und setzte sich aufs untere Deck. Der Kaffee schmeckte ihr nicht. Sie beugte sich übers Geländer und goss ihn ins Gras. Die Katze saß in der offenen Tür und sah sie an. Konnten Katzen lächeln? Corinna bückte sich, um sie zu streicheln, aber sie sprang mit einem Satz durch ihre Arme vom Deck in den Garten und verschwand im Gebüsch. Die Stelle, an der Corinna den Kaffee ausgegossen hatte, dampfte. Vögel schrien, und sie saß reglos da und starrte in den Himmel.

Jeff ging mitten auf der Rockledge Road auf ihr Haus zu. Der Hund trottete mit eingezogenem Schwanz und gesenktem Schädel neben ihm her. Jeff hielt die Leine straff, bückte sich alle paar Schritte und redete mit dem Labrador. Das Klatschen seiner Flipflops und das Kratzen der Pfoten auf dem Asphalt ergaben einen harmonischen Klang.

Als Jeff Corinna bemerkte, die einen Busch in der Rabatte ihrer Zufahrt beschnitt, hellte sich sein Gesicht auf. Er blieb stehen und hielt lächelnd einen schwarzen Plastikbeutel in die Luft.

»Der Scheißer lässt sich absichtlich Zeit mit seinem Geschäft! Er liebt es, mich an der Nase herumzuführen, solange es ihm passt.«

Der Hund sah sie ruhig an. Offensichtlich hatte er sich an Jeffs Gerede gewöhnt. Schließlich setzte er sich und gähnte.

»Wie heißt er überhaupt?«

»Spots. Ich mag eigentlich lieber Katzen. Aber David liebt ihn. Mehr als mich, fürchte ich!«

»Scheint ein anständiger Kerl zu sein.«

»David oder er hier?« Jeff legte dem Labrador eine Hand auf den Kopf, kraulte ihn zärtlich zwischen den Ohren und lachte. »Ich mach nur Spaß! Das letzte Mal musste ich bis zum *Mussel Ridge Shop* latschen, bis er sich endlich dazu überwunden hat, sein Pfund loszuwerden. Hat mir fast den Arm ausgerissen, so schnell ist der alte Knabe gelaufen!«

Spots schüttelte seinen Schädel, wobei seine Lefzen ein

schmatzendes Geräusch machten; er legte sich hin und bettete die Schnauze auf beide Vorderpfoten.

»Geschäft Numero uno erledigt er alle paar Meter, was wohl an seinem Alter liegt. Numero due dagegen …«

Er ließ den Satz unvollendet, machte eine theatralische Handbewegung und ging neben Spots in die Hocke.

»Es müsste einen Befehl dafür geben«, sagte er. »Für alles andere gibt es ja auch einen. Platz! Sitz! Fass! Er hört auf alles!«

»Klingt vernünftig«, sagte Corinna und ließ die Gartenschere in die Tasche ihres Jeansgilets gleiten.

»Neuigkeiten?«

»Was?«

»Der Stein, den man uns durchs Fenster geworfen hat. Und nicht nur uns.«

»Was heißt das?«

»Na ja, anderen ist dasselbe passiert.«

»Jemandem, der unterschrieben hat?«

»Was denkst du denn! Natürlich. Bei dir?«

Wieso erzählte sie Jeff nicht von dem Stein, der durch ihr Fenster geworfen worden war? Spots hatte angefangen, mit dem Schwanz auf die Straße zu klopfen, blieb jedoch liegen. Jeff ließ die Leine los und strich ihm sanft über den Rücken. Der Hund gab ein japsendes Geräusch von sich, erhob sich und sah Jeff treuherzig an.

Jeff tippte mit dem Zeigefinger vor seiner Stirn in die Luft, als trüge er einen Hut, nickte und ging Richtung Island Road davon. Spots folgte ihm bei Fuß. Jeffs T-Shirt trug die Nummer 32 auf dem Rücken, und sie hätte ihm beinahe nachgerufen, was die Nummer bedeute, ließ es aber bleiben. 32. Auf einer ihrer Italienreisen hatte Michael für einen Freund ein Trikot von *Inter Mailand* gekauft. An den Namen des Spielers, der auf dem Rücken stand, Ibrahimović, konnte sie sich erinnern, an die Nummer nicht.

Es war windstill, der Himmel ohne eine Wolke, doch die Sonne hatte kaum Kraft, und Corinna ging ins Haus, um sich ein Hemd überzuziehen. Danach hob sie die beiden Steine aus dem Busch, in dem sie sie deponiert hatte, um sie sich genauer anzusehen. Plötzlich wusste sie, wo sie schon einmal Steine mit der gleichen wässrigen roten Färbung gesehen hatte: in einem Steinbruch an der Route 131 bei den Lagerschuppen und Anlegestegen von *Wildcat Lobster* in Long Cove. Michael hatte immer vorgehabt, dort fangfrischen Lobster zu kaufen, wegen ihrer Allergie aber darauf verzichtet. Der Steinbruch war längst aufgegeben, das Areal mit einem Drahtzaun abgeschirmt, an dem Schilder hingen, die das Betreten unter Androhung einer Buße verboten.

Sie wickelte die Steine in einen alten Lappen und legte sie in den Kofferraum ihres Dodge. Wenn sie das nächste Mal nach Tenants Harbor oder Port Clyde fuhr, würde sie sie mit den Steinen aus dem Bruch vergleichen. Was sie mit dem Wissen, woher die Steine stammten, die durch ihre Fenster geworfen worden waren, anstellen sollte, spielte vorerst keine Rolle. Schritt um Schritt, wie gewissenhafte Polizeiarbeit.

Wie ihr jetzt auffiel, hatte sie den Busch nicht zurechtgestutzt, sondern zerstört. Er sah aus wie ein gerupftes Huhn. Das Gras hinter dem Haus musste gemäht werden, aber sie hatte keine Lust, den Rasenmäher aus der Garage zu holen, zu betanken und zu starten. Hatte nicht die Kraft, Michael vor sich zu sehen, der den Mäher mit grimmigem Gesicht betankte. Zeit, den Erinnerungen die Spitzen zu brechen, Zeit, das grelle Licht abzudämpfen, Zeit für eine Xanax. Vor der Haustür drehte sie sich um, in ihrer Vorfreude gestört von einem Auto, das mit leise quietschenden Bremsen vor ihrer Einfahrt anhielt. Die verspiegelten Scheiben verhinderten, dass sie sah, wer darin saß, doch sie wusste es auch so.

22

Ein Detective ohne Socken

Der junge Detective, dessen Namen sie sofort wieder vergessen hatte, fühlte sich sichtlich unwohl, saß auf der vordersten Sofakante, beide Hände auf den Knien, und rührte seinen Orangensaft nicht an. Detective Robinson dagegen wirkte entspannt, die Kaffeetasse in der Hand, aus der er mit genüsslich geschlossenen Augen trank. Um seinen Mund spielte ein Lächeln, als sähe er das Leben als Komödie und sich selbst als ihren amüsierten Betrachter.

»Jagen Sie?«, fragte Robinson und zeigte auf die Vogelfedern auf dem Couchtisch, ohne sie anzufassen.

»Nur Federvieh«, sagte Corinna, nahm eine Feder mit zerbrochenem Kiel in die Hand und drehte sie hin und her.

Ihre Frage, ob es neue Erkenntnisse oder gar eine Verhaftung gebe, hatte Robinson mit nachsichtigem Lächeln und unmerklichem Kopfschütteln beantwortet. Seine Körperhaltung und sein wacher, ungerührter Blick stellten unmissverständlich klar, wer hier in ihrem Wohnzimmer die Fragen stellte. Sie hatte gern Opfer, Zeugen und Verdächtige befragt, hatte gern Verhöre geführt. Die meisten hatten ihr mehr erzählt, als sie eigentlich wollten, weil Corinna sich zurücknahm und dennoch ein kleines Stück von sich preisgab. In einem Verhör ging es darum, die Macht abzugeben, damit der Verhörte gegen seinen Willen Vertrauen fasste, redete und gestand. Sofern sie an dem Menschen, den sie befragte oder verhörte, irgendetwas Sympathisches fand, selbst wenn es etwas Äußerliches war, war ihr das gelungen. Ihre eigenen Gefühle hatte sie zwar nicht offenbart, aber auch nicht gänzlich verborgen. Sie ließ ihre Emotionen dicht unter der Oberfläche aufscheinen. Es war dumm und falsch anzunehmen, Detective Robinson arbeite anders.

Um zu verhindern, genau die Stelle in ihrem Wohnzimmer verdächtig zu machen, die ihr Blick mied, ließ sie ihre Augen gelegentlich durch den Raum und über das Bücherregal wandern. Sollte sie Robinson fragen, ob er die Romane von Albert Camus kenne? Hätte es geholfen, wenn sie das Xanax bereits eingenommen hätte, bevor die Detectives bei ihr aufgetaucht waren?

»Waren Sie im Wasser oder an Land, Mrs Holder, als Sie die Leiche von Norman Dunbar fanden?«

»Im Wasser. Ich war schwimmen«, sagte sie und legte die Feder zurück.

»Sie haben die Leiche nicht angefasst?«

»Natürlich nicht!«

Ihre Entrüstung war nicht einmal gespielt. Hielt Robinson sie wirklich für derart unvorsichtig?

»Kennen Sie einen gewissen Ray Marling?«

»Kennen? Ich weiß natürlich, wer er ist.«

»Natürlich? Warum natürlich?«

»Spruce Head Island ist klein. Jeder kennt Rays Vater Andrew. Darum kennt jeder Ray, seinen Sohn.«

»Haben Sie Ray Marling in letzter Zeit gesehen?«

Sie schüttelte den Kopf, vermied es, in diesem Moment zu schlucken, und sah Robinson offen an.

»Norman Dunbar hat Ray Marling erpresst«, sagte Detective Robinson und trank einen Schluck Kaffee.

»Woher wissen Sie das?«

Als ehemalige Kriminalpolizistin durfte sie sich diese Frage erlauben. Es war anzunehmen, dass sie Norman Dunbars Handy mit den Fotos von Ray gefunden hatten. Der junge Detective räusperte sich und trank jetzt doch etwas von dem Saft.

»Wir haben Hinweise«, sagte Robinson, »oder nein, Beweise. Wir haben Beweise.«

»Denken Sie, das wäre ein mögliches Motiv?«

»Denkbar, ja.«

»Möchten Sie noch eine Tasse?«

Detective Robinson schüttelte den Kopf, stellte seine Tasse vorsichtig auf den Tisch und sah sie freundlich an.

»Wussten Sie von der Erpressung?«

»Nein.«

Robinson senkte den Blick, und Corinna tat ihm den Gefallen und sah ebenfalls auf seine Schuhspitzen. Er trug keine Socken, wie sie durch die schwarzen, dicht geflochtenen Lederschuhe erkennen konnte. Er schlug die Beine übereinander und sah sie ungerührt an.

»Vermissen Sie die Polizeiarbeit?«

»Manchmal.«

»Ich bin froh, wenn es endlich vorbei ist.«

»Ich hab keine Hobbys«, sagte Corinna.

»Ich auch nicht. Aber ich bin müde. Mögen Sie Hummer?«

»Bin allergisch. Leider.«

»Das ist Pech. Hier in Maine.«

»Wissen Sie mittlerweile, wo Norman Dunbar umgebracht worden ist?«

»Dazu darf ich Ihnen nichts sagen, Mrs Holder. Das wissen Sie doch.«

»Und die beiden, die mein Auto gestohlen haben? Irgendeine Spur?«

»Keine Spur, leider. Nichts. Sie sind wie vom Erdboden verschluckt. Wir halten Sie auf dem Laufenden.«

»Vielleicht sind sie nach Kanada gefahren«, sagte Corinna.

»Könnte sein, ja. Maines Grenze zu Kanada ist vierhundert Meilen lang. Das meiste davon Wildnis. Vielleicht sind sie mit einem Boot geflüchtet, wer weiß?«

»Dreitausend Meilen Küste und etwa tausendvierhundert Inseln«, sagte der junge Detective und blickte von Robinson zu Corinna.

»Ein Paradies für Schmuggler«, ergänzte Robinson und sah seinen jüngeren Kollegen stolz an. »Haben Sie eigentlich schon ein neues Handy?«

»Ja«, antwortete sie, »geht heute ja nicht mehr ohne.«

»Das stimmt. Die Schuhe haben sie Ihnen auch weggenommen, ja?«

»Komisch, nicht?«, antwortete sie lachend.

»In Ihrer Nachbarschaft sind in mehreren Häusern Steine durch Fenster geworfen worden. Wissen Sie etwas darüber?«

»Ich habe davon gehört, ja.«

»Ihnen ist es aber nicht passiert?«

»Doch.«

Sie zeigte auf das Fenster, das sie hatte ersetzen lassen, und sah zwischen den beiden Detectives hin und her.

»Angezeigt haben Sie es aber nicht? Oder doch?«

»Eine derartige Bagatelle? Kommen Sie, Sie haben doch so schon genug zu tun. Nicht?«

»Da haben Sie allerdings recht, Mrs Holder. Danke für Ihre Zeit.«

Der junge Detective war vor Robinson auf den Beinen, blieb jedoch vor dem Sofa stehen, als hätte er nicht das Recht, vor seinem Vorgesetzten aus dem Zimmer zu gehen.

»Ich wünschte, meine Frau würde so einen Kaffee hinkriegen«, sagte Robinson, drückte ihr die leere Tasse in die Hand, tippte sich mit Mittel- und Zeigefinger gegen die Stirn und ging aus dem Haus.

Durchs Fenster ihrer Porch sah Corinna zu, wie die beiden Polizisten in ihren Wagen stiegen, sich einen Moment lang unterhielten und dann langsam die Rockledge Road hinunterfuhren. In der Föhre vor ihrem Fenster saß ein Vogel auf einem wippenden Zweig und starrte sie mit schräggelegtem Kopf unverwandt an, den Schnabel einen Spalt offen. Auf einmal hatte sie den Wunsch zu beichten, all ihre Fehler und Vergehen aufzählen, die sie im Laufe der Jahre begangen hatte, damit der Vogel den Blick von ihr nahm und davonflog. Wieso fielen ihr ausgerechnet jetzt die drei Prostituierten ein, die auf dem Straßenstrich verbissen und hasserfüllt wie Schulmädchen miteinander gekämpft hatten, als sie noch auf Streife gewesen war? Ihr Kollege hatte sich köstlich amüsiert statt einzugreifen, ihr hatte die Verzweiflung der spuckenden, beißenden und kratzenden Frauen Tränen in die Augen getrieben. Beim Versuch, die Kämpfenden zu trennen, hatte sie sich ein blaues Auge geholt. Der einzige Mensch, den du vielleicht kennst, bist du selbst, dachte sie. Und du bist der einzige Mensch, den du beurteilen und also verurteilen darfst, bei keinem sonst steht dir das zu. Bei keinem! Ein Hund bellte, der Vogel stieß einen Pfiff aus, stieg in die Höhe und flog in den Wald. Michael hatte Spruce Head Island das »Königreich der Bäume« genannt. Wieso hatte sie ihn nie danach gefragt, wer dieses Königreich seiner Meinung nach regierte?

Corinna nahm eine Xanax, die letzte im Versteck hinter den Büchern, später würde sie Nachschub aus dem

Gartenschuppen holen, und trank in der Küche ein Glas kaltes Leitungswasser, ohne einmal abzusetzen. Dabei fiel ihr ein, dass ihre Yogastunde in Camden in einer Stunde anfing.

23
Gitarren, Mandolinen und ein Finger

Sie parkte in der Chestnut Street vor der *Camden National Bank* und ging das kurze Stück bis zu Joni Dowds gelb gestrichenem Schindelhaus zu Fuß. Das Yogastudio befand sich in einem quadratischen Holzanbau. Sie betrat die enge Garderobe, schlüpfte aus ihren Turnschuhen und zog sich schnell um. War sie die Letzte? Sie zählte sieben Taschen, sieben Paar Schuhe, darunter ein Paar Männerboots.

Ihr Lieblingsplatz vor dem Fenster, durch das man in den verwilderten Garten sehen konnte, war von einem Mann belegt, der bestimmt achtzig war und sie mit einem freundlichen Nicken begrüßte. Er trug Leggings, die seine spindeldürren Beinchen betonten, und hatte die langen grauen Haare zu einem Dutt gebunden, der ihm wie ein Ei auf dem Hinterkopf saß. Die Frauen, drei von ihnen hatte sie noch nie gesehen, umarmten sie zur Begrüßung. Sie entrollte ihre Yogamatte in der Nähe der Tür und ließ sich im Schneidersitz darauf nieder. Jonis Matte war leer. Sie betrat den Raum immer erst, wenn alle Platz genommen hatten und Stille eingekehrt war. An den Geruch nach Räucherstäbchen, Deodorant und Schweiß, der in der Luft hing, würde sie sich gewöhnen, das wusste Corinna aus Erfahrung. Sie drückte den Rücken durch und atmete sorgsam durch den Mund.

Nach der Yogastunde setzte sie sich auf die Terrasse der *Sea Dog Brewing Company*, aß einen Caesar Salad und trank eine Cola light. Von der Main Street aus wirkte das Lokal dunkel und ungastlich, doch die Terrasse auf der Rückseite bot eine schöne Sicht über Camdens Hafen. Eine Wand der Terrasse war mit Lobsterbojen in den verschiedensten Farben vollgehängt. Michael hatte sich bei ihren verschiedenen Besuchen durch das gesamte Bierangebot des *Seag Dog* getrunken und schließlich das rötliche *Old Collywobbler Brown Ale* zu seinem Lieblingsbier erkoren. Als sie das letzte Mal hier gegessen hatten, war ein Elvis-Presley-Song gelaufen, und Michael hatte ihr erzählt, Frank Sinatra habe Presleys Musik als »ranziges Aphrodisiakum« bezeichnet.

Am Nebentisch saß ein junges Paar, das kein Wort miteinander redete: Der Mann beschäftigte sich die ganze Zeit über freudestrahlend mit seiner Tochter, die in einem Kinderstuhl aus Plastik thronte, die Frau saß mit unbewegter Miene daneben und nahm alle paar Minuten ihr Handy zur Hand. Sie trugen beide das gleiche T-Shirt mit einem Logo, das Corinna nicht entziffern konnte. An der Stuhllehne der Frau hing eine Stofftasche mit dem Aufdruck *Nordic Cruises*. War ein Kreuzfahrtschiff im Hafen? Weshalb waren dann nicht mehr Touristen da? An einem anderen Tisch ließ sich ein Greis, der eine riesige Sonnenbrille trug, von einer deutlich jüngeren Frau wie ein Baby füttern, wobei er sich glücklich umsah. Über der Terrasse kreisten Möwen, die Richtung Hafen abdrehten, weil eine Jacht auslief.

Der Tisch auf dem Bürgersteig vor dem *Owl & Turtle Bookstore* lag bereits im Schatten, darum trank sie ihren Cappuccino am Fenstertisch des kleinen Cafés der Buchhandlung. Ein Mann in ihrem Alter kauerte vor dem Fiction-Regal und zog ein Buch heraus. Er war groß und schlank, trug Jeans, ein weißes Hemd, ein Gilet mit Uhrenkette und Bikerstiefel. Er schlug das Buch auf, wobei er sich vorsichtig umsah, als machte er etwas Verbotenes. Dann hob er das Buch an die Nase und schnupperte daran. Die Zärtlichkeit, mit der er dabei mit Zeige- und Mittelfinger über die Seiten strich, gab Corinna einen Stich. Wie lange war sie von keinem Mann mehr berührt worden? In den ersten Wochen nach Michaels Tod hatte sie sich geweigert, den Ehering abzunehmen. Später war es ihr weder mithilfe von Seife noch mit Gewalt gelungen. Hatte er sich in ihre Haut gegraben? Oder hatte sich ihr Fleisch um ihn geschlossen? Mittlerweile konnte sie den Ring problemlos abstreifen. An manchen Tagen trug sie ihn, an anderen nicht.

Der Mann klappte das Buch sorgfältig zu, stand auf und sah sie an, als hätte er gewusst, dass sie ihn beobachtete. Sie spürte, wie ihr die Hitze ins Gesicht stieg, senkte den Blick und griff instinktiv mit der rechten Hand an ihren Ringfinger, um ihren Ehering zu berühren, der jedoch im Bad lag, weil sie ihn vor dem Duschen abgestreift hatte. Als sie wieder hochsah, stand der Mann an der Kasse. Sie trank ihren Kaffee aus, kam sich ertappt vor, ohne zu wissen bei was, erhob sich rasch und verließ die Buchhandlung.

»Darf ich Sie zum Essen einladen?«

Sie hatte ihr Auto beinahe erreicht und schrak zusammen, weil sie nicht bemerkt hatte, dass der Mann ihr gefolgt war. Er blieb zwei Schritt vor ihr stehen, die Hände beschwichtigend in die Höhe haltend. Seine Stimme klang voll und doch brüchig.

»Ich habe schon gegessen.«

»Dann morgen. Oder übermorgen. Wann immer Sie wollen.«

»Wonach hat es gerochen?«, fragte sie, öffnete die Tür ihres Autos und warf die Yogatasche auf den Beifahrersitz.

»Nach einem Abend im Winter«, sagte er sofort, als hätte er die Frage erwartet, »kurz bevor es dunkel wird.«

»Ein Abend im Winter? Und wie riecht der?«

»Darüber könnten wir reden.«

»Ich weiß nicht.«

»Sind Sie aus Europa?«

»Schweizerin«, sagte sie, den Autoschlüssel in der Hand.

»Ich war in Italien. Und in Österreich. Salzburg. Das ist doch in der Nähe der Schweiz?«

Sie nickte. Roch er nach Holz? Oder war das sein Aftershave? Er hatte einen leichten Silberblick, der sie irritierte und anzog. Seine Bartstoppeln waren weiß, seine Lippen voll.

»Rufen Sie mich an, wenn Sie sich entschieden haben?«

Er drückte ihr eine Visitenkarte in die Hand und trat sofort wieder einen Schritt zurück. Das gelbliche Papier hatte eine raue Oberfläche und enthielt bloß drei klein gedruckte Zeilen, die sie ohne Brille nur mit Mühe lesen konnte:

Jake Blake
Guitars and Mandolins
Bayside – 207 593 16 56

»Sie spielen Gitarre?«

»Ich baue Gitarren.«

»Und Mandolinen.«

»Und Ukulelen. Seit siebenunddreißig Jahren. Lesen Sie gern?«

»Manchmal«, sagte sie vage.

»Ein Geschenk.«

Er nahm ein kleines Buch aus seiner Umhängetasche aus tabakbraunem vernarbtem Leder und drückte es ihr in die Hand: Sam Shepard. *Spy of the first Person.*

»Ist das nicht der Schauspieler.«

»Dichter. Poet. Schauspieler, doch. Er ist vor Kurzem gestorben.«

Die Schwarz-Weiß-Fotografie auf dem Cover zeigte einen älteren Mann, der verschmitzt lächelnd in einen silbernen Himmel sah, an dem etwa ein Dutzend Vögel mit auffallend großen Schwingen kreiste.

»Ist er das?«

Der Mann schüttelte den Kopf und bedeutete ihr, das Buch umzudrehen. Sam Shepard war im Halbprofil auf einer Straße fotografiert worden, die sich in der fernen Unschärfe verlor. Sein hageres Gesicht, hart und verschlossen, erinnerte Corinna an einen Raubvogel, es war das Gesicht eines Mannes, der abgeschlossen, aber nicht losgelassen hatte.

»Entscheiden Sie selbst, wie es riecht.«

Bevor sie sich bedanken konnte, hatte er sich umgedreht. Er ging schnell und aufrecht, ohne sich nach ihr umzusehen. Corinna blieb vor ihrem Wagen stehen, das Geschenk in der Hand, bis er von der Elm Street abgebogen war und sie ihn nicht mehr sehen konnte. Sie stieg ein, fuhr aber nicht los, sondern öffnete das schmale Buch und roch daran. Ein Abend im Winter? Die Seiten rochen nach nichts. Oder doch? Fehlte ihr eine romantische Seite, Phantasie? Roch das Buch nicht einfach nach Papier und ganz schwach nach Klebstoff? Sie schloss die Augen und sah für die Dauer eines Herzschlags eine verschneite Wiese unter einem dunklen Himmel, aus dem große Flocken sanken. Sie legte das Buch auf den Beifahrersitz und ließ den Motor an. War sie bereit, einen Mann in ihr Leben zu lassen, einen anderen Mann als Michael? Die Jeans des Mannes hatten Risse über beiden Knien gehabt. Bevor sie den Wagen auf die Chestnut zurücksetzte, schob sie Bob Segers CD *Against the Wind* in den Player.

In der langen Schlange vor der Kreuzung zur Route 90 stand sie hinter einem Pick-up, auf dessen Ladefläche neun Stühle in drei dicht hintereinanderstehenden Reihen festgebunden waren, als warteten sie auf Zuschauer. Der Aufkleber »No Hillary No Way« auf der Stoßstange war zwar verblichen, aber immer noch deutlich zu lesen. Klang Jake Blake nicht wie ein Künstlername? Durfte sie den Mann anrufen? Von wem sollte sie die Erlaubnis dafür brauchen? War Jake ein biblischer Name? Er trug ein silbernes Armband am rechten Handgelenk und hatte eine liegende Acht auf den Unterarm tätowiert, das Zeichen für Unendlichkeit.

Als die Ampel auf Grün sprang, klingelte ihr Handy. Sie bog auf den Parkplatz von *The Market Basket* ab und hielt vor einem SUV mit offener Ladetür. Zeigte das neue Handy Nachrichten mit einem anderen Signal an als das alte? Im Kofferraum des SUV lag ein zusammengerollter schwarzer Gartenschlauch, aus der Plastiktüte, die danebenstand, ragten Selleriestangen. Sie nahm beide Handys aus der Tasche, öffnete aber aus Gewohnheit erst das alte. Eine Papierseite, getrieben vom Wind, stieg in die Höhe und segelte über den Parkplatz. Sie zögerte, das Foto zu öffnen, das sie erhalten hatte. Die Nummer des Absenders war unterdrückt. Ahnte sie, was sie erwartete? Sie begegnete ihrem Blick im Rückspiegel, erschrak über die Panik darin.

Die Aufnahme war verwackelt und zu dunkel. Ein abgetrennter Finger lag auf einer Papierserviette. War der Finger echt? Wieso sah man kaum Blut? Der Finger war leicht gekrümmt und wirkte dick und aufgeschwemmt. Den Silberring, der am Finger steckte, kannte sie. Er gehörte Sky.

24
Gänsehaut

In Rockland hatte sie plötzlich wieder den Pick-up mit den Stühlen vor sich. Das zerfaserte Ende des Seiles, mit dem sie festgebunden waren, flatterte im Fahrtwind und schlug gegen die rostgesprenkelte Karosserie. Vor dem Vierfachmord war es ihr leichtgefallen, verstörende Bilder, unangenehme Details und üble Gerüche nicht an sich heranzulassen. Seither gelang ihr das nicht mehr. Bilder verfolgten, Gerüche bedrängten sie, Details brachten sie um den Schlaf. Und jetzt bekam sie das Bild von Skys abgetrenntem Finger nicht mehr aus dem Kopf. An welchem Finger hatte sie den Ring getragen? An welcher Hand? Wie brachte sie Chad dazu, Sky in Ruhe zu lassen? Den richtigen Zeitpunkt, die Polizei zu informieren, hatte sie in dem Moment verpasst, als sie Matt um Hilfe bat. Ihr altes Handy galt weiterhin als gestohlen, vielleicht war es klug, es verschwinden zu lassen. Aber dann konnte Chad sie nicht mehr erreichen! Das Foto des Fingers musste sie auf jeden Fall ebenfalls löschen. Sollte sie es Matt vorher zeigen, oder genügte es, wenn sie es ihm beschrieb?

Wieso war die Serviette auf dem Foto nicht voller Blut? War der Finger gar nicht echt? Andere Bilder fielen ihr ein, die erfolgreich verdrängt und tief in ihr vergraben waren, wie sie fälschlicherweise geglaubt hatte: die Blutspur des Rentners, der von Jugendlichen verprügelt worden war, die sich durch die Altstadt bis zu seiner Haustür gezogen hatte, vor der er gefunden worden war. Der Gestank im Schlafzimmer der Frau, die zwei Wochen tot in ihrer Wohnung gelegen hatte. Der verwitwete, kinderlose Professor, der sich an seinem Schreibtisch erschossen hatte, weil ihm sexuelle Belästigung vorgeworfen worden war, und dessen Hirnmasse an einer Radierung des Hallwilersees und auf einem Sachbuch über Grönland geklebt hatte. Um die Bilder zu verscheuchen, schaltete sie Michaels Bob-Seger-CD aus und gleich wieder an. Es half nicht. Das Bild von Skys Finger ließ sich nicht verscheuchen. Sky hatte sie um Hilfe gebeten, und sie hatte versagt.

Der Pick-up bog Richtung Hafen ab, sie in Richtung Thomaston. Sie war auf dem Weg zu Matt, ohne sich bewusst dafür entschieden zu haben; sie funktionierte automatisch, folgte ihrem Instinkt. Im Dienst war das früher ein untrügliches Anzeichen dafür gewesen, dass sie unvorsichtig wurde und sich in Acht nehmen musste. Sie konnte Matt anrufen und ihm die Aufnahme beschreiben, er brauchte sie nicht selbst zu sehen. Musste er überhaupt davon wissen? War es richtig, ihn noch weiter in die Sache zu verwickeln? Als sie an *Walmart* und *Shepard Cars* vorbeigefahren war, bog sie von der Route 1 ab, parkte vor *McDonald's* und sah sich die Aufnahme noch einmal genau an. Die Serviette lag auf einer Holzfläche, die mit Schnitten und Furchen übersät war. Ein Tisch? Der Fingernagel war sehr gepflegt, der Silberring glänzte, reflektierte das Blitzlicht der Handykamera. Sie zählte drei Tropfen Blut auf dem Holz. Ihre Hand, die das Handy hielt, war die Hand einer alten Frau. Sie löschte die Aufnahme, ließ den Motor an und machte sich auf den Heimweg. Es hatte keinen Sinn, Matt noch weiter zu behelligen.

Unmittelbar neben der Brücke, die Spruce Head Island mit dem Festland verband, gab es eine kleine geschützte

Bucht mit einem Strand aus Kies, grobem Sand und zerstoßenen Muscheln. Corinna war schon öfter dort geschwommen. Bei Flut war die Stelle perfekt, um in die Baum Bay zu waten, sich in die Strömung fallen zu lassen, zu erfrischen und den Kopf freizubekommen.

Sie gab sich nicht die Zeit, darüber nachzudenken, wie kalt das Wasser war, watete zielstrebig, aber mit angespannten Bauchmuskeln hinaus, bis das Meer ihren Rippenbogen berührte, und ließ sich mit angehaltenem Atem fallen. Weil die Sandbank, die ein Stück vor ihr lag, bei Ebbe zur Insel wurde, jetzt aber nicht zu erkennen war, sah es aus, als könnten die Möwen, die darauf hin und her staksten, übers Wasser laufen. Corinna jauchzte, so kalt war das Meer. Der Himmel zog zu, das Licht wurde fahl. Auf der Brücke hupte ein Auto, sie hörte Fetzen eines Songs von John Cougar Mellencamp. Sie würde Jake Blake anrufen und sich mit ihm zum Essen verabreden. Es war Zeit, einen Schritt weiterzugehen. Die Möwen auf der Sandbank erhoben sich auf einen Schlag in die Luft, aufgeschreckt durch etwas, für das Corinna weder Auge noch Ohr besaß. Die Vögel flatterten durcheinander, stiegen nach oben, ließen sich fallen, fingen sich knapp über dem Wasserspiegel auf. Ihre Schreie klangen unheimlich, lösten jedoch gleichzeitig Fernweh aus. Schließlich zog der Schwarm ab und ließ sich auf der tiefhängenden Leitung nieder, die der Insel Strom lieferte. Im Gegenlicht der Sonne wurden die Föhren auf Rackliff Island zum perfekten Scherenschnitt. Als sich das Bild von Skys abgetrenntem Finger vor die scharfgezackte Silhouette schob, schwamm Corinna ans Ufer zurück, Gänsehaut am ganzen Körper.

Ein Auto stand auf ihrer Einfahrt, allerdings so dicht an der Hecke, dass sie trotzdem in die Garage fahren konnte.

Wo sie den grünen Corolla schon einmal gesehen hatte, wurde ihr klar, als Maggie aus dem Garten auf sie zukam. Hatte sie auf ihrem Deck gewartet? Die Katze lief neben ihr her, als gehörte sie zu ihr.

»Ray hat sich gestellt«, sagte Maggie aufgeregt.

»Komm erst mal rein. Kaffee?«

Corinna öffnete die Tür und stolperte über die Katze, die sich an ihr vorbei ins Haus drängte. Sie führte Maggie in die Küche, fütterte die Katze und schaltete die Kaffeemaschine ein. Dann setzten sie sich im Wohnzimmer aufs Sofa.

»Gehört die Katze dir?«

»Eigentlich nicht. Aber jetzt erzähl!«

»Ray hat die Ungewissheit nicht mehr länger ertragen. Heute Morgen ist er nach Rockland gefahren und hat der Polizei gestanden, dass er in Norman Dunbars Haus eingebrochen ist, von ihm erwischt und dann erpresst wurde. Natürlich hat er nicht die ganze Wahrheit erzählt und behauptet, der Bruch habe vor vier Jahren stattgefunden.«

»Das wusste die Polizei bereits«, sagte Corinna.

»Wie bitte?«

»Sie haben Dunbars Handy gefunden.«

»Und?«

»Mit Fotos von Ray beim Einbruch. Mit der Beute.«

»Sie haben das Handy?«

»Nehm ich an, ja. Wo ist Ray jetzt?«

»In U-Haft.«

»Du glaubst immer noch, dass Ray Dunbar nicht getötet hat, Maggie?«

»Todsicher! Landet er im Knast?«

»Bei seinem Vorstrafenregister? Natürlich landet er im Knast!«

»Wie lange?«

»Bin ich Richterin? Hoffentlich ist er raus, bis das Kind da ist.«

»Hast du es je bereut?«, fragte Maggie und legte beide Hände auf ihren Bauch.

»Unser Kind? Thomas? Keine Sekunde.«

»Ray freut sich. Ich auch, klar. Aber ich hab auch Schiss.«

»Das ist normal, Maggie, hatte ich auch. Hast du ihm jetzt erzählt, dass sie Janis heißt?«

Maggie machte eine wegwerfende Handbewegung. Sie roch nach Farbe. Die Katze kam aus der Küche, sprang in einer fließenden Bewegung aufs Sofa, legte sich zwischen sie und fing sofort an zu schnurren.

»Kaffee?«

»Lieber nicht, danke.«

»Janis wegen Janis Joplin?«

»Kennst du eine andere Janis?«, fragte Maggie laut lachend, griff in die Brusttasche ihrer Latzhose und reichte ihr einen Bierdeckel.

»Ich weiß, dass dein Mann nicht mehr lebt. Trotzdem. Die Sammlung muss weitergehen, find ich.«

Corinna bedankte sich, drehte den Bierdeckel hin und her und legte ihn schließlich auf den Couchtisch. Sollte sie Maggie erzählen, dass sie Michaels Bierdeckelsammlung schon vor einer Weile weggeworfen hatte, um Platz für einen wirklichen Neuanfang zu schaffen?

»Ich bin schuld an dem Unfall.«

»Warst du dabei?«

»Er hat meine Trinkerei nicht mehr ausgehalten«, sagte Corinna und schüttelte den Kopf. »Darum hatte er auch eine andere.«

»Dein Mann hatte eine Affäre?«

»Wahrscheinlich, ja.«

»Du bist dir nicht sicher?«

»Doch! Ziemlich. Nein, sicher bin ich mir nicht. Meinst du, Ray hat der Polizei erzählt, dass ich mit ihm geredet habe? Dass ich ihn am See getroffen habe?«

Maggie schüttelte entschieden den Kopf. Die Katze streckte sich, die Vorderpfoten gegen Corinnas Oberschenkel gestemmt.

»Bestimmt nicht. Er hat sogar an Benzos für dich gedacht. Ich bring sie dir vorbei, sobald ich sie hab.«

»Danke. Hast du das Boot fertig gestrichen?«

Maggie nickte und stand ächzend auf, wobei sie ihren Bauch mit beiden Händen stützte. Die Katze rollte auf den Rücken, sah sich erstaunt um, fand aber sofort eine neue Position und schlief weiter.

»Besuchst du mich? Wir könnten mit dem Boot raus.«

»Oder mit der Harley«, sagte Corinna.

»Oder mit der Harley.«

Sie begleitete Maggie zum Auto, sie umarmten sich, Maggie stieg ein, drehte die Scheibe herunter und setzte vorsichtig auf die Rockledge Road zurück.

»Pass auf dich auf, ja!«, rief sie und gab Gas.

Corinna ließ ein paar Sekunden verstreichen, bevor sie in den Gartenschuppen trat und im Dunkeln die letzte Ration Xanax aus dem Versteck holte.

Thomas und Charlotte saßen Arm in Arm auf einem beigen Ledersofa, das Corinna noch nie gesehen hatte. Der Laptop ihres Sohnes stand auf dem Couchtisch vor ihnen, und sie konnte den mehrfarbigen Holzschnitt an der Wand sehen, den er in kleiner Auflage gedruckt hatte. Charlotte trug ein Sommerkleid mit Blumenmotiv, hatte ihre nackten Beine unter sich gezogen und war wie immer sorgfältig frisiert.

»Schön, dich zu sehen, Charlotte«, sagte Corinna und winkte lächelnd in die winzige Kamera.

»Ich freu mich auch dich zu sehen, Corinna!«

»Gut siehst du aus!«

»Das muss an deinem Sohn liegen.«

Tom senkte den Blick, drückte seine Freundin an sich und gab ihr einen Kuss auf die Wange. Er sah müde aus, wirkte aber gleichzeitig entspannt und gelöst. War er glücklich?

»Vergesst Bikini und Badehose nicht, hört ihr?«

»Baden in Maine! Braucht man da keinen Neoprenanzug?«, fragte Tom.

»Ein Feigling wie du vielleicht! Charlotte aber ganz bestimmt nicht. Ihr werdet staunen, wie heiß es hier sein kann.«

»Wir kommen nicht wegen der Hitze«, sagte Tom.

»Sondern wegen dir«, ergänzte Charlotte.

»Heute hat mich ein Mann zum Essen eingeladen«, sagte Corinna ohne nachzudenken.

Zeigte der Blick ihres Sohnes Überraschung, Freude, Unverständnis oder sogar Ablehnung? Charlotte klatschte begeistert in die Hände, löste sich aus seiner Umarmung und beugte sich vor, als wollte sie die Mutter ihres Freundes in ein Geheimnis einweihen.

»Wir wollen dir auch noch etwas erzähl…«, sagte sie.

»Hast du die Einladung angenommen?«, unterbrach Tom Charlotte und sah direkt in die Kamera.

»Und wenn? Ich weiß nicht, was ich machen soll.«

»Zusagen natürlich«, sagte Charlotte. »Das Leben genießen.«

Tom beugte sich zur Seite, und für einen kurzen Moment verschwand sein Kopf vom Bildschirm. Der Saum seines Polohemdes rutschte nach oben, und Corinna konnte sehen, dass er zugenommen hatte. Als sein Gesicht wieder auftauchte, hatte er eine Zigarette im Mund.

»Hast du wieder angefangen?«

»Ma!«

Das Klicken des silbernen Feuerzeugs, das ihr gehört hatte, löste sofort das Verlangen nach einer Zigarette aus; ein Verlangen, das durch den Ausdruck der Befriedigung, der auf dem Gesicht ihres Sohnes erschien, noch größer wurde.

»Wir müssen dir etwas Wichtiges sagen!«

Charlotte packte den Laptop mit beiden Händen und zog ihn auf ihren Schoß. Ihre Zielstrebigkeit und offene, geradlinige Art hatten Corinna von Anfang an gefallen. Charlotte war eine Frau, die wusste, was sie wollte, ohne ihre Ziele so rücksichtslos zu verfolgen, dass andere darunter litten.

»Wir heiraten!«, sagten die beiden im Chor, als hätten sie den Satz wie ein Geständnis eingeübt.

»Das freut mich! Das freut mich wirklich! Wann?«

»Wir wollten es dir eigentlich erst sagen, wenn wir bei dir sind«, sagte Tom.

»Aber wir konnten nicht länger warten. Du bist die erste, die es erfährt. Das Fest findet am 25. Mai statt.«

Corinna versuchte Charlotte zuzuhören, die ihr das Wellnesshotel in der Ostschweiz mit Sicht über den Bodensee beschrieb, sah aber die Bilder ihrer eigenen Hochzeit mit Michael vor sich. Sie hatten ihr Fest in einem Landgasthof über dem Hallwilersee gefeiert. Auf der Bootsfahrt hatten die Gäste mit Helium gefüllte Ballons mit Grußkarten steigen lassen, die an das Brautpaar adressiert gewesen waren. Eine Karte war ihnen aus Göschenen in der Innerschweiz, eine andere aus Faido im Tessin zugestellt worden.

Als Tom und Charlotte sie erwartungsvoll schweigend anstarrten, begriff Corinna, dass eine Antwort von ihr erwartet wurde. Charlottes Wangen waren gerötet vor Aufregung, der Rauch von Toms Zigarette stand als wabernde Haube über ihnen. Dass der Holzschnitt an der Wand nicht nur einen dichten Winterwald zeigte, sondern auch zwei Menschen, die zwischen den Bäumen standen, hatte Corinna bis heute übersehen. Die Menschen – vielleicht eine Frau und ein Mann? – verschmolzen zu einem Umriss wie auf dem Holzschnitt »Der Kuss« von Edvard Munch, den Michael ihr zum 10. Hochzeitstag als Druck geschenkt hatte.

»Was denn nun, Ma?«

»Entschuldigt, die Verbindung ist schlecht. Was habt ihr gefragt?«

»Ob du eine Rede hältst?«, fragte Charlotte und wedelte den Rauch mit beiden Händen beiseite. »Ich würde mich freuen.«

»Charlottes Vater wird bestimmt etwas sagen«, sagte Tom und beugte sich aus dem Bild, wohl um die Zigarette auszudrücken.

Corinna war aufgekratzt und gut gelaunt. Sie hatten sich noch fast eine halbe Stunde unterhalten. Charlotte hatte den Prospekt des Hotels mit Fotos der Hochzeitssuite in die Kamera gehalten und versprochen, ihr den Link zur Webseite des Hotels zuzumailen, sie hatte ihnen noch einmal erklärt, wie sie im Logan Airport den Cape-Air-Schalter für ihren Anschlussflug nach Rockland fanden, in welcher Bar im Transitbereich es den besten Kaffee gab und in welchem Restaurant sie besser nicht aßen. Sie legte *Pearl* von Janis Joplin auf und fing an zu tanzen. Für eine Schulparty, vierzig Jahre her, hatte sie sich als Hippiemädchen angezogen. Janis Joplin auf dem Cover ihrer *Greatest-Hits*-LP, auf der sie mit Sonnenbrille lässig im Sattel einer Harley saß, die rechte Hand am hohen Lenker, war ihr Vorbild gewesen. Die Katze erwachte, sah sie vorwurfsvoll an und verschwand im Garten.

25
Nase oder Zeh?

Am nächsten Morgen nieselte es. Corinna trank eine Tasse Kaffee und aß eine Avocado, dann fuhr sie auf der Route 73 Richtung Westen, um sich im stillgelegten Steinbruch am Long Cove umzusehen. Sie fuhr mehrere Meilen hinter einem gelben Schulbus her, hielt Abstand, als er vor der Abzweigung nach Clark Island anhielt, um drei wartende Kinder mitzunehmen. Der Nebel, der zwischen den Bäumen hing, würde sich auflösen, sobald sich die Luft genügend erwärmt hatte. Die Wolkendecke war so dünn und durchlässig, dass der blaue Himmel zu erahnen war.

In Saint George bog sie auf die 131 und geriet schon wieder hinter einen Schulbus. In der letzten Reihe saßen zwei Mädchen, die sich immer wieder umdrehten und ihr eine lange Nase machten. Es hatte aufgehört zu nieseln, aber der Nebel hielt sich hartnäckig; an einer Stelle wurde er wie Rauch über die Fahrbahn geweht. Ein verlottertes Häuschen rechts der Straße hatte Michael jedes Mal dazu verlockt, sich vorzustellen, wer darin lebte: Die Zimmer waren von oben bis unten mit irgendwelchem Krempel oder Müll vollgestopft, und es war unmöglich, durch die Fenster zu schauen. Das Haus, es hatte eine gedeckte Veranda, die bis auf ein Schaukelpferd leer war, schien sich nach vorn zu neigen und demnächst umzusinken, als sei es der Last der unnützen Dinge, die sich in seinem Innern stapelten, müde geworden. Michael hatte ihr die ausgedachten Bewohner bis ins Detail beschrieben und ihnen Namen gegeben: Samuel Buckwheat. Jonathan Grieshaber. Florence Smith-Beidel. Jayne-Ann Rutherford. Art Shitkicker. Corinna hatte vorgeschlagen anzuhalten und sich das offensichtlich unbewohnte Haus anzusehen, aber Michael hatte sie nur ungläubig angesehen und entsetzt den Kopf geschüttelt. Um nicht länger von den beiden Schulmädchen verspottet zu werden, ließ sie sich zurückfallen. Bald verschwand der Schulbus in Nebelfetzen, die aus den Bäumen trieben.

In Long Cove fuhr sie an der Zufahrt zum Steinbruch vorbei, wendete auf dem Parkplatz von *Wildcat Lobster*, hielt an und schaltete den Motor aus. Zehn Minuten lang ließ sie den Steinbruch nicht aus den Augen. Das Gittertor war mit einem Vorhängeschloss gesichert, auf dem Dach eines Holzgebäudes, das vielleicht als Büro gedient hatte, wuchs Gras. Die Anlage war wie vermutet nicht mehr in Betrieb. Auf der Straße, die an dem Tor vorbei an die Küste führte, war in den zehn Minuten nur ein einziges Auto vorbeigefahren. Sie ließ den Wagen stehen und folgte dem Drahtzaun, der das Areal gegen die Küstenstraße abgrenzte. Nach etwa hundert Metern führte der Zaun in den Wald. Sie zwängte sich durch zwei Büsche mit zähen, stachligen Blättern und kämpfte sich durch kniehohes Unterholz, ehe sie ein Loch im Zaun entdeckte, das jemand mit einer Blechschere hineingeschnitten haben musste. Es war schon vor ihr jemand auf das Gelände eingedrungen.

Am Rand einer Karrenspur lagen verrostete Metallteile, Nesseln hatten sich zu einer regelrechten Barriere ausgebreitet, um die sie herumgehen musste, um an den Haufen aufeinandergeschichteter rötlicher Steine zu kommen. Sie packte drei Steine unterschiedlicher Größe in ihren Rucksack und setzte sich dann auf einen Stapel Holzpaletten. Corinna liebte aufgegebene Industrieanlagen, verlassene Lagerhallen, ehemalige Fabrikräume. Zeit, die verstrichen war, ablesbar an Rost, Zerfall, Unkraut. Natur, die sich Gebiete zurückeroberte. Im Unkraut vor ihr lag ein Hammer mit zerbrochenem Schaft.

Ein Auto, das auf der Küstenstraße vorbeifuhr, konnte sie hören, aber nicht sehen. Es blieb stehen, der Motor blubberte im Leerlauf. Eine Frau lachte, ein Mann stimmte ein, dann fuhr das Auto weiter. Sie dachte an Michael, sie dachte an Jake Blake, der ihr das Buch von Sam Shepard geschenkt und sie zum Essen eingeladen hatte. Sah vor sich, wie er an den Seiten schnupperte. Er spielte nicht Gitarre, nein, er *baute* Gitarren. Und Mandolinen. Was unterschied eine Mandoline von einer Ukulele? Er roch nach Holz. Und nach Schmirgelpapier, das über Holz glitt. Sie sah den Holzstaub vor sich, den er von dem Werkstück blies, das er gerade bearbeitete. Hörte er Musik, wenn er Gitarren baute? Sie blieb sitzen, bis es wieder anfing zu regnen.

Die Steine, die durch ihr und Davids und Jeffs Fenster geworfen worden waren, stammten ziemlich sicher aus dem aufgelassenen Steinbruch in Long Cove. Sie hatte eine Wolldecke auf dem Esstisch im Wohnzimmer ausgebreitet und die Steine daraufgelegt. Nach einer Weile hatte sie sie umplatziert und in immer wieder anderer Reihenfolge hingelegt, bis sie die drei Brocken aus dem Steinbruch unmöglich von den beiden anderen unterscheiden konnte. Was half ihr die Erkenntnis, dass die Steine aus dem Steinbruch stammten? Sollte sie sich etwa vor dem Drahtzaun auf die Lauer legen? Oder nächtelang in einem Busch vor ihrem Cottage hocken und darauf warten, bis es wieder passierte? Was bedeutete Jeffs Vermutung, die Steine hätten etwas mit der Unterschriftensammlung zu tun? Steckte *Norwood Lobster* dahinter?

Die Steine gefielen ihr.

Die Katze lag eingerollt auf Michaels Musikstuhl und schnarchte leise. Hatte sie das Haus heute schon einmal verlassen? Wo erledigte sie ihr Geschäft? Corinna musste dringend ein Katzenklo kaufen. Das Tropfen des Regens auf der Abdeckschiene der Schiebetür irritierte sie, und sie drehte das Radio an. Da Werbung lief, machte sie es sofort wieder aus. Das Tropfen hatte etwas Beruhigendes. Der Puls der Natur. Michael hätte sich schiefgelacht über einen solchen Vergleich: der Puls der Natur! Meine Güte, Co! Wird die Kriminalpolizistin jetzt zur Poetin oder wie? Hatte sie Jake Blakes Visitenkarte auf die Kommode im Flur gelegt, damit ihr gar nichts anderes übrig blieb, als sie immer wieder anzusehen? Jake Blake klang wie der Name eines Countrysängers. Als sie und Michael nach Belfast gefahren waren, hatten sie Bayside besucht, das wohl schönste Dorf Maines, wenn einem farbig bemalte Häuschen mit Erkern, Türmchen, Bogenfenstern und Zierleisten an Dachfirsten, Türen und Fenstern gefielen, gedeckte Veranden, die sich mit luftigen Vorhängen schließen ließen, Veranden, an denen Traumfänger, Girlanden und Lichterketten hingen und auf denen Schaukelstühle mit Quilts und Decken in allen möglichen Farben standen. Bayside hatte den unwiderstehlichen Charme einer Hippiesiedlung, die nach eigenen Gesetzen lebte; die meisten Häuser waren klein und verwinkelt, jedoch phantasievoll und versponnen. Sie standen eng beisammen auf dem abfallenden Streifen Land zwischen Wald und Atlantik und wirkten doch großzügig und frei. Bayside war anders als jedes Dorf, das Corinna je gesehen hatte. Um die Wiese, die sich im Ortszentrum zum Hafen absenkte, schloss sich eine Häuserzeile zum Halbkreis wie auf der Zeichnung eines Kindes mit überschäumender Phantasie. »Hier müsste man wohnen!« Michael wäre sofort nach Bayside gezogen. Und jetzt sollte sie sich mit einem Mann verabreden, der ausgerechnet dort lebte? Waren sie damals an Jake Blakes Haus vorbeigefahren? »Michael hat meine Sauferei nicht mehr ausgehalten!« In seinem Blut waren Spuren von Marihuana und Kokain gefunden worden. Manchmal hatten sie abends zusammen einen Joint geraucht, um sich zu entspannen. Dass Michael kokste, hatte sie nicht gewusst, nicht einmal geahnt.

Sie holte die Visitenkarte und legte sie in die Nähe des Telefons. Die Katze saß jetzt vor dem Sofa und sah sie an. Sollte sie ihr einen Namen geben? Thomas hatte sich komischerweise nie ein Haustier gewünscht. Das Klingeln ihres alten Handys ließ Corinna zusammenzucken. Sie trat aufs untere Deck hinaus und hob ab. Der Nieselregen war so dicht und fein, dass es sich anfühlte, als legte sich ein Netz auf ihr Gesicht.

»Du willst nicht mit mir reden, stimmt's?«

Chads Stimme war ruhig und selbstsicher. Er lachte. Corinna schwieg, drückte das Smartphone so fest an ihr Ohr, dass sie ihr eigenes Blut rauschen hörte.

»Musst du auch nicht. Der Finger hat dir gefallen, das weiß ich. Was willst du als Nächstes? Einen Zeh? Einen kleinen, klitzekleinen Schnuckelzeh von meinem Schatz? Oder lieber ihre Nase?«

»Lass sie laufen!«

»Sie hat mit dem alten Geldsack gefickt!«

»Hast du ihn umgebracht?«

»Das wüsstest du gerne, was!«

»Lass sie laufen, Chad. Du liebst sie doch.«

»Eben! Die Sache mit dem alten Schwein ging ein Jahr, kannst du dir das vorstellen? Ein ganzes verfluchtes Jahr!«

»Das glaub ich dir nicht.«

»Na und? Spielt es eine Rolle, was du glaubst? Ein Jahr hat sie mit ihm gefickt! Sogar in unserem Bett!«

»Lass sie laufen, Chad. Bitte!«

»Bitte? Da gibt sich jemand richtig Mühe! Auf was kann sie verzichten, was schlägst du vor? Du darfst wählen: Nase? Zeh? Die Telefone für Ihre Wahl bleiben noch genau null Sekunden offen, Lady!«

Er legte auf.

Die Katze saß in der offenen Schiebetür und sah in den Regen hinaus. Zwei Lobsterboote fuhren hintereinander mit scharf voneinander abgetrennten Buglinien in den Hafen ein.

26
Ein glücklicher Junge

Trotz des ohrenbetäubenden Krachs, den der Motor des Rasenmähers machte, blieb die Katze in ihrer Nähe, während Corinna auf der Wiese hin und her ging. Sie hatte den Fangkorb in der Garage gelassen. Die geschnittenen Halme würde sie später zusammenrechen. Feucht war die Wiese nur noch an den Stellen, die im Schatten des Hauses oder der Garage lagen. Die Sonne, die seit dem Mittag schien, hatte die Pfützen auf der Rockledge Road verdunsten lassen. Sie hatte Jake Blake nicht angerufen, *noch* nicht. Sie hatte das Handy schon in der Hand gehabt, auf dem Boden sitzend, mit dem Rücken ans Sofa gelehnt, als müsste sie sich verstecken oder brauchte Halt, es dann aber wieder weggelegt. Stattdessen hatte sie Tracy angerufen, die aber nicht abgehoben hatte. War Normans Leiche freigegeben worden und Tracy für die Beerdigung nach South Carolina gereist?

Nachdem sie das letzte Stück gemäht hatte, schaltete sie den Motor aus, schob den Mäher zum Wasserhahn der Garage und spülte die Scherenblätter mit dem Gartenschlauch sauber. Die Geruchsmischung, die ihr dabei in die Nase stieg, war das Einzige, was ihr am Rasenmähen gefiel: Benzin, Maschinenöl, nasses Gras, nasses Metall. Die Katze sprang mit einem Satz aufs Deck, legte sich an der Hauswand in den Schatten und sah einem Vogel nach, der tief über die Büsche jagte.

Damit die Scherenblätter trocknen konnten, ließ sie den

Rasenmäher umgedreht liegen und ging ins Haus. Die Frage, ob sie Chads Foto, seinen Anruf und die Drohung gegen Sky der Polizei melden sollte oder nicht, ließ ihr weiterhin keine Ruhe. Sie ging rastlos von Zimmer zu Zimmer, lief die Treppe hinauf und hinunter. Wie sollte sie ihre Rolle beschreiben? Wieso hatte sie sich nicht schon früher gemeldet? Und Ray? Hatte er ausgesagt, dass sie ihn am Damariscotta Lake besucht hatte und vom Einbruch und der Erpressung wusste? Sie war keinen Schritt weiter, genau wie mit den Steinen. Ihr war bewusst, dass sie dem Bücherregal aus dem Weg ging. Schließlich gab sie nach und nahm eine Xanax, ließ die Schiebetür zum Deck offen, um die Katze nicht auszusperren, legte sich aufs Sofa und spürte, wie ihr Herzschlag ruhiger wurde und die Fragen und Probleme in angenehme Ferne rückten.

Sie erwachte, weil sie glaubte, jemand habe ihren Namen gerufen: »Coxli!, Coxli!, Coxli!« Niemand hatte sie seit ihrer Schulzeit so genannt, nicht einmal Michael hatte ihren Spitznamen aus Kindertagen gekannt.

Es war kühl im Zimmer, sie hatte den halben Nachmittag verschlafen. Die Katze lag auf Michaels Musiksessel; die Vorderpfoten unter ihren Oberkörper gefaltet, erinnerte sie an eine Sphinx. Beobachtete sie sie durch die schmalen Augenschlitze? Schlief sie? Wenn Corinna Michael beim Gitarrespielen zugesehen hatte, wurden seine Hände steif und verkrampft, aus dem Gesicht eines glücklichen Jungen wurde das eines Jungen, der eine Pflicht wie Staubsaugen oder Abtrocknen erfüllte. Machte er einen Fehler, hörte er sofort auf zu spielen und behauptete, den Fehler nur zu machen, wenn sie zuhöre, sonst nicht. Nie! Wie ein Kind. Das hatte sie mehr gerührt als sein Spiel. Zum Glück hatte sie ihm das nie gesagt.

Sie machte die Schiebetür zum Deck zu und trank im Licht des offenen Kühlschranks ein Glas Orangensaft. Die kühle Luft, die über ihren nackten Arm strich, erinnerte sie eigenartigerweise an das Bild von Skys abgetrenntem Finger. Bei ihrem letzten Streit hätte Michael sie um ein Haar geschlagen. Seinem Blick war anzusehen gewesen, wie gerne er den Mut gehabt hätte, diese Grenze zu überschreiten und ihr körperlich wehzutun. Die Verachtung in seinen Augen war echt gewesen, sie kam tief aus seinem Inneren, aus seinem Kern, der ihm Angst einjagte. Er hatte die Hand gehoben und ausgeholt, war mitten in der Bewegung erstarrt, hatte den Kopf geschüttelt und war aus der Wohnung gestürmt. Und nie mehr wiedergekommen.

Jake Blakes Visitenkarte in der Hand setzte sie sich aufs Sofa. Wohin hatte sie das Buch gelegt, das er ihr geschenkt hatte? Nicht ein Film mit Sam Shepard fiel ihr ein. Hatte er nicht Theaterstücke geschrieben? Gab sie dem Anruf weniger Gewicht, wenn sie das neue Handy benutzte statt das alte, mit dem sie so oft mit Michael telefoniert hatte? Neuanfang! In dem Moment, in dem sie das neue Smartphone aus der Tasche ihrer Jacke im Flur nehmen wollte, zeigte ihr altes Handy eine neue Nachricht an. Matt schlug vor, sich um 17 Uhr im *Pearl* am Hafen von Rockland zu treffen. Er wollte ihr persönlich mitteilen, was er bei seinen Recherchen herausgefunden hatte.

27
Pill Mill

Matt saß mit dem Rücken zum Meer an einem der Fenstertische und war in die Karte vertieft, blind für den Blick auf den Hafen. Der *breakwater*, oft deutlich als kräftiger Strich zu sehen, war heute nur zu erkennen, weil sich die Wellen an der Befestigungsmauer brachen. Der Wall selbst war unsichtbar, weshalb der Leuchtturm an seinem Ende aussah, als schwebte er über dem Wasser, ein Wunder. Die meisten Boote, die im Hafen ankerten, trugen die amerikanische Flagge am Mast. Als Matt Corinna bemerkte, stand er auf und zog für sie einen Stuhl unter dem Tisch hervor. Er trug Jeans mit einer scharfen Bügelfalte, ein Shirt der Boston Celtics und Flipflops. Die plattgesessene Fritte, die auf der Sitzfläche ihres Stuhles lag, wischte er grinsend zu Boden.

»Bitte«, sagte er, während sie Platz nahm, und zeigte mit beiden Armen aus dem Fenster, als hätte sie die Aussicht ihm zu verdanken. »Was tut man nicht alles für seine Touristen!«

»Heute hast du ja sogar eine richtige Hose an.«

»Und meine Lieblingsschuhe.«

Corinna nahm die Speisekarte aus dem Drahtgestell und legte sie offen vor sich auf den Tisch, ohne sie zu berühren, weil das Plastik, in das sie eingeschweißt war, klebte. Die Salz- und Pfeffermühlen standen wie die Ketchup- und Senfflaschen in kleinen hölzernen Hummerkörben.

»Ich hab ein schlechtes Gewissen, weil ich nicht die

Polizei informiert habe, Matt, vielleicht hätten sie Sky und Chad gefunden.«

»Du weißt genau, dass das Quatsch ist, nicht?«

»Soll ich ihnen das Foto jetzt zeigen?«

»Und wie erklärst du ihnen, wieso du das erste Bild gelöscht hast? Und weshalb du dich erst jetzt meldest? Du steckst zu tief drin, Corinna.«

»Du auch.«

»Allerdings.«

Corinna bestellte eine Cola light und einen großen Shrimpscocktail, Matt ein Budweiser und gegrillten Haddock mit French Fries. Himmel und Wasser flossen nahtlos ineinander über, täuschten das Auge. Der Geräuschpegel im *Pearl* war so hoch, dass es nicht einfach war, sich zu verstehen. Gelegentlich war es allerdings plötzlich ganz still, dann hörte man das Meer unter dem Boden gluckern. Das Restaurant, ein großer hoher Raum mit einer langen, U-förmigen Bar und sperrholzverkleideten Dachbalken, stand auf Pfählen im Hafenbecken. Die Bohlen des Steges zum Eingang, durch die Witterung silbern geworden, kippelten, wenn man darüber ging. Es brauchte nicht viel Phantasie, sich vorzustellen, auf einem Boot zu sein und den Seegang zu spüren.

»Wie wird man eigentlich Privatdetektiv hier bei euch?«

»Hier bei uns?«

»Na, in den USA!«

»Wie du dich vielleicht erinnerst, stamme ich aus Massachusetts. Und in Massachusetts bekommt man die Lizenz zum Privatdetektiv, wenn man zweitausendfünfhundert Stunden bei einem PI mit Lizenz assistiert hat. So einfach ist.«

»Zweitausendfünfhundert Stunden?«

»Yep. Willst du wissen, was ich als PI in Boston zuletzt

gemacht habe und weshalb ich nach Maine gezogen bin? Oder hab ich dir das schon mal erzählt?«

»Hast du nicht, nein. Aber ich kann's mir lebhaft vorstellen, Matt.«

»Bitte!«

»Eifersüchtige Ehemänner, eifersüchtige Ehefrauen. Du hast stundenlang in deinem Auto gesessen, kalte Pizza gegessen, miesen amerikanischen Kaffee getrunken und auf den richtigen Augenblick gewartet, um das Beweisfoto für den Ehebruch oder Seitensprung zu schießen. Stimmt's?«

»Schön wär's, Corinna.«

Er ließ sich auf dem Stuhl zurücksinken und sah sie herausfordernd an. Er gehörte also auch zu den Männern, die sich zierten und bitten ließen.

»Sondern?«, fragte sie schließlich. »Jetzt erzähl schon!«

»Zuletzt hatte ich fast nur noch Dealer und Gangster als Kunden, für die ich die Idioten finden sollte, von denen sie reingelegt worden waren. Natürlich hab ich genau gewusst, was denen blüht, wenn ich sie aufgespürt hatte. Bang, Bang, vaya con Dios, amigo! Oder sie sind in irgendeiner Garage in Charlestown gelandet, wo man sie an die Decke hängte und so geschickt behandelte, dass sie alles erzählten. Alles! Vor allem Dinge, die gar nicht stimmten.«

»Scheiße.«

»Warum hast du mir nicht erzählt, was mit Michael passiert ist?«

»Wie bitte?« Corinna musste sich beherrschen, um nicht aufzuspringen und aus dem *Pearl* zu laufen. Matt sah sie ruhig an. Hätte er sie aufgehalten? »Spionierst du mir nach, Matt?«

»Es hat mich fünf Minuten im Internet gekostet, das war alles. Es tut mir leid, Corinna. Mein aufrichtiges Beileid.«

»Danke«, sagte sie, froh, dass in diesem Augenblick ihr Essen serviert wurde und sie abgelenkt waren.

Matt zerteilte seinen Fisch gewissenhaft mit der Gabel in mundgerechte Stücke, die er sich eines nach dem anderen in den Mund schob, ohne sich vorerst um die Pommes zu kümmern. Corinnas Bruder Christoph hatte als Kind genauso gegessen, was ihre Eltern zur Weißglut getrieben hatte. Gemüse separat, Kartoffeln separat, Fleisch separat. Der Hinweis ihrer Mutter, das Essen mische sich in seinem Magen ja sowieso, hatte nichts daran geändert.

»Tut mir leid, hab ich's dir nicht gesagt, Matt. Ich konnte nicht.«

»Versteh ich. Ich hab dir ja auch nicht erzählt, dass Sheila und ich uns getrennt haben. Wir lassen uns scheiden.«

»Tut mir leid, Matt.«

»Ich wohn in meinem Büro. Vorübergehend.«

Er fing an, die Pommes zu essen, indem er sie zuerst in zwei Haufen teilte und dann auf die eine Hälfte Ketchup goss. Diese Hälfte aß er mit der Gabel, die andere mit den Fingern.

»Hast du etwas herausgefunden über Jacob Snyders Kinder?«

»Allerdings. Also: Jacob Snyder hat seine Frau und sich selbst am 13. November 1993 erschossen, das weißt du ja bereits. Die Kinder Betsy und Ty kamen erst ins Heim und danach zu wechselnden Pflegeeltern.«

»Getrennt oder zusammen?«

»In die erste Familie zusammen, danach getrennt. Aber sie hatten beide Glück, denke ich. Sie sind brav zur Schule, ins College, sind nicht aufgefallen, haben keine Vorstra…«

»Hast du sie gefunden?«, unterbrach sie ihn ungeduldig.

»Langsam, langsam, Corinna! Ja, ich hab sie gefunden.«

»Beide?«

»Beide! Was nicht ganz einfach war. Früher, als jeder ein Telefon hatte, und ich rede hier von einem Festnetzanschluss, also früher war es einfach. Computer, NYNEX, fertig! Dafür gibt es heute andere Kanäle, aber das weißt du selbst, darum erspar ich dir die Einzelheiten. Ich mach es kurz, ja?«

Corinna hatte keine Ahnung, was die Abkürzung NYNEX bedeutete, wollte Matt aber nicht noch einmal unterbrechen und nickte.

»Ty hat das College abgebrochen und ist 2001 in die Armee. Er war auf drei Touren im Irak, Habbaniyah, Al Tafar und Ramadi.«

»Das heißt?«

»Ty hat Dinge gesehen und erlebt, von denen wir besser nichts wissen. Er hat mehrere Auszeichnungen erhalten und ist vor etwas mehr als vier Jahren ehrenhaft entlassen worden. Seither hat er da und dort gearbeitet, *McDonald's*, *Walmart*, im Straßenbau, du kannst es dir vorstellen. In Maine gibt es über hundertfünfzigtausend Veteranen. Die meisten leben zurückgezogen am Rand der Gesellschaft. Im Wald. In Trailern. Auf Inseln.«

»Und wo lebt Ty?«

»Erst in Boston, dann in Gloucester, Massachusetts, zuletzt in Portland, Maine. Alles im grünen Bereich, er fällt nicht auf, wird nicht straffällig, nichts. Er geht scheinbar seinen Weg, steht in Kontakt mit den *United Veterans of Maine*, sieht regelmäßig seine Betreuer im Togus VAVA Medical Centre in Augusta, trifft sich mit Ehemaligen, mit denen er im Irak war. Trinkt, aber selten zu viel, und nimmt keine Drogen, was ungewöhnlich ist. Hat für eine Weile eine Freundin mit Kind, die sich aber vor sechs Monaten von ihm trennt. Da dreht er durch. Er macht Kleinholz aus einer Touristenbar in Portlands schickem Hafenviertel und greift die zwei Polizeibeamten an, die ihn verhaften wollen. Der eine lag elf Tage auf der Intensivstation.«

»Bingo«, sagte Corinna, »das passt.«

»Vergiss es«, sagte Matt. »Ty Snyder befindet sich seit vier Monaten in der geschlossenen Abteilung einer Nervenheilanstalt. PTSD.«

»Post-traumatic Stress Disorder. Die Anstalt ist wo?«

»Bangor, Maine. Denkst du nicht sowieso, es ist etwas weit hergeholt, die Kinder von Jacob Snyder mit dem Mord an Norman Dunbar in Verbindung zu bringen?«

»Weit hergeholt? Vielleicht. Vielleicht auch nicht. Immerhin hat Dunbar ihren Vater ruiniert. Er hat seinetwegen seine Arbeit verloren! Er hat keine neue Stelle gefunden, keinen Ausweg mehr gesehen und bumm! Er erschießt seine kranke Frau, dann sich selbst. Denkst du nicht, die Kinder könnten etwas gegen Dunbar haben? Seinetwegen sind sie im Heim gelandet, getrennt worden und bei Pflegefamilien aufgewachsen. Rache, Matt, Rache! Das ist das Motiv der Motive!«

Matt nickte, schob den Teller von sich und trank mit zurückgelegtem Kopf aus der Bierflasche.

»Ty ist jetzt 36, richtig?«, fragte Corinna.

»Richtig. Und Betsy 38. Sie hat im Frühling 2001 geheiratet und den Namen ihres Mannes angenommen. Mackin. Im Herbst desselben Jahres kam ihre Tochter zur Welt, ihr einziges Kind. Vor drei Jahren haben sie sich scheiden lassen.«

»Und die Tochter?«

»Studiert in Worcester.«

»Wo ist das?«

»Eine knappe Stunde nördlich von Boston. Aber Betsy lebt nicht in Worcester. Nur ihre Tochter.«

»Und wo lebt Betsy?«

»In Warren.«

»Ist das nicht gleich um die Ecke?«

»Doch! Sie führt dort seit einem Jahr das *Riverside Café* am Fluss.«

»Gute Arbeit, Matt. Danke. Und was jetzt?«

»Jetzt trinkst du eine Tasse Kaffee in Warren. Und lernst Betsy kennen. Ganz einfach. Isst du den nicht?« Er zeigte mit der Gabel auf den letzten Shrimp und schaute sie fragend an.

Corinna schüttelte den Kopf und schob den Teller in Matts Richtung. Er zog die Schultern hoch, spießte den Shrimp mit der Gabel auf, schob ihn sich in den Mund, kaute, genüsslich lächelnd, und schluckte.

»Mach dir keine Vorwürfe wegen Sky, Corinna.«

»Meinst du wirklich?«

»Sie hätten sie auch nicht gefunden. Nie. Foto hin oder her. Du bist nicht schuld, sitzt sie in der Scheiße.«

»Sie hat mich angerufen. Mich! Nicht die Polizei.«

»Und das macht dich schuldig? Komm schon! Denk nach.«

»Du hast recht. Danke, Matt.«

»Wie kommst du eigentlich an die Pillen, Corinna?«

»Wie bitte?«

»Ach komm! Ich bin Privatdetektiv, schon vergessen? Also. Wer liefert dir den Dreck? Xanax, nehm ich an?«

»Ray.«

»Ray Marling?«

Sie nickte und hatte schon wieder das dringende Bedürfnis, aufzustehen und wegzulaufen.

»Hab ich mir gedacht. Daher deckst du ihn. Wer sich mit einem Hund hinlegt, wird mit Flöhen aufstehen, vergiss das nicht!«

»Erstens leg ich mich nicht mit ihm hin, und zweitens ist er kein Hund!«

»Aber Ray Marling besorgt den Dreck für dich! Weißt du eigentlich, wie das hier mit dem Pillenscheiß läuft?«

»Sollte ich?«

»Schaden kann's nicht, glaub mir.«

»Du hältst wohl gerne Vorträge, was! Oder warst du früher Lehrer?«

»Dann eben nicht«, sagte er beleidigt und sah sich nach der Bedienung um, die leere Bierflasche in der Hand.

»Jetzt erzähl schon, Matt!«

»Also«, sagte er und stellte die Flasche hin. »Du brauchst möglichst viele windige Ärzte mit einer DEA-Nummer, die sich etwas Geld dazuverdienen wollen, und du brauchst möglichst viele windige Apotheker, die auch etwas Geld dazuverdienen wollen. So weit, so gut?«

Corinna wusste nicht, was eine DEA-Nummer war, nickte aber trotzdem und gab der Bedienung ein Zeichen, Matt noch eine Flasche Budweiser und ihr eine Cola light zu bringen.

»Die windigen Ärzte schreiben falsche Rezepte, Hunderte jeden Tag, und die windigen Apotheker geben auf diese falschen Rezepte Pillen heraus, Tausende jeden Tag, Abertausende.«

»Und wer holt die Pillen in den Apotheken?«

»Gute Frage. Süchtige, die von Fahrern in Gruppen von Apotheke zu Apotheke gebracht werden. Sie haben mehrere gefälschte Ausweise und bekommen das Zeug in den Apotheken, sogenannten *pill mills*, ohne Probleme. Die Apotheker schauen ja nicht zu genau hin. Weder auf die Ausweise noch auf die Rezepte.«

»Bezahlt werden die Süchtigen mit Pillen, nehm ich an?«

»Genau. Der Rest geht auf die Straße und wird teuer

verdealt. Ein Riesengeschäft. Wächst schneller als jeder andere Wirtschaftszweig der USA. ›Make America great again!‹ Erinnerst du dich, was man vor der Krise 2008 über Banken und die Wall Street sagte?«

»Too big to fail«, sagte Corinna und nahm der Bedienung die Getränke ab.

»Zu groß, um zu scheitern. Weil zu viele daran verdienen. Massig daran verdienen. Das Zeug hat schon mehr Amis umgebracht als der Vietnamkrieg! Aber es wird noch besser: Die Pillen ruinieren die Verdauung, und die Süchtigen können nicht mehr scheißen. Was passiert als Nächstes, was denkst du? Ganz einfach: Ein Pharmariese wirft ein verschreibungspflichtiges Laxativ auf den Markt, welches das Problem löst …«

»Und die Aktien des Pharmariesen gehen durch die Decke«, ergänzte sie.

»Kluges Kind! Das Laxativ verkauft sich wie blöd.«

»Klingt wie Geld drucken.«

»Klingt nicht nur so, ist auch so! Wie sieht's eigentlich mit deiner Verdauung aus, Corinna? Brauchst du Hilfe? Prost!«

Er hob die Flasche und trank sie in einem Zug leer.

Die tote Krähe lag im Lichtzelt einer Lampe an der Ausfahrt Rockland, sonst hätte Corinna sie nicht bemerkt. Sie hielt an, schaltete den Motor aus und stieß die Tür auf, blieb jedoch sitzen. Wenn keine Autos vorbeifuhren, war es verblüffend still. Sie hörte den Wind in den Blättern. Kam das Rauschen vom Meer, das man erst sah, wenn man ein paar hundert Meter weiterfuhr, dessen Nähe sie aber spüren konnte? Was ging sie der Mord an Norman Dunbar eigentlich an, abgesehen von der Tatsache, dass sie seine Leiche gefunden hatte? Kam Ray Marling für sie nicht als Täter infrage, weil er ihr Dealer war und sie seine Frau Maggie mochte? War Chads Eifersucht groß genug, um einen Mann zu töten und seine Frau zu misshandeln? Die Lobsterzange, die Norman Dunbar ins Hirn gehämmert worden war, ließ auf große Wut, puren Hass oder tiefe Verzweiflung schließen. Traute sie einer Frau diese Brutalität zu?

Sie ging zu der toten Krähe, hockte sich neben sie, hob einen Flügel an und legte ihn dann vorsichtig zurück aufs Pflaster. Krähen waren Michaels Lieblingsvögel gewesen. Er hatte viel über sie gelesen und sogar einen Feldstecher gekauft, um sie zu beobachten. Der Wind summte in den Stromkabeln über ihr, sträubte die blauschwarzen Federn. Sie hob die Krähe vorsichtig hoch, öffnete den Kofferraum und legte sie hinein. Sie würde sie im Garten beerdigen.

Das Blaulicht des Streifenwagens sprang über Büsche und Bäume, über die Fassade von Davids Byrds Haus und über die Männer, die davorstanden und sich unterhielten. Corinna fuhr den Wagen in die Garage, unsicher, ob sie ins Haus gehen oder sich erkundigen sollte, was passiert war. Die tote Krähe nahm sie jetzt ganz bestimmt nicht aus dem Kofferraum, um sie vor ihren Nachbarn und den Polizisten ins Haus zu tragen. Sie stieg aus, schloss das Garagentor, ohne das Außenlicht anzumachen, und ging auf ihr Haus zu, als sich ein Mann aus der Gruppe löste und auf sie zukam. Sie zögerte einen Moment, dann ging sie Jeff entgegen. Er war barfuß, trug weit geschnittene, bunte Stoffhosen und ein Sweatshirt mit dem Logo von MIT.

»Wir haben den Sheriff gerufen«, sagte er aufgeregt. »Es hat schon wieder jemand einen Stein in eins unserer Fenster geworfen.«

Sein Atem roch nach Whiskey und Zigarrenrauch. Er trat einen Schritt näher und berührte sie leicht am Oberarm.

»Kannst du mir den ersten Stein geben? Beweismittel, weißt du.«

»Selbstverständlich«, sagte Corinna, »bin gleich zurück.«

28
Café am Fluss

Kurz nach 14 Uhr kam sie an dem Schild vorbei, das die Gemeindegrenze von Warren anzeigte. Die Fahrt hatte etwas mehr als eine halbe Stunde gedauert und durch hügeliges Waldgebiet geführt, das immer wieder den Blick auf Wiesen und Weiden freigab, über denen sich ein endlos weiter Himmel aufspannte.

Als Corinna die ersten Häuser des Ortes erreichte, brach die Sonne durch den lichten Wald beidseits der Straße. Sie bremste ab und bog nach links auf die Main Street, die in mehreren Kurven zum Fluss hinabführte. Das stattliche weiße Gebäude, in dessen Erdgeschoss sich das *Riverside Café* befand, stand am anderen Ende der Brücke und hatte eine Terrasse, die aufs Wasser hinausging. Erst als Corinna die Brücke überquerte, wurde ihr klar, dass Michael und sie in ihrem ersten Jahr in Maine schon einmal in Warren gewesen waren: Im Pavillon auf der Wiese am Fluss hatte eine Folkband gespielt; sie hatten eine Decke auf dem Gras ausgebreitet wie die meisten der vielleicht dreißig anderen Zuhörer auch. Als die Sonne untergegangen war, hatten sie eine Flasche Wein auf der Terrasse des Cafés getrunken und sich ein Clubsandwich geteilt. Sie hatte keine Erinnerung daran, wer das Lokal damals führte.

Corinna parkte am Rand der Wiese vor der Antiquitätenhandlung, die sich über alle drei Stockwerke eines baufälligen Hauses erstreckte und nichts als Plunder verkaufte, wie sie vor dem Konzert enttäuscht festgestellt hatten:

wertlose Landkarten, Drucke und Ölbilder, abgetragene Kleider, Schuhe, Werkzeuge, ausrangierte Maschinenteile. Der muffige Geruch und der Staub in den finsteren Zimmern hatte sie schnell ins Freie getrieben.

Corinna setzte sich auf eine Bank am Rand der Wiese. Die Gartentische und Stühle, die die Bewohner der Häuser am anderen Flussufer ans Wasser gestellt hatten, passten zur entspannten Atmosphäre des kleinen Ortes. Hängematten und Lichterketten in den Bäumen, jemand hatte aus Ziegelsteinen einen Pizzaofen gemauert, jemand einen Tisch und eine Sitzbank auf ein Holzfloß montiert. Das Ufergras war von einem satten Grün, aus dem Birkenstämme herausleuchteten. Die Sonne war warm, doch der Wind hatte Biss, darum setzte sie sich in den Pavillon, in dem die Band gespielt hatte. Sie hatte Jake Blake nicht angerufen. Es war so unfassbar lange her, seit sie sich mit einem Mann verabredet hatte. Sie fühlte sich wie ein Teenager, wusste nicht, was sie sagen, wie sie sich verhalten sollte. Oder hatte sie Angst, Michael zu verletzen, zu verraten, wenn sie sich mit einem anderen Mann traf?

Die Glocke über der Tür des Cafés spielte einen Dreiklang, der sie an den Lebensmittelladen ihrer Kindheit erinnerte, den sie an der Hand ihrer Großmutter betreten hatte. Das *Riverside Café* war gemütlich wie eine Stube; auf einigen Holztischen lagen karierte Tischtücher, kein Stuhl war wie der andere. Es duftete nach geröstetem Kaffee, frischgebackenem Brot, Kuchen und angebratenen Zwiebeln. An den Wänden hingen Quilts in den unterschiedlichsten Farben und Mustern neben gerahmten Aquarellen von Waldlandschaften in allen Jahreszeiten, in einem Regal standen Gläser mit Marmelade und Ahornsirup zum Verkauf.

Sie setzte sich an einen Tisch am Fenster zur Straße und öffnete die Karte. Die Frau, die hinter der Theke Wasser in eine Kaffeemaschine füllte, war vielleicht zwanzig. Sie hatte ihre hennaroten Haare zu einem Pferdeschwanz gebunden, trug ein Blümchenkleid und Ohrringe, die bei jeder Bewegung hin- und herpendelten. In der angrenzenden Küche rührte eine schlanke dunkelhaarige Frau in einem Topf; sie trug Jeans, ein kariertes Flanellhemd mit hochgekrempelten Ärmeln und ebenfalls auffällige Ohrringe. Corinna schätzte sie auf Mitte bis Ende dreißig. War das Betsy Mackin, Jacob Snyders Tochter? Am Nebentisch saß ein alter Mann, der sich mit Daumen und Zeigefinger den Nasenrücken knetete; vor ihm lag ein Buch, darauf eine Lesebrille. Am großen Tisch in der Mitte des Raumes tranken vier ältere Frauen Kaffee, aßen Kuchen und beugten sich über ein Fotoalbum. Corinna bestellte bei der jungen Frau – sie war barfuß und trug Kettchen um beide Fesseln – einen Cappuccino und eine Gemüsesuppe. Sie ließ den Kaffee aus der Maschine, schäumte Milch auf, dann ging sie in die Küche hinüber, schöpfte Suppe aus dem Topf in ein Keramikschälchen und brachte sie Corinna.

»Brot?«

Sie reichte ihr die Suppe und zeigte auf einen Laib Brot auf der Theke neben der Kasse. Das Brot war mit Sonnenblumenkernen bestreut und hatte eine dunkle Kruste.

»Wo gibt es solches Brot in Maine?«

»Bei uns. Bets kann nicht nur kochen.«

»Bets?«

»Ihr gehört der Laden. Besteck steht da auf dem Tisch.«

Die junge Frau brachte ihr den Cappuccino und zwei Scheiben Brot auf einem Teller.

»Ferien in Maine?«

Corinna legte den Löffel wieder hin; die junge Frau hatte die Hand in die Hüfte aufgestützt und sah sie offen an.

»Eigentlich nicht, nein. Ich wohn auf Spruce Head Island.«

»Auf der Insel? Wunderschön! Und woher kommen Sie ursprünglich?«

»Aus der Schweiz.«

Die junge Frau wünschte ihr einen guten Appetit und trat an den Tisch des Mannes mit dem Buch und unterhielt sich leise mit ihm. Wie der junge Detective in ihrem Wohnzimmer hatte er seine Füße parallel auf den Boden gestellt, als gebe ihm das Halt. In den letzten Monaten seines Lebens hatte Michael seine Hausschuhe nachts immer mit einem fingerbreiten Abstand so vor seine Bettseite gestellt, dass ihre Spitzen den Rand des Teppichs aus der Türkei berührten. Oft war er noch einmal aufgestanden, um einen der beiden Hausschuhe aus braunem abgenutztem Cord ein Stückchen zu verrücken und *richtig* hinzustellen. Ich bin nicht stark genug für Erinnerungen, ging ihr durch den Kopf, aber vielleicht bin ich stark genug, Dinge zu verdrängen … Sie tunkte ein Stück Brot in die Suppe und spürte aus heiterem Himmel Schwindel, der sich als Schatten auf sie legte. Für einen Herzschlag lang fühlte sie sich wunderbar erleichtert und von sich selbst befreit, zugleich musste sie die Tränen zurückhalten, die ihr in die Augen stiegen. Was war los mit ihr? Musste man sich belügen, um überleben zu können? Sie hob den Blick, dankbar dafür, von der Sonne geblendet zu werden, die über den Fluss flutete, das Wasser zur blitzenden Scherbe machte und den Raum mit einer gelben Helligkeit füllte, in der sie alle andächtig schwiegen und den Atem anhielten.

Eine Wolke glitt vor die Sonne, es wurde auf einen Schlag dunkel, und die Welt und das Leben setzten sich wieder in Bewegung: Die Frauen lachten, der Mann blätterte eine Buchseite um, die Bedienung trat in die Küche, und Corinna öffnete die Tür zur Terrasse, um den Cappuccino im Freien zu trinken. Unter den Brettern wuchsen Büsche, das Wasser des Flusses stand tief. Was wollte sie hier? Sie konnte Betsy wohl kaum fragen, ob sie etwas mit dem Mord an Norman Dunbar zu tun hatte. Sie konnte Betsy noch nicht einmal fragen, ob sie Dunbar kannte. Wenn die Frau in der Küche denn überhaupt Jacob Snyders Tochter war. Auf der anderen Seite der Brücke lagen Schatten auf der Straße, welche die Fenster und Türen der Häuser verdunkelten.

Eine Fliege lief über ihren Handrücken wie über eine Startrampe, für einen Augenblick sah sie die durchscheinenden Flügel in der Luft schwirren. Sie trank die Tasse leer und ging ins Café zurück, um an der Theke zu zahlen. Der alte Mann las, den Kopf aufgestützt, die Angestellte war dabei, Tassen und Kuchenteller der Frauen, die sich vor dem Café verabschiedeten, auf ein Tablett zu stellen. Corinna griff nach einer Ausgabe der *Free Press*, die auf der Theke lag, da kam die ältere Frau aus der Küche.

»Hat es Ihnen geschmeckt?«

Corinna nickte und fragte sich, wie sie mit ihr ins Gespräch kommen sollte, da sah sie das handgeschriebene Schild auf der Kommode hinter der Kasse: »Aushilfe gesucht für 3 Tage pro Woche.«

»Eine Ausländerin wie mich stellen Sie wohl nicht ein?«, fragte sie und deutete auf das Schild.

»Ausländerin? Sie wohnen doch auf Spruce Head, sagt Jessica.« Die Frau lächelte und reichte Corinna die Rechnung. »Können Sie kochen?«

Corinna nickte, nahm eine Zehn-Dollar-Note aus dem Portemonnaie und drückte sie der Frau in die Hand.

»Ihr Brot schmeckt großartig!«

»Mit Brot kennen Sie sich auch aus! Wann fangen Sie an?«

»Was müsste ich denn alles tun?«

»Helfen, das ist alles! Also: Montag um acht? Sie haben den Job.«

»Einfach so?«

»Einfach so! Oder hätten Sie's lieber kompliziert? Ich heiße Betsy.«

»Corinna«, sagte Corinna und reichte ihr die Hand über die Theke. »Und was verdiene ich?«

»Sechs Dollar die Stunde plus Trinkgeld.«

»Einverstanden.«

»Jess, darf ich dir deine neue Kollegin vorstellen: Corinna aus Europa. Sie fängt Montag an!«

29
An der Grenze

Corinna zog den Zündschlüssel ab, stieg aus und erstarrte: Eben trat Jake Blake aus dem *Hello Hello Books* auf der anderen Straßenseite, ein Buch unter dem rechten Arm, und sah sie an. Eine Schrecksekunde lang konnte sie sich nicht rühren, dann hob sie die Hand und ging zu ihm.

»Wenn das nicht die Schweizerin ist!«

»Ich wollte Sie anrufen, Jake, mehrmals, aber …«

»Aber«, wiederholte er lächelnd.

»Aber ich hab Ihre Visitenkarte verloren!«

»Das ist entweder eine richtig blöde Ausrede oder Schicksal.«

»Eine blöde Ausrede, ich geb's zu! Ich hab mich einfach nicht …«

»Und? Wie riecht es?«, fiel er ihr ins Wort.

Wie beim letzten Mal trug er Jeans, ein weißes Hemd mit Gilet und Bikerstiefel. Er war rasiert, sein Silberblick irritierend. Sah er sie an oder knapp an ihr vorbei?

»Nach Papier! Und das da?« Sie zeigte auf das Taschenbuch, das er jetzt in der Hand hatte, und er hielt es ihr entgegen, damit sie den Titel lesen konnte: *Walking*.

»Weiß ich noch nicht«, sagte er. »Haben Sie das Buch gelesen, das ich Ihnen geschenkt habe?«

»Fast.«

»Sie lügen miserabel. Kommen Sie mit mir ins Kino?«

»Wann?«

»Jetzt.«

Er zeigte über die Main Street: Die Schiefertafel, die vor *The Strand* auf dem Bürgersteig stand, zeigte an, dass um 17 Uhr *Isle of Dogs* von Wes Anderson gezeigt wurde.

»Mir sind Katzen lieber«, sagte sie. »Aber doch, gerne. Los!«

»Und nach dem Film gehen wir essen«, sagte er, nahm ihre Hand und zog sie über die Straße. »Sonst entwischen Sie mir wieder.«

Jake Blake lachte laut und unbekümmert und klopfte sich dabei auf die Oberschenkel. Er roch tatsächlich nach Holz. Sie saßen in der ersten Reihe auf dem Balkon des offenbar renovierten Kinos, das Corinna an das Dorfkino erinnerte, in dem sie mit ihren Eltern vor vielen Jahren ihren ersten Kinofilm von Walt Disney gesehen hatte. *The Strand* atmete die Atmosphäre einer vergangenen Zeit. Die Kinoangestellte, die die Zuschauer im Foyer empfing und in den Saal wies, trug ein Kostüm wie eine Platzanweiserin in Schwarz-Weiß-Filmen der fünfziger Jahre: Nahtstrümpfe, Schürzchen, Brille mit Schmetterlingsgläsern, Haartuch.

Isle of Dogs zog Corinna sofort in seine Welt, sie vergaß, dass sie mit einem Mann im Kino saß, über den sie nichts wusste. Ihre Anspannung verschwand, sie rutschte tiefer in ihren Sitz, schlüpfte aus den Sandaletten mit dem kleinen Korkabsatz, stemmte sich mit ihren nackten Füßen an der Balustrade ab und nahm Jake den Popcornbecher ab. Er gehörte zum Glück nicht zu den Menschen, die jede Szene kommentieren und jeden Witz erklären mussten. Er machte während des ganzen Films nur eine Bemerkung, die sie jedoch nicht verstand, weil die Hunde im selben Moment losbellten. Michael hatte es nie geschafft, im Kino den Mund zu halten. An den Titel des letzten Filmes, den sie zusammen in Aarau gesehen hatten, konnte sie sich genauso wenig erinnern wie an seine Handlung. Hatte nicht Ryan Gosling die Hauptrolle gespielt?

Corinna hielt den Popcornbecher so, dass auch Jack ihn gut erreichen konnte. Es fiel ihr schwer, den Blick von seiner rechten Hand zu lösen, die in regelmäßigen Abständen aus der Dunkelheit vor ihr auftauchte und im Innern des Bechers verschwand. Die Hand war groß, schmal und braun gebrannt, die Finger waren lang, die Nägel gepflegt. Jake trug den silbernen Armreif, der ihr schon in Camden aufgefallen war. Einmal griffen sie gleichzeitig in den Becher, ihre Hände berührten sich, einmal legte er ihr die Hand auf den Arm und ließ sie für einen Augenblick liegen; sie war leicht und warm, und Corinna spürte das kühle Silber des Armreifs.

Sie blieben schweigend sitzen, als der Film zu Ende war und das Licht langsam heller wurde, ohne sich anzusehen. Ein Mann, der in einer der vorderen Reihen im Parkett gesessen hatte, winkte Jake zu, als er aus dem Saal ging, und Jake nickte. Als der Mann nicht mehr zu sehen war, nahm er Corinnas Hand, drückte ihr einen Kuss darauf, sah sie an und erhob sich wortlos.

Ihr Tisch stand in einer der beiden Fensternischen im *Sammy's Deluxe*, und es war, als schwebten sie kniehoch über dem Bürgersteig der Main Street. Vor den Scheiben hingen hauchdünne weiße Stoffbahnen, die sich im Luftzug der offen stehenden Tür des Lokals bewegten, um die Nische liefen Lichterketten, die zusammen mit den Kerzen, die auf den Tischen brannten, ein weiches Zauberlicht verbreiteten.

Sie teilten sich einen großen Teller Muscheln als Vorspeise und redeten über den Film, der ihnen beiden gut gefallen hatte. Der Sommerabend war lau, der Himmel wolkenlos, das Lüftchen, das vom Atlantik her wehte, angenehm. Corinna genoss die Blicke der Feriengäste, die an ihrer Nische vorbeiflanierten. Sie versuchte sich vorzustellen, ob man sie für ein Paar hielt oder für eine reife Frau und einen reifen Mann, die im Begriff waren, sich kennenzulernen. Sie unterhielten sich über Lieblingsfilme und Lieblingsmusik, fanden heraus, dass sie aus dem gleichen Grund keinen Alkohol mehr tranken und nicht mehr rauchten, beide schon einmal verheiratet gewesen waren. Dass sie Witwe war, verschwieg Corinna, aber sie erzählte ihm von ihrer Arbeit als Kriminalpolizistin und sogar vom Vierfachmord, der letztlich der Grund dafür gewesen war, dass sie ihre Arbeit aufgegeben und nach Amerika gezogen war. Sie hatte nicht den Eindruck, er spiele den guten Zuhörer, um sie zu beeindrucken. Er fragte nach, ließ sie nicht aus den Augen, wenn sie antwortete, nickte, lächelte.

Die Bedienung brachte den Hauptgang an ihren Tisch, sie hatten beide Rindsschmorbraten mit Kartoffelstock bestellt, und sie aßen für eine Weile schweigend. Nicht ein Tisch war frei, jeder Stuhl besetzt, auch die an der Bar. Wie hatte Jake es fertiggebracht, einen der Fenstertische zu bekommen? Die Tische waren mit bunt bedruckten Tischtüchern aus abwaschbarem Plastik bedeckt, wie sie es aus Imbissbuden in Italien und Spanien kannte und die in den meisten Lokalen billig oder sogar schäbig gewirkt hätten; im *Sammy's Deluxe* sahen sie originell aus. Ihr Tischtuch war schwarz und mit roten Gießkännchen, blauen Spaten und gelben Gartenrechen bedruckt.

»Vielleicht müssen wir nach dem Essen im Garten arbeiten«, sagte Jake und zeigte mit der Gabel auf ihr Tischtuch.

»Bloß nicht! Erzählst du mir von deinen Gitarren?«

»Da gibt es nicht viel zu erzählen.« Er sah sie einen

Moment nachdenklich an, schnitt ein Stück von seinem Braten ab, schob es sich in den Mund und kaute. »Früher hätte ich dich spätestens jetzt gefragt, ob du meine Werkstatt sehen willst.«

»Früher?«

»Als ich noch nicht wusste, was sich gehört.«

»Und heute weißt du es?«

»Hast du morgen schon was vor?«

Sie schüttelte den Kopf und schob ihren Stuhl zurück; die Kerze auf ihrem Tisch flackerte, die blütenförmigen Plastikbirnen ihrer Lichterkette bewegten sich mit leisem Schaben über die Wand.

»Wir könnten uns um 14 Uhr in Bayside am Hafen treffen. Dann zeig ich dir meine Werkstatt. Und die Gitarre, an der ich arbeite. Hier.«

Er zog seinen Geldbeutel aus der Gesäßtasche seiner Jeans, nahm eine Visitenkarte heraus und legte sie vor ihr auf den Tisch.

»Vielleicht hast du sie ja wirklich verloren.«

»Hab ich nicht, nein«, antwortete sie, steckte die Karte aber trotzdem ein.

»Du brauchst dich nicht jetzt zu entscheiden. Ruf mich einfach an, wenn du in Bayside bist. Du entschuldigst?«

Er stand auf, schob seinen Stuhl unter den Tisch und trank sein Glas leer.

»Gehst du?«

»Nur auf die Toilette«, sagte er und strich ihr mit dem Zeigefinger sanft über den Handrücken.

Frauen, die sofort nach ihrem Handy griffen, sobald sie allein waren, hatten sie immer geärgert. Und jetzt machte sie es genauso! Sie zog das alte Handy aus ihrer Tasche, das neue lag zu Hause, und schaltete es ein. Matt hatte versucht sie anzurufen. Und sie hatte ein Foto von einer unbekannten Nummer erhalten. Sie legte das Telefon auf den Tisch, unsicher, ob sie sich die Nachricht gleich ansehen sollte oder erst wenn sie im Auto saß. Sky fiel ihr ein, ihr kurzes Gespräch auf der Treppe, ihr unsteter, verängstigter Blick. Hatte Chad sich beruhigt? Die Bedienung, die an ihren Tisch trat, nahm ihr die Entscheidung ab, ob sie sich die Nachricht auf dem Handy ansehen sollte; Corinna reichte der jungen Frau mit den hüftlangen Rastazöpfen ihren leeren Teller, lobte das Essen und schüttelte den Kopf, als sie ihr anbot, die Dessertkarte zu bringen. Sie ließ das Handy in die Tasche gleiten, beobachtete, wie der Luftzug die Stoffbahnen hin und her wehte, und wartete ungeduldig auf Jake.

Der Himmel über den Hausdächern hatte einen pflaumenblauen Ton, es war immer noch angenehm warm. Vor der *Dowling Walsh Gallery* stand ein junger Asiate und machte ein Selfie vor einem Schaufenster, in dem das großformatige Ölgemälde eines Holzbootes ausgestellt war. Der junge Mann ließ sich nicht stören, vielleicht nahm er sie gar nicht wahr. Sie gingen so dicht nebeneinander, dass sich ihre Oberarme immer wieder berührten. Jake hatte hinter dem *Farnsworth Art Museum* geparkt, er hatte angeboten, sie zu ihrem Wagen zu begleiten. Die Abendvorstellung von *Isle of Dogs* war noch nicht zu Ende, das Neonschild des Kinos warf schimmernde Lichtpfützen auf Gehsteig und Autodächer. Die bellende Stimme des japanischen Bürgermeisters war durch die Kinowand zu hören, und Corinna sah ihn in Gedanken vor sich auf der Leinwand gegen Hunde hetzen.

Als sie vor ihrem Auto stehen blieben, wusste Jake offensichtlich nicht, wohin mit seinen Händen. Er trat einen Schritt zur Seite und schaute sich verlegen um. Sie öffnete die Beifahrertür, stellte ihre Tasche auf den Sitz, warf die Tür zu, sah ihn abwartend an, gab sich schließlich einen Ruck und drückte sich an ihn, die Wange an seine Brust gelegt. Jake schloss die Arme um sie und wiegte sie leicht hin und her, als wollte er sie trösten wie ein Kind.

»Vielleicht sehen wir uns morgen«, sagte er in ihr Haar.

»Vielleicht«, sagte sie und machte sich los.

Er sah sie belustigt an, drückte ihr einen Kuss auf die Stirn, drehte sich um und ging.

Die Neugier war zu groß, sie musste sich das Foto ansehen. Corinna bog auf den Parkplatz vor dem *South End Grocery* und hielt ein Stück vom Lichtschein der Lampe entfernt an. Die Nachricht kam ziemlich sicher von Chad, das war ihr klar. Oder schrieb ihr Sky, dass sie in Sicherheit war? Eine Frau mit Rollator trat aus dem Geschäft, ein dürres Gespenst, das in der Nacht verschwand. Blieb ihr etwas anderes übrig, als die Nachricht zu öffnen?

Das Foto zeigte ein leeres, zerwühltes Bett, die weiße Decke war größtenteils zu Boden gerutscht, mehrere Kissen lagen aufeinander an der Bettkante. Die Falten des Lakens, es war ebenfalls weiß, warfen Schatten, die eigenartige Muster bildeten. Ging es Chad um die Muster? Wo das Bett stand, war unmöglich zu erkennen; die Wand hinter dem Kopfteil war weiß, andere Möbelstücke gab es keine zu sehen, kein Bild, keine Lampe. Sie vergrößerte die Aufnahme und suchte das Bett Stück für Stück ab. Sie brauchte nicht lange, um den Hinweis zu finden, den Chad platziert hatte: Skys Ring mit der Schlange lag neben den Kissen an der Bettkante. Seine Textnachricht bestand aus drei Wörtern:

an der grenze

Ein gelber vw-Käfer hielt neben ihr, eine Frau stieg aus und ging in den Laden, ohne den Motor abzustellen. Auf dem Beifahrersitz saß ein Junge, der sie ungerührt ansah und eine rosa Kaugummiblase machte, die rasch größer wurde. Corinna wandte den Blick ab, bevor die Blase platzte. Sie wählte Matts Handynummer und hörte seine Stimme auf der Mailbox, bevor es auch nur einmal geklingelt hätte. Ohne ihm eine Nachricht zu hinterlassen, legte sie auf. Sie warf das Handy in ihre Tasche, startete den Motor und fuhr nach Hause.

Um keine Mücken anzulocken, schaltete sie die Lichter in der Küche und im Wohnzimmer aus und setzte sich bei offener Schiebetür aufs untere Deck. Die Oberarme taten ihr weh, zwischen Daumen und Zeigefinger der rechten Hand bekam sie wohl Schwielen. Sie hatte die Krähe am Rand ihres Grundstückes unter einem Strauch beerdigt und die Stelle mit einem Stein markiert. Die Luft war lau, das Meer ruhig, der Gestank von *Norwood Lobster* einigermaßen erträglich. Sie schlüpfte aus den Schuhen, knetete sich die Füße und versuchte nicht an das Foto und Sky zu denken, sondern an den Abend mit Jake, den Film und ihr erstes gemeinsames Abendessen, sah aber doch immer wieder das zerwühlte Laken vor sich, Skys Ring neben den Kissen, ihren abgetrennten Finger. War es zu spät, um die Polizei zu informieren? Sie fahndeten schließlich ohnehin schon nach Chad und Sky! Was halfen da die Bilder eines abgetrennten Fingers und eines Ringes, der auf einem leeren Bett lag? Was bedeutete die Zeile »an der Grenze«? Stand Chad davor, eine Grenze zu überschreiten? Die Grenze zu mehr Gewalt? Oder eine Landesgrenze? War er mit Sky auf dem Weg nach Kanada und der Satz ein Schrei nach Hilfe? Wir befinden uns an der Grenze, noch kannst du dafür sorgen, dass wir aufgehalten werden. Oder hatten sich die beiden längst versöhnt und nahmen sie auf den Arm?

Sie hörte nicht, wie die Katze aus dem Garten aufs Deck sprang, sah sie erst, als sie um ihre Beine strich und sich dann laut schnurrend auf den Boden fallen ließ, um gestreichelt zu werden. Ihr Fell fühlte sich seidenweich, aber erstaunlich kühl an. Wo hatte sie gelegen? Hatte sie zugesehen, wie sie die Krähe begraben hatte? Ein Hummerboot lief in den Hafen ein, der weiße Lichtkegel des Suchscheinwerfers strich über die Wasseroberfläche, über die Pier und Boote, die vor Anker lagen. Wo hatte sie Jakes Geschenk hingelegt? Sie hatte tatsächlich einen Job angenommen, nur um mit Jacob Snyders Tochter ins Gespräch zu kommen! Du spinnst doch!, sagte sie laut und stand auf. Die Katze sprang auf die Beine und drängte sich an ihr vorbei ins Wohnzimmer. Corinna bückte sich nach ihren Schuhen und folgte der Katze ins Haus, um nach Sam Shepards Buch zu suchen.

30
Im Turm

Sie verpasste die Abzweigung nach Bayside und musste beinahe eine Meile auf der Route 1 weiterfahren, bis sie wenden konnte. Sie hielt am Rand einer eingezäunten Wiese, die zum Meer abfiel. Ein Zaunpfahl war umgesunken und hing schief in den Stacheldrahtsträngen, auf einem anderen Pfahl saß ein Raubvogel. Als sie die Scheibe nach unten gleiten ließ, breitete er seine Schwingen aus, bewegte sie auf und nieder, als wollte er sie ihr präsentieren, krächzte und erhob sich in die Luft. Der Himmel war bewölkt, das Wasser hatte eine metallene Farbe und war unruhig. Die Autos, die an ihr vorbeirasten, versetzten ihrem Dodge Schläge, als stupste ihn eine große Hand immer wieder an. Sie musste lange warten, bis sie sich in den Verkehr einfädeln und zurückfahren konnte.

Am Morgen hatte sie erst in Sam Shepards Buch gelesen und dann mit Matt und Tracy telefoniert. Tracy war mit Normans Leichnam nach Carolina abgereist; die Einäscherung in Myrtle Beach fand übermorgen statt. Tracys Stimme war unbeteiligt gewesen, beinahe kalt, und Corinna war den Eindruck nicht losgeworden, sie werfe ihr etwas vor. Da Tracy sich nicht festlegen wollte, wann sie nach Maine zurückkehrte, hatten sie sich nicht verabredet. Ihr Gespräch hatte keine fünf Minuten gedauert.

Matt hatte ihr noch einmal versichert, es sei richtig, die Polizei nicht zu informieren und ihren Besuch im *Ducktrap Motel* in Lincolnville für sich zu behalten. Die

Nervenheilanstalt in Bangor hatte ihm bestätigt, dass Ty Snyder zum mutmaßlichen Todeszeitpunkt von Norman Dunbar in der geschlossenen Abteilung war und als Täter nicht infrage kam. Er konnte sich kaum beruhigen vor Lachen, als Corinna ihm erzählte, ab Montag im Café von Jacob Snyders Tochter zu arbeiten, hatte ihr aber versprochen, bald einen Kaffee bei ihr in Warren zu trinken.

Sie fuhr langsam, denn sie war zu früh, wie immer, wenn sie aufgeregt war. Der Wald auf beiden Seiten der schmalen Nebenstraße bestand aus weit mehr Laubbäumen als der Wald auf Spruce Head Island, der sich zum größten Teil aus Nadelhölzern zusammensetzte; Sonne streifte durch die Stämme, nahm selbst dem dichten Unterholz die Bedrohung. Corinna fuhr über einen Bahnübergang und gleich darauf an einer Schule vorbei, auf deren Parkplatz vier gelbe Busse standen. Als sie die ersten Häuser von Bayside erreichte, nahm sie den Fuß vom Gaspedal und glitt im Schritttempo weiter. Die meisten Cottages waren klein und standen eng ineinander verschachtelt auf dem Landstreifen zwischen Wald und Küste. Wie schon bei ihrem ersten Besuch staunte Corinna über die Türmchen, Erker, Veranden und Balkone, war begeistert von bunt bemalten Geländern und Türen, Läden mit ausgesägten Hohlformen, kunstvoll in obere Etagen gesetzte Lukarnen. Die Erinnerung hatte sie also nicht getäuscht.

Sie bog auf das Sträßchen, das steil in die Bucht hinunterführte, parkte am Holzsteg und trat ans Geländer der Hafenanlage. Kinder sprangen vom Steg und schwammen zu einem vertäuten Floß hinaus, tauchten, kreischten. Corinna sah ihnen eine Weile zu und setzte sich dann auf eine Bank am Rand der großen Wiese, die das Zentrum des Ortes bildete und auf drei Seiten von dicht stehenden Häusern begrenzt wurde. Es roch nach Holzkohlefeuer, gegrilltem Fleisch und Sonnenöl. Auf fast jeder Veranda saßen Menschen beisammen. Es war bedeckt, aber warm; die Sonne fiel in breiten Strichen durch Wolkenrisse aufs Wasser, schuf für Momente Lichtinseln. Sam Shepards Buch war eigenartig; sie wunderte sich über die trotzige Offenheit, mit der er über seine Krankheit schrieb. Ein alter Mann, barfuß, in Shorts und mit Strohhut, ging zielstrebig über die Wiese auf den Steg zu. Der Wind trug eine Ahnung von *Old Spice* zu ihr; sie kannte das Aftershave von ihrem Großvater. Er hatte es sich immer großzügig in die hohle Hand gegossen und dann mit beiden Händen ins Gesicht geklatscht. Der Mann ging bis ans Ende des Steges, nahm den Hut ab, schlüpfte aus dem T-Shirt und sprang ohne zu zögern kopfvoran ins Meer. Als er auftauchte, vier, fünf Meter vom Ufer entfernt, stieß er einen begeisterten Schrei aus und schwamm mit langen Zügen zum Floß hinaus.

Auf dem Handy sah Corinna, dass es 14 Uhr war; sie würde Jake erst in ein paar Minuten anrufen, um auf keinen Fall aufdringlich zu wirken. Seine Nummer hatte sie unter J gespeichert, als müsste sie seinen Namen vor Michael verbergen. War es lächerlich, ein schlechtes Gewissen zu haben, sich zu schämen? Laut waren Flugzeugturbinen zu hören, der Jet blieb hinter der Wolkendecke verborgen. Heute Morgen hatte die Katze ihren Futterteller mit der Zunge quer durch die ganze Küche geschoben, weil sie nicht glauben wollte, dass sie ihn schon leer gefressen hatte. Der Blick, den die Katze ihr zuwarf, als sie den leeren Teller wieder und wieder gegen die Wand stupste, hatte Corinna zum Lachen gebracht. Auf der Fahrt hatte sie bei *Home Depot* in Rockland Streu, ein Katzenklo und ein Körbchen gekauft. Der alte Schwimmer saß mit vergnügtem Gesicht am Rand des Floßes, die Hände in der

Luft, als dirigierte er das Kreischen der Kinder. Schließlich ließ sich ein Kind nach dem anderen vom Floß ins Meer fallen, und er war allein.

Ein Windstoß hob Corinnas Haar hoch, kühlte ihren verschwitzten Nacken. Dass der Mann, der auf sie zukam, Jake war, begriff sie nicht sofort. Er ging langsam und aufrecht, als hätte er Rückenschmerzen. Sein Gesicht lag im Schatten eines Cowboyhutes aus Stroh, in dessen Krempe Vogelfedern steckten. Er trug verfleckte Jeans, die Bikerstiefel und ein kariertes Hemd mit abgetrennten Ärmeln. Sie ging auf ihn zu und nahm ihn in die Arme. Er roch nach Schweiß, Holz und Farbe und küsste sie auf Wange, Nase und Stirn.

»Woher wusstest du, dass ich hier bin?«, fragte sie, machte sich von ihm los und kniff die Augen zusammen, um ihn gegen die Sonne zu erkennen.

»Weil alle immer erst hierher fahren.«

Er schob sich den Hut aus der Stirn. In seinen Bartstoppeln hatten sich Sägespäne eines rötlichen Holzes verfangen, die sie gerne befreit hätte. Wie eine Mutter, die auf ihren Sohn achtet, dachte sie und hielt sich zurück.

»Warst du schon einmal hier?«

»Vor drei Jahren, mit Michael.«

»Mit deinem Mann.«

Sie nickte, wusste plötzlich nicht, wieso sie hierher gefahren war, was sie von diesem fremden Mann wollte. Weshalb hatte sie ihm nicht erzählt, dass Michael tödlich verunfallt war?

»Fahren wir?«, fragte er und zeigte mit dem Kinn auf ihr Auto.

Jakes Cottage stand etwas außerhalb des Ortes am Wasser; auf der einen Seite wurde es durch ein Birkenwäldchen vom Nachbarhaus abgegrenzt, auf der Wiese der anderen Seite stand ein holzverkleideter turmähnlicher Bau mit quadratischem Grundriss. Sie saßen auf der gedeckten Veranda zum Meer und tranken Kaffee, der verbrannt schmeckte. Das Cottage hatte seinen Eltern gehört; nach der Scheidung von seiner Frau vor zwölf Jahren war er aus ihrem gemeinsamen Haus in Hampstead nördlich von Boston ausgezogen und nach Bayside umgesiedelt. Während er erzählte, schaute er aufs Meer, als scheute er ihren Blick. Er hatte das Cottage von Grund auf umgebaut und auch seine Werkstatt errichtet, den »Turm« wie er den Bau nannte, in dem sich auch sein Schlafzimmer sowie ein Bad befanden. Sie schaute wie er aufs Wasser, hörte zu und beobachtete ein Segelschiff, das vor der Küste kreuzte. Jake hatte zwei erwachsene Töchter, eine lebte als Ärztin in Atlanta, die andere spielte zweite Geige im Boston Symphony Orchestra; zu beiden hatte er losen Kontakt, seine Exfrau sah er nie. Sie hatte wieder geheiratet und einen Sohn und eine Tochter bekommen.

»Der Kaffee schmeckt schrecklich«, sagte er, stand auf und goss den Rest in die Wiese.

»Stimmt! Es ist übrigens schön hier. Wie in einem Märchen.«

»War es früher mal. Heute ist es ein Museum«, sagte er bitter und legte beide Hände aufs Geländer.

»Museum? Find ich gar nicht.«

»Im Winter kannst du an einer Hand abzählen, wer hierbleibt. Und im Sommer ist fast jedes Cottage an Sommergäste vermietet. Hast du auch Kinder?«

»Einen Sohn. Thomas. Er ist dreißig.«

»Und dein Exmann? Siehst du ihn oft?«

Sie erhob sich ebenfalls, brachte es aber nicht übers Herz, den letzten Schluck Kaffee auszuschütten, trank ihn und stellte die leere Tasse auf den Tisch aus weiß gestrichenem Rattan.

»Ich hab dich belogen. Michael ist tot.«

»Das tut mir leid«, sagte Jake und sah sie an.

»Mir auch.«

»War er krank?«

»Autounfall. Zeigst du mir dein Haus?«

Die Meerseite seiner Werkstatt bestand aus raumhohen Fenstern, vor denen ein langer Arbeitstisch aufgebaut war. An der fensterlosen Rückwand hingen Werkzeuge, Feilen, Schrauben, Zangen, Hämmer und Stechbeitel. In die zwei anderen Wände war nur je ein schmales waagrechtes Fenster eingefügt. Am Boden standen Schachteln voller Schrauben, Nieten, Klemmen und Gitarrensaiten, Corinna sah Bohr- und Schleifmaschinen, Schraubzwingen, Dosen mit Lack und Firnis. Es duftete nach Holz, Räucherstäbchen, Holzleim.

Jake hatte sie erst durch sein Elternhaus geführt, hatte ihr im Erdgeschoss die große offene Wohnküche und ein Gästezimmer und im oberen Stock das Schlafzimmer, das Bad und die beiden Balkone gezeigt. Die Räume waren hell, die Holzdielen abgezogen und in rötlichem Ton lackiert. Das Haus war voller Bücher, Schallplatten, Bilder und gerahmter Fotos; überall lagen Quilts, hingen bunte Tücher, Schädel toter Tiere. Sie hatte noch nie gesehen, dass sich ein Mann so einrichtete.

»Daran arbeitest du?«

Sie zeigte auf den Gitarrenkorpus, der auf dem Arbeitstisch lag. Er hatte ihn wohl noch vor Kurzem mit Schleifpapier bearbeitet: Der Holzstaub glitzerte in der Sonne, die übers Wasser in den Raum strömte.

»Ist bald fertig. Dann mach ich mich ans Schlagbrett.«

»Kennst du die alle?«, fragte sie und deutete auf die gerahmten Fotos von Gitarristen, die an einer Wand hingen.

Er nickte, strich gedankenverloren über das Holz der Gitarre, an der er arbeitete, und zeigte auf verschiedene Gitarrenhälse, die an einer Wand lehnten, doch sie trat vor die Fotos. Sie erkannte Ron Woods von den Rolling Stones, Lenny Kravitz, Tom Petty und Neil Young.

»Ist das Stevie Nicks?«

»Eine Zicke.«

»Alles Kunden?«

Er nickte erneut, lächelte verlegen, ging aber nicht darauf ein. Über der Lehne seines Arbeitsstuhles hing ein Katzenfell, am Boden lagen offene Lederschlappen.

»Hast du nicht gesagt, du schläfst hier in deinem Turm?«

Jake zeigte an die Decke der bestimmt drei Meter hohen Werkstatt, zuckte entschuldigend mit den Schultern, griff nach einem langen Holzstab mit einem eisernen Haken an seinem Ende, öffnete damit eine Falltür in der Decke und zog eine Treppe hinunter, die sich klappernd entfaltete.

»Als Schweizerin bist du bestimmt schwindelfrei.«

Er legte den Stab zur Seite und deutete mit einer Handbewegung an, dass er ihr den Vortritt ließ.

Sie schlug die Augen auf, blieb aber liegen, ohne sich zu rühren. Es war immer noch hell, sie waren eingenickt. Jakes Arm lag quer über ihrer Brust, er hatte die Beine leicht angezogen und schlief. Sein Gesicht war entspannt, wie sie es noch nie gesehen hatte. Sie ließ den Blick durch den Raum mit den hohen Bogenfenstern wandern, betrachtete das monochrome Ölgemälde an der Wand, die Tonfigur auf der Kommode, die Blechgitarre in ihrem Ständer, den kleinen roten Teppich auf dem weißen Bretterboden, die Dutzenden von Kerzen in der Ecke, den Plattenspieler, den Stapel Langspielplatten, den MP3-Player. Die Sonne fiel mittlerweile so flach über das Wasser, dass sie die Fenster des Schlafzimmers nicht mehr erreichte. Die Bäume warfen lange Schatten, das Meer schaukelte sanft auf und nieder.

Jake schloss und öffnete die Faust im Schlaf, stöhnte, kicherte. Sie hatten nicht miteinander geschlafen; sie hatten geredet, hatten sich hingelegt und weitergeredet, hatten sich geküsst und gestreichelt, sich aber nicht einmal ausgezogen, nur Schuhe und Socken abgestreift. Jakes Schlafzimmer thronte als Adlerhorst über dem Atlantik, ein Ausguck, der eine weite Sicht bot. Das Badezimmer war klein, dafür sah man aufs Meer, wenn man auf der Toilette saß oder in der Dusche stand. Hinter dem breiten Bett, aus Bohlen von Eisenbahnschwellen gezimmert, hatte Jake wie in der Werkstatt ein schmales waagrechtes Fenster eingefügt, durch das man über die Straße weg in den Wald sah. Jake öffnete die Augen, räusperte sich, stützte sich auf die Ellbogen auf und sah sie an.

»Was denkst du, wer kocht besser, du oder ich?«, fragte er und zog sie an sich.

31
Auf der anderen Seite

Es war bereits dunkel, als sie am Sonntagabend vor ihrem Haus anhielt. Sie schaltete den Motor aus, blieb aber im Auto sitzen. Das Wochenende mit Jake war die beste Zeit gewesen, die sie seit Langem erlebt hatte. Sie hatten Safranrisotto und Seebarsch gekocht, auf der Veranda im Kerzenlicht gegessen, einen langen Strandspaziergang gemacht, sich auf einem der Balkone in Decken gehüllt bis Mitternacht unterhalten und dann miteinander geschlafen. Am Sonntagmorgen war sie neben ihm in seinem Schlafzimmer im Turm erwacht, als erstes Tageslicht auf dem unbewegten Wasserspiegel erschien und sich rasch ausbreitete. Die schieferfarbenen Wolkenbänder, die am Himmel trieben, glosten, als hätte sie jemand in Brand gesteckt. Bald hatte sich der Horizont aus der Dämmerung geschält, war die Welt Stück für Stück aus dem Schatten getreten. Sie hatte neben ihm gelegen und sich daran erinnert, was sie sich letzte Nacht alles erzählt hatten, und darüber nachgedacht, wieso sie ihre Xanax-Abhängigkeit für sich behalten, aber vom Mord an Norman Dunbar und von Sky und Chad und ihrem schlechten Gewissen erzählt hatte, weil sie Handyfotos und damit also Beweismaterial vor der Polizei verheimlichte. Was hatte Jake ihr verschwiegen? Die Vorstellung, alles voneinander wissen zu müssen, war ohnehin lächerlich und kindisch! Sie würde ihm ihr Suchtproblem mit Xanax beichten, sobald die Zeit dafür reif war. Wollte sie denn alles von ihm wissen? Was hatte sie davon?

In einer Liebesbeziehung waren Geheimnisse wichtig! In einem Haus, in dem jeder Winkel ausgeleuchtet war, fühlte sich niemand wohl. Jake hatte ihr erzählt, das Schlimmste seien nicht die Seitensprünge seiner Exfrau gewesen, sondern ihre ewigen Ausflüchte und Lügen und dass sie ihn für dumm verkauft hatte. Über der Frage, wieso sie Jake nichts von ihrem Job in Warren erzählt hatte, war Corinna wieder eingedöst.

Später hatten sie gefrühstückt und noch einmal miteinander geschlafen. Nachmittags waren sie nach Belfast gefahren, hatten eine Kunstgalerie besucht, einen Spaziergang am Hafen gemacht und in einer Weinbar in einem absurd schmalen Haus Muscheln gegessen. Die Zeit war wie im Flug vergangen. Corinna hatte sich nicht einen Augenblick unwohl oder fehl am Platz gefühlt. An Michael hatte sie mehrmals gedacht, allerdings wie an jemanden, den sie früher einmal gekannt, aber schon vor langer Zeit aus den Augen verloren hatte.

Dafür schämte sie sich jetzt. Dabei war ihr bewusst, sie hatte nichts Unrechtes getan. Der Motor tickte, die Karosserie knackte. Sie stieß die Tür auf, blieb aber weiterhin sitzen. Die Nacht war kühl, der Himmel bedeckt. Hörte sie Donner in der Ferne? Irgendwo spielte leise Musik, vielleicht saßen David und Jeff auf ihrem Deck und pafften ihren Gute-Nacht-Joint. Sie stieg aus, warf die Autotür zu, da klingelte ihr Handy. Ehe sie den Anruf entgegennahm, ging sie ein paar Schritte in den finsteren Garten hinein. Die Katze saß reglos auf dem Deck, begrüßte sie mauzend, kam aber nicht zu ihr.

»Lalala, die Grenze ist überschritten!«

Chads Stimme klang gehetzt. War er auf Speed? Im Hintergrund war Verkehrsrauschen zu hören, das Schwirren von Autoreifen auf nassem Asphalt.

»Wo seid ihr?«

»Auf der anderen Seite! Kapiert?«

»Kann ich mit Sky reden? Chad? Bitte!«

»Kannst du nicht, nein. Sie ist auch auf der anderen Seite!«

»Wo seid ihr? Chad!«

»Also wo ich bin, kann ich dir leider nicht sagen, Schätzchen.«

»Und Sky? Wo ist Sky?«

»In der Hölle«, zischte er und legte auf.

Der Schreck entzog ihr den Boden unter den Beinen, sie setzte sich ins Gras und ließ das Handy fallen. »Auf der anderen Seite!« Was wollte er ihr damit sagen? Hatte Chad Sky umgebracht? Was sonst konnte sein »in der Hölle« bedeuten? Spielte er ein Spiel mit ihr, und er und Sky hatten sich versöhnt? Weit entfernt donnerte es, einen Blitz sah Corinna nicht, doch der Himmel war in Bewegung, Wind wühlte sich durch Büsche und Bäume. Sie brauchte Hilfe, brauchte Matts Rat. Sie wählte seine Nummer, wurde aber zu seiner Mailbox umgeleitet und legte auf, weil sie keine Lust hatte, ihm aufs Band zu sprechen.

Dass sie Jakes Nummer auswendig kannte, erstaunte sie. Sie hatte sie so oft auf der Visitenkarte gelesen, dass sie sie sich offenbar unbewusst eingeprägt hatte. Jake hatte wohl einen Anruf erwartet, er hob jedenfalls bereits nach dem ersten Klingeln ab.

»Schon Sehnsucht nach mir?«

Im Hintergrund war eine akustische Gitarre zu hören; Jakes Stimme klang belegt und fremd.

»Eben hat Chad angerufen. Ich mach mir Sorgen um Sky.«

»Was hat er gesagt?«

Während sie versuchte, das kurze Telefongespräch Wort für Wort zu wiederholen, wurde ihr klar, dass Chads Sätze darauf angelegt gewesen waren, sie zu manipulieren und in eine bestimmte Richtung zu lenken.

»Er will dir Angst machen«, sagte Jake nach kurzem Schweigen.

»Und wenn nicht? Vielleicht hat er sie umgebracht«, sagte sie, obschon sie nicht mehr wirklich daran glaubte.

»Mit der anderen Seite meint er Kanada, glaub mir.«

»Und mit der Hölle?«

»Kanada«, sagte Jake lachend. »Was natürlich Quatsch ist. Kanada ist ein großartiges Land. Mach dir keine Sorgen, Corinna. Der Typ ist krank. Er treibt ein Spielchen mit dir.«

»Was hörst du für Musik?«

»Leo Kottke. Spiel ich dir beim nächsten Mal vor. Wann sehen wir uns wieder?«

Erwartete Jake, dass sie ihn zu sich einlud, damit er sah, wie sie lebte? Sie erhob sich und ging in der Dunkelheit auf ihr Haus zu. Der Wind war frisch, es roch nach Regen.

»Ich meld mich, Jake, in Ordnung?«

»Wie immer du willst. Aber mach dir keine Sorgen wegen Sky, hörst du? Er spielt mit dir. Glaub mir.«

Sie verabschiedeten sich und unterbrachen die Verbindung. Das Handy fühlte sich warm an, und für einen irritierenden Augenblick glaubte sie, es poche ihn ihrer Hand wie das Herz eines kleinen Lebewesens.

Um sich abzulenken, öffnete Corinna den Kofferraum, nahm das Katzenklo und den schweren Sack Streu heraus und trug beides zur Haustür. Die tote Maus, die auf der Fußmatte lag, hielt sie erst für einen Stofflappen. Sie machte die Tür auf, und die Katze lief in die Küche und stellte sich schreiend vor den Kühlschrank. Sie fütterte die

Katze, nahm das Kehrblech aus dem Schrank, trat vor die Haustür und schob die tote Maus mit dem Schuh darauf. Wohin damit? Sie ging über die Straße und warf sie in hohem Bogen in ein Gebüsch. Regentropfen klatschten auf den Asphalt, weit draußen fuhr ein Blitz ins Meer. Der Donner, der folgte, rollte als dumpfes Rumpeln übers Wasser, und es war, als komme eine gewaltige Walze auf sie zu. Gierig sog Corinna die kalte Luft ein.

Die Katze lag zusammengerollt auf Michaels Sessel und schlief. Corinna ließ sich aufs Sofa sinken, ohne das Licht anzumachen; früher hätte sie sich jetzt einen Gin Tonic gemacht. Und danach noch einen. Und noch einen. Sie schaffte es, das Bücherregal für eine Weile zu ignorieren, aber schließlich gab sie nach und warf eine Xanax ein. Sie legte sich wieder hin und schloss die Augen, schreckte aber schon nach wenigen Minuten hoch, als ihr Handy piepte. Die Nummer des Absenders war wie erwartet unterdrückt, und sie zögerte, die Nachricht zu öffnen. Ihr Zeigefinger, der über dem Display schwebte, zitterte.

auf der anderen seite denk dran

Sie sprang auf und hätte das Handy am liebsten an die Wand geschmettert, konnte sich aber beherrschen und warf es stattdessen aufs Sofa, von dem es hochfederte und auf den Couchtisch krachte. Die Katze hob den Kopf, blieb liegen und putzte sich, ein Hinterbein in die Luft gereckt. Corinna trank ein Glas kaltes Leitungswasser in der dunklen Küche und beobachtete David und Jeff, die Hand in Hand ihren Hund spazieren führten und sich angeregt unterhielten. »Auf der anderen Seite.« Waren sie wirklich nach Kanada geflüchtet? Wieso meldete sich Sky nicht mehr bei ihr? Was brachte es Chad, mit ihr zu spielen?

David und Jeff kamen schon wieder an ihrem Haus vorbei; ging man auf dem Heimweg immer schneller? War der Regen weitergezogen? Der Hund zerrte an der Leine, die beiden Männer, sie trugen Shorts, Flipflops und Hoodies, hielten sich immer noch an der Hand. Sie blieben stehen und küssten sich, und Corinna trat ins Wohnzimmer und setzte sich, stand aber gleich wieder auf und fing hastig an, die Jalousien an den richtigen Fenstern hinunterzuziehen und die Nachtlichter in die entsprechenden Steckdosen zu schieben.

Jakes Exfrau fiel ihr ein. Hatte Michael sie betrogen? Sie war während ihrer ganzen Ehe nie mit einem anderen Mann zusammen gewesen. Nicht einmal geflirtet hatte sie. Wieso auch? Sie war glücklich gewesen mit Michael. Bis nach dem Vierfachmord die Schatten aufzogen, mit denen sie nicht anders umzugehen wusste, als sie mit Alkohol wenigstens für kurze Zeit zum Verschwinden zu bringen. Corinna stand auf, streckte sich gähnend und hatte bereits die Hand auf den Handlauf der Treppe gelegt, um nach oben zu gehen, als es an der Haustür klopfte. Sollte sie sich schlafend stellen und nicht öffnen? Sie ging leise zur Tür und spähte durch den Spion: Maggie und Ray. An Rays Blick erkannte sie, dass er sie hinter der Tür bemerkt hatte. Corinna öffnete und bat die beiden herein. Als sie das Wohnzimmer betraten, hatte die Katze bereits die Hälfte der Treppe ins obere Stockwerk zurückgelegt, wobei sie ihnen einen beleidigten Blick zuwarf. Maggie drückte Corinnas Schulter und entschuldigte sich für die späte Störung, Ray, beide Hände in den Taschen seiner Lederjacke, sah mitgenommen aus. Corinna wusste, was sein Blick verriet: Angst.

»Bist du nicht in U-Haft?«, fragte sie.

»Ich bin raus«, sagte er, »bis zur Verhandlung.«

»Das ist eine gute Nachricht, Ray. Wollt ihr euch nicht setzen?«

»Wir sind gleich wieder weg. Hast du ihnen von unserem Gespräch am See erzählt, Corinna?«

»Natürlich nicht! Du?«, fragte sie.

»Nein«, sagte Ray, »kein Wort.«

»Wirst du für den Einbruch verurteilt?«

»Weiß ich noch nicht«, sagte Ray kleinlaut, »ziemlich sicher schon.«

»Die Arschgeigen haben seinen Vater informiert«, sagte Maggie.

»Ist er nicht auf Kreuzfahrt?«

»Trotzdem! Stell dir vor!«, zischte Ray. »Der Alte hat getobt, behauptet Robinson.«

»Das kann dir doch egal sein, Ray. Du bist ein erwachsener Mann!«, sagte Corinna.

»Du kennst meinen Vater nicht«, sagte Ray kleinlaut.

»Ray kann sich jetzt nichts mehr leisten, ist ja logisch«, sagte Maggie und legte ihm die Hand auf die Schulter.

»Gar nichts. Die schauen mir sogar beim Scheißen zu. Darum …«

Er ließ den Satz unvollendet, trat an die Schiebetür zum Deck und starrte in den dunklen Garten hinaus.

»Darum muss er mit dem Dealen aufhören. Sofort.«

»Wenn die mich jetzt erwischen, verschwind ich für eine ganze Weile im Bau.«

»Das heißt?«, fragte Corinna und bereute die Frage sofort.

»Was wohl! Du brauchst einen anderen, der dir die Benzos liefert.«

Er versuchte forsch und bestimmt zu klingen, schaffte es aber nicht; seine Stimme war zittrig.

»Kennst du je…«

»Hier«, unterbrach er sie und gab ihr einen Zettel. »Eine SMS reicht. Schreib ihm, was du brauchst. Er weiß Bescheid.«

»Kenn ich ihn?«

»Nein. Brauchst du auch nicht.«

»Danke«, sagte sie.

»Wollen ja nicht, dass du auf dem Trockenen sitzt«, sagte er, tippte sich an die Stirn, schob die Schiebetür auf und trat aufs Deck hinaus.

»Danke für alles«, sagte Maggie, nahm Corinna in den Arm und verließ das Haus ebenfalls durch die Schiebetür. Corinna hielt den Zettel in der Hand wie ein Pfand oder Glückslos, dann gab sie sich einen Ruck, schloss die Schiebetür und ging in ihr Schlafzimmer hoch.

32
Astronauten

Irgendwann hatte sie genug davon, sich hin und her zu werfen, wieder und wieder das Kissen aufzuklopfen und anders zu zerknautschen. Sie konnte nicht schlafen. Obwohl die Luft so kühl war, dass sie fror, und der Krach von *Norwood Lobster* ihr auf die Nerven ging, setzte sie sich aufs obere Deck. Wenn Michael nicht einschlafen konnte, hatte er sich eine heiße Milch gemacht, aber sie konnte sich nicht dazu aufraffen.

Am Nachthimmel standen dunkle Furchen, als hätten riesige Krallen ihn zerkratzt, der Garten sah im milchigen Licht des Mondes verwunschen aus, unheimlich. Das Gewitter war weitergezogen, Dächer und Asphalt schimmerten blau. Die Schatten der Büsche erinnerten an Monster, die darauf warteten, sich auf ahnungslose Opfer zu stürzen. Der Schatten der Garage hatte scharf abgegrenzte Kanten und sah aus wie eine Grube, eine Falle. Auf dem Parkplatz von *Norwood Lobster* wurde ein Kühllaster beladen, das Rattern eines fremden Aggregats mischte sich unter das vertraute Summen der Kühlanlagen. Dass sich ein weiterer neuer Ton in den Geräuschteppich eingefügt hatte, begriff sie nur, weil er rasch lauter wurde: Auf der Rockledge Road näherte sich ein Motorrad. Corinna stand auf, ohne zu wissen, was sie vorhatte, lief nach unten, schlüpfte in die Turnschuhe und trat genau im richtigen Moment ans Fenster der Porch, um es vorbeirasen zu sehen. Durfte sie ihrem Instinkt noch vertrauen? War es das

Motorrad, das sie vor einigen Nächten erfolglos verfolgt hatte? Sie nahm Michaels Baseballschläger, der neben der Garderobe an der Wand lehnte, und trat vors Haus. Das Motorrad hatte vor Davids und Jeffs Haus angehalten; der Mann, der wohl auf dem Sozius gesessen hatte, stand auf der Straße, einen Stein in der erhobenen Hand.

»He!«, rief Corinna und ging auf das Motorrad zu.

Der Mann ließ den Stein fallen und schwang sich hinter dem Fahrer in den Sattel. Beide Männer trugen Vollvisierhelme und Handschuhe. Der Fahrer drehte am Gashebel, als müsste er sie beeindrucken – dann ließ er die Kupplung mit einem Ruck los, das Vorderrad hob sich vom Asphalt, und das Motorrad schoss auf dem Hinterrad auf Corinna zu. Sie sprang genau im richtigen Augenblick einen Schritt zur Seite und warf den Schläger in die Speichen des Hinterrades. Das Motorrad stellte sich sofort quer, die Männer flogen aus dem Sattel und landeten neben der Straße im Gras. Ihre Maschine schlitterte funkensprühend und mit jaulendem Motor über den Asphalt. Corinna lief ins Haus und wählte die 911. Die Katze saß auf der Treppe und sah sie mit ihren gelben Augen an. Wieso war Corinna nie aufgefallen, wie viele verschiedene Gesichter Katzen hatten? Sie lächelte eindeutig, als wäre sie stolz auf ihre neue Besitzerin. Das Motorrad lag etwa zwanzig Meter entfernt am Straßenrand; der Motor lief, als wäre nichts geschehen, das Glas des Scheinwerfers war zersplittert, das Licht ausgegangen. Sie zog den Zündschlüssel ab und warf ihn in die Nacht. Die Männer hatten sich aufgesetzt, mit ihren Helmen sahen sie aus wie Astronauten, die ihr Raumschiff bei der Landung zerstört hatten und jetzt ergeben auf ihre Strafe warteten.

»Das wirst du bereuen«, sagte der eine und stand auf.

»Setz dich wieder hin.«

»Fick dich!«

Er kam einen Schritt auf sie zu, ließ beide Fäuste als Deckung vor dem Gesicht kreisen – ein Boxer. Corinna sah ihr Spiegelbild im Visier seines Helmes, drehte sich ab und kickte dem Mann voller Wucht in die Niere. Er gab ein Japsen von sich, ging in die Knie und ließ sich stöhnend aufs Pflaster sinken. Sie verspürte große Lust, ihn zwischen die Beine zu treten, hielt sich aber zurück. Der andere Mann hob beide Hände in die Höhe und blieb fluchend sitzen.

»Was ist denn hier los?«

Jeff trug einen bestickten gelben Kimono, lose zusammengebunden mit einer Kordel, und war barfuß. Seine nassen Haare waren nach hinten gekämmt, er duftete nach einem teuren Duschgel.

»Unfall?«, fragte er und wollte dem Mann, den sie außer Gefecht gesetzt hatte, auf die Beine helfen.

»Fick dich, Schwuchtel!«

»Das sind die Steinewerfer, Jeff. Wo bleibt David?«

»Schläft. Wie immer, wenn's interessant wird.«

Er sah sie an, drehte sich aber plötzlich um und trat dem Mann voller Kraft gegen den Kopf. Dann beugte er sich über ihn und spuckte ihm ins Gesicht.

»Hast du die Polizei angerufen?«

»Müssten eigentlich jeden Augenblick hier sein«, sagte sie und ging auf Davids Haus zu, um den Stein aufzuheben.

33
Blinded by the Light

Corinna wachte früh auf, obwohl sie erst spät wieder eingeschlafen war, fütterte die Katze, die bei ihr im Bett geschlafen hatte, ließ sie aus dem Haus, trank einen Kaffee und aß einen Apfel. Bevor sie duschte, legte sie Michaels T-Shirt, das sie als Pyjama getragen hatte, in den Wäschekorb. Es war Zeit, es zu waschen. Als Teenager hatte sie in den Sommerferien in einem Café gejobbt. Sie erinnerte sich an die Blicke der Männer und entschied sich, Jeans, ein Hemd von Michael und Turnschuhe zu tragen.

Bevor sie losfuhr, schickte sie Jake eine Nachricht: ein Foto ihres sonnenüberfluteten Gartens, darunter die Zeile:

ich hab tatsächlich sehnsucht – bis bald kuss

Sie nahm die 73 bis Saint George, wechselte dort auf die 131 North und hielt an der Tankstelle kurz vor Thomaston. Auf der Ladefläche eines Pick-ups, der vor der rot gestrichenen Scheune parkte, in der sich der *Grocery Store* der Tankstelle befand, hockte ein Hund und sah hechelnd über die Felder, die in der Morgensonne leuchteten und aus denen Vögel aufstiegen. Corinna öffnete den Tankdeckel, nahm die Zapfpistole und drückte die Taste mit der richtigen Oktanzahl. Die kleinen Bildschirme, auf denen Werbejingles oder Nachrichten gezeigt wurden, sobald das Benzin floss, ließen sie immer noch zusammenfahren. Eine Reporterin stand am Rand einer Schnellstraße und berichtete über den Mord an einer Frau an der kanadischen Grenze. Als eine Fotografie des Opfers eingeblendet wurde, zuckte Corinna zurück. Die Sonne war so grell, dass sie die Zapfpistole im Tankstutzen stecken ließ, beide Hände als Sichtschutz an den Bildschirm legte und erstarrte, weil sich bestätigte, was sie befürchtet hatte: Das Foto zeigte Sky. Die Reporterin senkte den Blick, gleichzeitig wurde die unscharfe Aufnahme eines Mannes gezeigt, den Corinna nur als Chad erkannte, weil sein Name eingeblendet wurde und die Journalistin ihn als Ehemann des Opfers, mutmaßlichen Täter und Tatverdächtigen am Mord von Norman Dunbar bezeichnete. Er war auf der Flucht und hielt sich mit großer Wahrscheinlichkeit in Kanada auf. Eine Frau wurde interviewt, die ein Baby im Arm hielt; was sie sagte, konnte Corinna nicht verstehen, weil ein Truck mit defektem Auspuff an der Zapfsäule hinter ihr anhielt. Um dem Licht der Kamera zu entgehen, verbarg das Baby sein Gesicht in der Jacke der Frau.

Corinna hängte die Zapfpistole zurück an die Säule und trat an den Rand der geteerten Parkfläche. War sie schuld an Skys Tod? Hätte sie ihr Leben gerettet, wenn sie sich nach Skys Anruf an die Polizei gewandt hätte? Hätten die Handyfotos die Fahndung erleichtert und den Mord verhindert? Sie ging in die Hocke und wählte Matts Nummer. Eine einzelne Zeitungsseite trieb an ihr vorbei, segelte über den Dachfirst der Scheune. Sie wollte bereits auflegen, da hob Matt doch ab.

»Ich hab's gerade gehört, Corinna. Dich trifft keine Schuld«, sagte er, ohne sie zu begrüßen.

»Ich hab Beweise zurückgehalten, Matt!«

»Beweise, die nichts geholfen hätten.«

»Vielleicht doch!«

»Du konntest ihr nicht helfen, und die Polizei hätte auch nichts für sie tun können. Punkt! Vergiss es! Wann fängst du in Betsys Café an?«

»Heute. Aber ich kann nicht. Nicht jetzt, da …«

»Und wie du kannst! Lass Sky nicht zur Obsession werden, verstehst du? Beweis, dass Betsy nichts mit dem Mord an Dunbar zu tun hat. Danach können wir uns Chad vornehmen. Einverstanden?«

»Einverstanden.«

Sie versprach Matt, ihn auf dem Laufenden zu halten, und legte auf. Ein Mann kam aus dem *Grocery Store*. Bevor er sich ans Steuer des Pick-ups setzte, tätschelte er den Kopf des Hundes auf der Ladefläche und fütterte ihn mit etwas, das er aus der Tasche seines Overalls zog. »Liebe hat oft etwas Zerstörerisches.« Weshalb erinnerte sie sich ausgerechnet jetzt an Jakes Satz? »Michaels Schweigen war zuletzt bedrohlich, ja gewalttätig«, hatte sie Jake geantwortet und sich in seinen Arm geschmiegt.

Nach elf wurde es endlich ruhiger im *Riverside Café*, und Corinna fand Gelegenheit, sich hinzusetzen und etwas auszuruhen und Jakes SMS zu lesen:

hab auch sehnsucht – bis bald kuss jake

Die meiste Zeit war mehr als die Hälfte der Tische besetzt gewesen, ab neun hatte es über eine halbe Stunde keinen freien Stuhl gegeben. Sie hatte Kaffee serviert, Pancakes, Rühr- und Spiegeleier, Eggs Benedict, heiße Schinken- und Käsetoasts, French Toasts, Bagels. Glücklicherweise reagierten die Gäste mit Humor, wenn Corinna eine Bestellung nicht sofort verstand. Die Beine taten ihr weh, sie bereute es, keine Xanax genommen zu haben, bevor sie losgefahren war. Vielleicht hätte sie es dann geschafft, nicht dauernd an Sky zu denken und daran, dass sie vielleicht einen großen Fehler begangen hatte. Betsy kam aus der Küche, ließ zwei Espressi aus der Maschine und setzte sich zu ihr.

»Du hast dich gut geschlagen«, sagte sie lächelnd, »für eine Anfängerin.«

»Bin ich doch gar nicht!«

»Hunger?«

Corinna schüttelte den Kopf und nahm einen Schluck von dem heißen, starken Kaffee. Eine ältere Frau, die eine Perücke trug, war momentan der einzige Gast; sie hatte ihr Handy im Schoß liegen, als schämte sie sich, lächelte immer wieder und wischte zärtlich über das Display, von Website zu Website, Nachricht zu Nachricht. Dabei nickte sie mit dem Kopf zum Billy-Joel-Song im Radio. Die Frau war so dünn, dass Corinna sich vorstellte, ihre Knochen klapperten im Wind.

»Hast du von der Toten gehört?«, fragte Betsy.

Corinna schüttelte den Kopf mit gesenktem Blick, weil sie befürchtete, Betsy sähe ihr an, dass sie log.

»Du wohnst doch auf Spruce Head Island? Nicht?«

»Warum?«

»Die Tote hat da mit ihrem Mann gelebt. Er soll sie getötet haben.«

»Weiß man wie?«

»Er hat ihr die Kehle durchgeschnitten«, sagte Betsy und führte ihre Hand mit ausgestreckten Fingern wie eine Klinge über ihre Kehle.

»Das Ehepaar hat als Haushälter bei dem Typen gearbeitet, der letzte Woche ermordet aufgefunden worden ist. Auch auf deiner Insel. Davon hast du aber gehört? Dunhill oder so.«

»Ich hab den Toten gefunden. Er hieß Dunbar. Norman Dunbar.«

»Du hast was?«

»Den Toten gefunden. Kanntest du ihn?«

»Was, wieso denn? Kenn ich Leute mit Geld? Ich muss weitermachen. Räumst du die Spülmaschine aus?«

Betsy stand auf, nahm ihre Tasse, verschwand in der Küche und stellte das Radio lauter.

»Früher war das mein Lieblingslied«, sagte die Frau mit Perücke, ließ ihr Handy in die Handtasche gleiten, die auf dem Stuhl neben ihr stand, und erhob sich stöhnend.

Corinna kannte das Lied, konnte sich aber weder an den Titel noch an den Namen der Band erinnern. Michael hatte sich immer über den Song lustig gemacht.

»Meins auch«, log sie. »Ich kann mich aber nicht daran erinnern, von wem es ist.«

»Manfred Mann and The Earth Band. ›Blinded by the light‹. Hier oben«, die Frau tippte sich lächelnd gegen die Stirn, »ist noch alles in Ordnung. Kann ich zahlen?«

Die letzten Gäste, drei Frauen, die Cappuccino tranken, Kuchen aßen und Karten spielten, mussten von Betsy darauf hingewiesen werden, dass sie demnächst schlossen. Über Mittag hatten sie Gemüsesuppe, Burger mit French Fries, Caesar Salad, getoastete Sandwiches und zahllose Tassen Kaffee serviert. Nachmittags war es endlich ruhiger geworden; Gewitterwolken waren aufgezogen, die den Raum verdunkelten, gleich darauf war Regen niedergerauscht. Betsy hatte die Tür aufgestoßen und war mit ausgebreiteten Armen unter die Stoffmarkise getreten. Es hatte gedonnert, einmal nur, allerdings unglaublich laut, als würde direkt über ihren Köpfen ein schweres Eisentor zugeworfen; der Regen hatte nach wenigen Minuten schlagartig wieder aufgehört, die Wolken hatten sich verzogen, Sonne hatte den Raum geflutet.

Die drei Frauen ließen sich Zeit. Als sie die Tür schließlich hinter sich zumachten, fing Corinna sofort an, ihren Tisch abzuräumen, wehmütig, weil sie der Dreiklang der Glocke in die Kindheit trug. Betsy schrubbte den Herd, sie trug Gummihandschuhe und hatte sich eine Plastikschürze umgebunden. Der Geruch des Putzmittels schwebte wie eine Wolke in der Küche.

»Kennst du die beiden wirklich nicht?«, fragte Betsy. »Die Insel ist doch winzig.«

»Ich bin Ausländerin, vergiss das nicht. Ich kenn fast niemanden.«

»Ging mir anfangs auch so.«

»Du bist nicht von hier?«

Betsy schüttelte den Kopf, nahm einen Besen aus dem Schrank, wickelte einen Putzlappen drum und fing an, den Boden feucht aufzunehmen.

»Mittlerweile kenn ich natürlich viele Leute. Essen ja die meisten irgendwann hier bei mir. Heut Abend zum Beispiel macht meine Freundin Jayne eine Grillparty. Sie hat eine Hütte am Nordpond. Komm doch mit.«

»Nordpond?«

»Ich zeig dir, wie du hinkommst. Ist gleich um die Ecke. Oder fahr doch gleich mit mir, dann brauchst du gar nicht erst zu dir zurückzufahren. Einverstanden?«

»Gerne.«

»Du kannst auch vorher bei mir duschen. Wenn du willst.«

34
Das Leben ist gut

Betsys Wohnung befand sich direkt über dem Café. Die Zimmer waren dunkel, aber geräumig. Sie gingen ins Wohnzimmer, durch dessen zwei Fenster man auf den grünen Fluss hinabsah. Der Papagei, der hinter dem abgenutzten Ledersofa in einem Käfig auf einer Stange saß, fing ohrenbetäubend an zu kreischen und wild mit den Flügeln zu schlagen. Sein Blick war durchdringend, sein Organ schmerzhaft schrill. Seine glänzenden roten Federn hätte Corinna gern berührt.

»Darf ich vorstellen: Doktor John«, sagte Betsy. »Er beruhigt sich bald, keine Sorge. Er mag Frauen.«

»Doktor John wie der Musiker?«

»Du kennst Doktor John?«

»Mein Exmann hat drei oder vier LPs von ihm.«

Sie setzten sich auf zwei Ledersessel, die so ausgerichtet waren, dass sie zum Publikum des kreischenden Papageis wurden.

»Kann er reden?«

»Keine zehn Wörter. Und zwei ganze Sätze. Wart's ab. Ein Eis?«

»Gerne.«

Betsy ging in die Küche, und der Papagei, allein gelassen mit der Fremden, verstummte, sah sie aber spöttisch an, wie sie fand. Was er in seinem Käfig wohl für Dramen und Komödien mitangesehen und mitangehört hatte? Corinna zwinkerte ihm zu, worauf er hochmütig den Schnabel öffnete, ein Bein anhob und einen weißen Faden in die Ecke des Käfigs schiss. Seine steckendünnen Beine sahen aus wie verwachsene knotige Rosenzweige. Sie schnalzte, und er wechselte von einem Bein aufs andere, sah sie herausfordernd an, keckerte und sagte leise aber deutlich:

»Fick dich.«

Er wippte triumphierend auf und nieder, den offenen gelben Schnabel schräg gelegt, den Federbusch auf dem Köpfchen gesträubt wie ein Häuptling seinen Kopfputz.

»Du dich auch!«

Der Papagei duckte sich, stakste ans andere Ende der Stange, drückte kleinlaut die Augen zu und schnatterte beleidigt.

»Er hat keine Ahnung, was das heißt«, sagte Betsy und reichte ihr eine Schale mit zwei großen Kugeln Vanilleeis.

»Danke! Da wär ich mir nicht so sicher!«

»Du hast ihm ja die einzig richtige Antwort gegeben.«

Betsy trat dicht an den Käfig heran und streckte ihre Nase durch die Gitterstäbe. Der Papagei bewegte sich in die Mitte der Stange und neigte sich langsam nach vorn, bis seine Schnabelspitze ihre Nase berührte. Er gab ein zufriedenes Gurren von sich.

»Braver Doktor, braver Doktor«, flüsterte Betsy.

Corinna hatte die Augen geschlossen, und für einen kurzen Moment war es, als bliebe die Zeit stehen. Sie traute sich kaum zu atmen und sah fasziniert zu, wie Wind die helle Gardine bauschte und den Geruch des Flusses in den dunklen Raum trug.

»So«, sagte Betsy mit belegter Stimme, trat vom Käfig zurück, setzte sich auf ihren Sessel und fing an, ihr Eis zu löffeln.

»Ich war auch verheiratet«, sagte sie. »Seit wann bist du geschieden?«

»Mein Mann ist vor neun Monaten gestorben.«

»Das tut mir leid. Wirklich. Sehr leid. Du bist allein hier in Maine?«

»Wir haben das Cottage vor vier Jahren als Ferienhaus gekauft. Aber jetzt bin ich allein hier, ja.«

»Leben deine Eltern noch?«

»Mein Vater ist schon lange tot. Meine Mutter lebt in einem Pflegeheim. Alzheimer.«

»Das ist der Lauf der Dinge, nicht?«

»Und deine Eltern?«, fragte Corinna betont arglos.

»Sind vor langer Zeit gestorben. Beide.«

»Geschwister?«

»Einen Bruder, ja. Aber wir haben uns aus den Augen verloren. Wir sind bei Pflegeeltern aufgewachsen. Hast du Geschwister?«

»Ja. Aber wir sehen uns selten. Eigentlich nie.«

Sie löffelten schweigend. Der Vogel saß reglos auf der Stange und schien sie zu beobachten und ihnen zuzuhören. Ein rautenförmiger Sonnenfleck erschien auf der Wand hinter dem Käfig und verblasste nach einer Weile langsam.

»Mein Vater hat erst meine Mutter und dann sich selbst erschossen.«

Betsy hustete, oder schluchzte sie?, stand auf und ging rasch aus dem Zimmer.

»Das Leben ist gut«, flötete der dumme Papagei, brach in meckerndes Gelächter aus und schiss den nächsten Faden in die Käfigecke.

Auf der hinteren Stoßstange von Betsys SUV klebte ein Sticker: »I found Jesus. He is in my trunk«, am Rückspiegel baumelten eine Vogelfeder und eine Dufttanne wie früher im Auto von Corinnas Eltern. Betsy hatte sie davon überzeugt, gemeinsam in einem Auto zum North Pond zu fahren; der Rückweg für Corinna führe sowieso über Warren, darum könnte sie ihren Wagen gleich hier stehen lassen. Sie hielten an einer Tankstelle etwas außerhalb des Ortes, Betsy kaufte eine Packung Frankfurter für den Grill und ein Sixpack Budweiser, Corinna zwei Flaschen Weißwein als Mitbringsel. Sie fuhren auf der Route 1 Richtung Westen, verließen ihn aber schon nach wenigen Meilen und bogen auf eine schmale Straße ein, die sich am Ufer eines Sees entlangschlängelte und durch waldiges Gelände führte. Betsy fuhr unkonzentriert und schien eher auf die Musik der Eagles aus dem CD-Player als auf die Straße zu achten. Corinna warf ihr immer wieder verstohlene Blicke zu, unsicher, ob es klug wäre, Betsy Fragen nach ihren Eltern und ihrem Bruder zu stellen und das Gespräch dann vorsichtig auf mögliche Gründe für die Tat ihres Vaters und damit vielleicht Norman Dunbar zu lenken.

»Mein Bruder ist in der Klapse«, sagte Betsy.

Corinna sah sie mitfühlend an, sagte aber nichts. Betsy war anscheinend bereit, von sich aus zu reden. Vor ihnen lag eine nahezu baumfreie Landzunge, die sich weit in den See vorschob und auf der mehrere kleine Häuser standen.

»Hast du auch ein Foto von dir, auf dem du glücklicher aussiehst, als du in Wahrheit je warst?«, fragte Betsy, beide Hände am Lenkrad.

»Hab ich, ja. Und mehrere, auf denen ich unglücklicher aussehe, als ich in Wirklichkeit gewesen bin.«

»Bestimmt aus der Zeit als Teenager!«, lachte Betsy. »Da haben es die Teenies heute einfacher. Sie löschen die achttausend Fotos, auf denen sie nicht wirklich glücklich oder toll aussehen, und haben immer noch zehntausend Aufnahmen von sich, mit denen sie zufrieden sind.«

»Hast du nie Fotos von dir weggeworfen?«

»Natürlich! Vielleicht zehn. Gibt ja höchstens dreißig, auf denen ich drauf bin.«

»Wie alt bist du auf dem Bild, auf dem du glücklich aussiehst?«

»Einundzwanzig. Frisch verliebt in meinen späteren Mann. Und du?«

»Auch Anfang zwanzig. Bevor ich Michael kennenlernte. Das klingt jetzt aber falsch, als wäre er schuld an allem, was später schieflief.«

»Dann bist du also ganz allein an allem schuld oder was?«

»Das denk ich manchmal tatsächlich, ja.«

»Schwachsinn!«

Es gab tatsächlich ein solches Foto, auf dem Corinna überglücklich in die Kamera strahlte, obwohl es ihr an jenem Tag nicht besonders gut gegangen war. Sie stand mit ihrem Tramperrucksack in Genua an eine Hauswand gelehnt in einer sonnenüberfluteten Gasse, trug Jeansshorts, Ledersandalen und ein Bob-Marley-T-Shirt. Die Jugendherberge, in der sie übernachtet hatten, war grauenhaft gewesen, dreckig, laut, stickig. Ihre Freundin Sandra und sie hatten sich den ganzen Morgen gestritten und angeschrien, weil sie sich beide in Tor aus Norwegen verknallt hatten. Betsy bog auf einen unbefestigten, staubenden Feldweg, ließ das Fenster auf ihrer Seite nach unten gleiten und hielt den Arm in den Fahrtwind.

»Es gibt keinen See, der besser riecht als der North Pond.«

Sie zeigte auf das Wasser, auf dessen Oberfläche der Wind Zeichen schrieb, die sich unablässig veränderten, umschrieben. Corinna ließ ihr Fenster ebenfalls nach unten gleiten und hielt ihr Gesicht ins Freie. Am anderen

Ufer legte ein Kanu von einem Steg ab, auf dem Leute unter Sonnenschirmen saßen.

»Liegt wahrscheinlich daran, dass mich sein Geruch an meine Kindheit erinnert. Der Kennebec River bei Skowhegan hat genau gleich gerochen. Außer, wenn der Wind aus der falschen Richtung kam: Dann stank es nur noch nach der Papierfabrik, in der mein Vater gearbeitet hat.«

Sie lachte verächtlich. Ihr Gesicht hatte jetzt einen harten Zug, ihr Blick war kalt und abweisend.

»Jayne hat sich übrigens vor Kurzem von ihrem Mann getrennt, einem ausgemachten Arschloch, damit das auch gleich gesagt ist. Also nicht erschrecken, wenn sie irgendwann in Tränen ausbricht oder anfängt, dir ihr Leid zu klagen.«

Sie hielten am Rand einer ungemähten Wiese neben mehreren Autos; ein Pfad führte zu einem lindgrün gestrichenen Holzhäuschen an der äußersten Spitze der Landzunge. Daneben waren ein Gasgrill und ein Klapptisch aufgebaut. Ein langer gedeckter Tisch stand direkt am Ufer unter einer Birke.

»Ist übrigens ein Weiberabend«, sagte Betsy und schaltete den Motor aus. »Aber keine Angst, die einzige Lesbe, abgesehen von mir, ist Patty.«

35
Tanzende Schatten

Es war dunkel, als sie sich alle auszogen und in den See sprangen. Nur Patty hatte keine Lust zu schwimmen. Sie lag in einer Hängematte und spielte auf einer Mundharmonika. Einige Kerzen auf dem Tisch, an dem sie gegessen hatten, waren ausgegangen, doch die meisten brannten und sorgten für ein unruhiges Licht, das mit jedem Zug, den Corinna in den finsteren See hinausschwamm, gespenstischer wirkte. Das Wasser war seidig weich; sie entfernte sich ein Stück von den anderen. Der Nachthimmel schien grenzenlos tief, und doch gab er ihr das Gefühl eines Gewölbes, das sie schützte. Sie dachte an Jake und Michael und an die bevorstehende Hochzeit ihres Sohnes. Als ihr Sky einfiel, schwamm sie, plötzlich fröstelnd, zurück. Das dunkel schaukelnde Wasser trug die Stimmen der anderen Frauen, die sich in Ufernähe leise miteinander unterhielten, in die Nacht. Wind strich über den See. Bald spürte Corinna den schlammigen Grund unter den Füßen, watete ans Ufer und lief mit den anderen zu Jaynes Häuschen, in dem Handtücher bereitlagen.

»Kaffee?«, rief Jayne ihnen zu. Sie war damit beschäftigt, Kerzen anzuzünden und im Wohnraum der Hütte zu verteilen. In einer Ecke standen ein kleiner Eisschrank und ein Elektrokocher mit zwei Platten. »Kaffee?«, fragte sie noch einmal, da sich niemand gemeldet hatte.

Alle schüttelten den Kopf. Eine Kühlbox stand mit offenem Deckel vor dem Kamin, in dem Holz aufgeschichtet lag. Corinna wusste, wie es war, in einer angetrunkenen Runde als Einzige nüchtern zu bleiben; die meisten Frauen redeten lauter als vorher, fielen sich ins Wort, giggelten bei jeder Kleinigkeit und konnten nicht aufhören zu lachen. Patty hatte schon bei Einbruch der Dämmerung verkündet, zu betrunken zu sein, um zurückzufahren, sie schlafe in der Hütte. Amy, eine stille, vielleicht sechzigjährige Frau mit schulterlangen Locken, war so betrunken, dass unmöglich zu verstehen war, was sie sagte. Deborah, groß und schlank, die am Schalter der *Camden National Bank* in Rockland arbeitete, war in einem Liegestuhl eingeschlafen. Betsy ließ sich aufs Sofa fallen; sie hatte einen Sweater der Red Sox übergestreift und trug Wollsocken, drehte einen Joint, den sie stolz in die Höhe hielt, als sie damit fertig war. Michael und Corinna hatten mehrere Jahre fast jeden Abend einen Feierabendjoint geraucht, bei warmem Wetter auf dem Balkon, im Winter gelegentlich in der Badewanne. Auch das war mit ihrer Alkoholsucht vorbei gewesen.

»Wer will anrauchen?«

Betsy schwenkte den Joint hin und her und hielt ihn dann Corinna hin, ohne eine Antwort abzuwarten. Sie nahm ihn ihr ab, ließ sich von Janet, die in Rockland im *Seagulls* Touristen Souvenirs verkaufte, ein Feuerzeug reichen und rauchte an. Nur mit Mühe konnte sie einen Hustenanfall unterdrücken, nahm noch einen Zug und reichte den Joint weiter. Sie kam sich um Jahre zurückversetzt vor, fühlte sich für einen trügerischen Moment jung und ungebunden, am Anfang des Lebens. Jayne legte Musik auf, ruhigen Folk, und es dauerte nicht lange, und die Gespräche verstummten. Die Nacht war ohne Geräusche. Corinna legte sich am Boden auf den Rücken und machte die Augen zu. Dachte an ihren toten Vater, an den sie lange nicht gedacht hatte, sah sich neben ihrer stummen, in sich verkrochenen Mutter im Aufenthaltsraum des Pflegeheimes sitzen, den Tränen nahe und doch kurz vor einem unerklärlichen Wutausbruch, wie bei jedem ihrer Besuche, sah sich auf einer Skipiste in kaltem blauem Licht talwärts gleiten, im Schießstand der Polizeischule, die Hand des Instruktors auf der Schulter, saß am Steuer eines Streifenwagens und fuhr durch eine morgenstille, völlig menschenleere Straße, saß an ihrem Schreibtisch der Kapo Aarau, bis sie sich über die vier verbrannten, verkrümmten Leichen beugte, die Augen aufriss und mit einem Schrei, den sie nicht ersticken konnte, hochschreckte.

»Ei, ei,ei,ei, immer mit der Ruhe.«

Betsy beugte sich vom Sofa über sie und strich ihr mit der Hand über die Wange. Corinna versuchte tief und regelmäßig zu atmen und setzte sich auf. Ihre Stirn war eiskalt, ihr Mund trocken.

Jayne saß im Schneidersitz neben dem Kamin und weinte geräuschlos. Ihr Oberkörper bebte, ihr Gesicht war vor unbewältigter Verletzung verzerrt. Die anderen Frauen waren zu sehr mit sich selbst beschäftigt, um sich um sie zu kümmern. Betsy legte sich wieder hin, Corinna blieb sitzen.

»Ich könnte ihn umbringen«, sagte Jayne leise und weinte weiter.

»Wir haben zu viele Knochen«, sagte die Frau mit den kurzen schwarzen Haaren, die an der Kasse im *Farnsworth Art Museum* arbeitete und an deren Namen Corinna sich nicht erinnern konnte. »Zweihundertundsechs, das sind eindeutig zu viele. Zweihundertundsechs Knochen, da muss man sich doch den einen oder anderen brechen, früher oder später.«

»Träum weiter«, sagte Betsy verträumt.

Die Luft, die durch die offene Haustür strich, war frisch, irgendwo hupte ein Auto. Die Schatten der Kerzen sprangen ruckartig über die Wände, wenn Corinna blinzelte. Sie machte die Augen zu und nahm sich vor, sich auf die Musik zu konzentrieren, bis sie begriff, dass gar keine Musik mehr lief. Sie sank, sank tief und tiefer und ließ es dankbar geschehen.

36

Ein schönes Gästezimmer

Sie glitten mit knirschenden Reifen und offenen Fenstern langsam durch die Nacht, Zweige streiften ihr Dach, ihre Karosserie, Vögel stiegen mit raschelnden Flügeln auf der Flucht vor ihnen aus den Bäumen.

»Wir fahren ohne Licht.«

»Ich weiß«, behauptete Betsy und fuhr weiter in die Dunkelheit hinein, ohne die Scheinwerfer einzuschalten.

Der Feldweg war zu erahnen, zu erkennen war er nicht wirklich. Es war halb zwei. Neben Patty schliefen Jayne, Deborah und Janet im Haus am See, die anderen waren bereits vor ihnen losgefahren. Die Pappteller und das Plastikbesteck, das sie benutzt hatten, lagen mit leeren Weinflaschen und zerdrückten Cola- und Bierdosen in einer Abfalltüte auf dem Rücksitz, Betsy wollte sich um die Entsorgung kümmern.

»Ich hab den Mann gekannt«, sagte sie, »den Toten. Er hieß Norman Dunbar.«

»Ich weiß.«

»Was weißt du? Dass ich ihn kannte?«

»Ich weiß, dass du ihn kanntest, ja.«

»Und wieso?«

»Ich war früher Kriminalpolizistin. Ich hab seine Leiche gefunden, das hab ich dir erzählt. Ich musste mich umhören, ich konnte einfach nicht anders. Berufskrankheit.«

»Du bist also nicht zufällig bei mir aufgetaucht?«

»Nein, Betsy. Bin ich nicht.«

»Ich könnte dich jetzt aus meinem Wagen schmeißen und hier stehen lassen. Mach ich aber nicht. Und weißt du warum?«

»Weil wir uns mögen.«

»Weil ich dich mag, genau. Er war ein Schwein.«

»Das glaube ich dir. Hast du ihn umgebracht?«

»Und was ist mit seinem Hausmeister? Chad? Der seine eigene Frau getötet hat?«

»Möglich«, sagte Corinna.

Betsy fuhr jetzt höchstens im Schritttempo; ein Stück vor ihnen war die Nebenstraße, die zur Route 1 führte, als helles Band zu erkennen.

»Dunbars Frau?«

»Tracy hat ein Alibi.«

»Du kennst seine Frau?«

»Hast du ihn umgebracht, Betsy?«

»Willst du das wirklich wissen, Corinna?«

Ohne Vorwarnung drehte Betsy die Scheinwerfer an. Der kleine Ausschnitt der Welt, der auf einen Schlag vor ihnen aus der Dunkelheit ins Licht gerissen wurde, sah aus wie ein Tatort. Betsy gab Gas, und sie schossen auf die asphaltierte Straße hinaus. Den Rest der Strecke fuhren sie schweigend. Der Fahrtwind, der durch die offenen Fenster strömte, brauste, ließ die Feder am Rückspiegel tanzen. Einmal lief ein Tier über die Straße, seine Bewegungen waren fließend, als wäre es eben aus dem Wasser gestiegen, sein braunes Fell wirkte nass und glänzte im Licht der Scheinwerfer.

Betsy hielt vor dem *Riverside Café*, schaltete Licht und Motor aus, zog den Zündschlüssel ab, blieb aber sitzen, ohne etwas zu sagen. Corinna war todmüde und zugleich hellwach. Ihr Kopf fühlte sich leicht an.

»Die Fenster«, sagte sie.

Betsy nickte, schob den Schlüssel ins Zündschloss und ließ die Fenster nach oben gleiten. Sie blieben sitzen.

»Es gibt verschiedene Möglichkeiten, wie es jetzt weitergehen könnte«, sagte Betsy nach einer Weile. »Du könntest in dein Auto steigen und nach Hause fahren, ich könnte mir eine neue Aushilfe suchen, und wir vergessen das Ganze. Du trinkst ab und zu einen Kaffee bei mir, und wir reden übers Wetter.«

»Oder ich könnte hier bei dir übernachten, weil es schon spät ist und ich genauso früh raus muss wie du, weil ich nämlich deine neue Aushilfe bin. Und du beantwortest meine Frage.«

»Welche Frage«, sagte Betsy und grinste schief.

»Hast du Norman Dunbar umgebracht, Betsy?«

»Ich hab ein schönes Gästezimmer, Corinna. Mein Café öffnet um halb acht, Jason und Barry, die Schreiner, wollen wie jeden Morgen pünktlich ihren Kaffee und ihre Spiegeleier mit Speck auf dem Tisch haben. Und es gibt eine Handvoll Gäste, die sich auf meinen Blaubeerkuchen freut, was bedeutet, dass ich ab halb sieben in der Küche stehe und backe.«

»Hast du ihn umgebracht?«

»Ich kann dir höchstens erzählen, was passiert sein könnte, Corinna.«

»Hört sich gut an.«

»Du weißt, warum mein Vater erst meine Mutter und danach sich selbst erschossen hat?«

»Ich kann es mir vorstellen.«

»Du kannst es dir vorstellen? Da bin ich aber gespannt. Erzähl!«

»Er hat seine Arbeit in der Papierfabrik verloren und keine neue gefunden. Ihr habt euer Haus verloren, euer

Auto. Alles. Dein Vater hat keinen Ausweg mehr gesehen.«

»Du weißt, weswegen *Moosehead Paper* geschlossen wurde?«

»Wegen Norman Dunbar.«

»Wegen Norman Dunbar, genau.«

»Hast du nicht gesagt, du erzählst mir, was passiert sein könnte?«

»Doch, Corinna. Aber nicht hier.«

37
Eine Geschichte

Das Gästezimmer befand sich unter dem Dach des Hauses; die Lukarne ging auf den Fluss hinaus, der in der Dunkelheit zwischen den Bäumen glänzte wie eine Schlange, die sich geräuschlos und unendlich langsam durch die frühen Morgenstunden bewegte. Auf dem Holzstuhl, der auf dem Treppenabsatz vor dem Zimmer stand, hockte ein großer Teddy; ein Ohr war abgeschnitten, sein Fell abgegriffen. Hinter dem Stuhl hing eine gerahmte Fotografie von *Moosehead Paper*: Der sepiafarbene Stich der Aufnahme sorgte dafür, dass die Arbeiter, die durch das Werkstor auf die Straße strömten, wie aus einer längst vergangenen Zeit wirkten.

»Trinkst du eine Tasse Tee mit«, rief Betsy durchs Treppenhaus zu ihr hoch, »während ich dir erzähle, was passiert sein könnte?«

Corinna trug das frische Nachthemd, das Betsy ihr aufs Bett gelegt hatte, sie schob das Fenster nach oben, machte das Licht auf dem Nachttisch aus und ging nach unten. Betsy saß auf dem Sofa, der Papageienkäfig war mit einem schwarzen Tuch abgedeckt, von Doktor John war kein Ton zu hören. Zwei dampfende Tassen standen auf dem Couchtisch, daneben lag eine Fotografie mit verblichenen und gleichzeitig grellen Farben. Betsy hatte ihren Sessel so umgerückt, dass sie sich gegenübersaßen. Corinna setzte sich und zog wie Betsy ihre nackten Füße unter sich.

»Bereit für eine Geschichte?«

Corinna nickte, hob die Tasse und blies in die zitronengelbe, siedend heiße Flüssigkeit.

»Auf dem Bild da könnte die Familie des Mädchens abgebildet sein, als die Welt noch in Ordnung war. Mutter, Vater, Sohn und Tochter. Der Vater arbeitet in der Papierfabrik des Ortes, in dem sie leben, die Mutter hilft ab und zu in einem Altenheim aus. Sie haben nicht viel Geld, doch es geht ihnen gut. Kurz bevor das Mädchen, es könnte Betsy heißen, dreizehn Jahre alt wird, könnte etwas passieren, das alles auf den Kopf stellt, auch wenn das Mädchen das natürlich nicht gleich merkt, wie auch, es ist ja dreizehn Jahre alt.«

»Die Papierfabrik könnte aufgekauft werden«, sagte Corinna, als Betsy einen Schluck Tee trank.

»Die Papierfabrik könnte aufgekauft werden, genau! Und kurz darauf ruiniert. Sie könnte geschlossen, der Vater arbeitslos werden und … bla, bla, bla! Lass uns in die Zukunft unseres Mädchens springen, also bis in die Gegenwart, sonst wird unsere Geschichte zum kitschigen Sozialdrama mit Kinderheimen, wechselnden Adoptiveltern, Umzügen durch halb Amerika, wechselnden Schulen und Lehrern, großzügigen Pflegemüttern und lieben Pflegevätern, bösen Pflegemüttern und noch böseren Pflegevätern. Das alles überspringen wir. Einverstanden?«

»Einverstanden.«

»Machen wir einen wirklich großen Sprung, lassen wir aus, wie die Ehe des Mädchens, das mittlerweile zur jungen Frau geworden ist, verlaufen sein könnte, verzichten wir darauf, ihren Mann und ihre Tochter zu beschreiben, die sie bekommen haben könnten … und springen direkt in die Gegenwart. Immer noch einverstanden?«

Corinna nickte. Im Käfig rumorte es, der Papagei plapperte, vielleicht im Schlaf, ordnete seine Flügel neu.

»Die Frau, sie dürfte jetzt achtunddreißig Jahre alt und geschieden sein, weil sie herausgefunden hat, dass sie Frauen liebt, die Frau könnte mittlerweile ein Café besitzen, sagen wir in Warren, Maine. Den Mann, der an der Tragödie ihres Vaters und damit ihrer Familie schuld ist, hat sie verdrängt, erfolgreich verdrängt, wie sie glaubt. Sie denkt selten an ihn, eigentlich nur, wenn sie ihren Bruder besucht. Der Bruder könnte Ty heißen und drei Touren im Irak hinter sich haben, sagen wir in Habbaniyah, Al Tafar und Ramadi. Dieser Bruder könnte vor Hass auf diesen Mann kochen, könnte sich regelrecht in die Idee verbissen haben, Rache zu nehmen und den Mann für das büßen zu lassen, was er ihnen angetan hat.«

»Trotzdem unternimmt er nichts«, sagte Corinna, die Tasse in der Hand.

»Trotzdem unternimmt er nichts, genau, so könnte es sein. Er schafft es nicht, er ist zu schwach, das sagt er selbst von sich. ›Ich bin schwach, ich bin müde‹, das könnte er zu seiner Schwester sagen, jedes Mal, wenn sie ihn besucht …«

»Wann hast du Ty das letzte Mal gesehen?«

»Vor drei Monaten. Mittlerweile ist er in der Geschlossenen. PTSD. Sie lassen mich nicht zu ihm. Ich darf ihn nicht mehr besuchen. Er hat mir erzählt, dass sein bester Freund dort drüben ein Iraker war, Malik, ein Übersetzer, der ihm irakische Wörter beigebracht hat: Shukran, Afwan, Qumbula. Malik, der Übersetzer, der vom IS erschossen wurde, weil er den Fehler gemacht hat, für uns Amis zu arbeiten und sich mit meinem Bruder anzufreunden.«

Betsy stand auf und trat einen Moment ans Fenster. Der Schweißfleck auf ihrem T-Shirt zwischen den Schulterblättern hatte die Form einer Birne.

»Die Frau hat den Mann also aus ihren Gedanken verdrängt«, sagte Corinna nach einer Weile. »Den Mann, der schuld ist, dass die Fabrik geschlossen wurde und der Vater seine Arbeit verlor …«

»Ja, ja, ja!«, fuhr Betsy dazwischen.

Betsy drehte sich um und setzte sich wieder hin, schwieg und starrte ins Leere.

»Und dann?«, fragte Corinna nach einer langen Pause. »Wie könnte es dann weitergehen?«

»Unsere Frau könnte dem Mann aus purem Zufall begegnen. Sie …«

»Und wie würde sie ihn erkennen? Sie hat ihn doch nie mehr gesehen?«

»Du denkst mit, das gefällt mir!«

»Ich war Kriminalpolizistin, schon vergessen? Wieso erkennt die Frau den Mann, als sie ihm aus purem Zufall begegnet?«

»Es könnte sein, dass sie den Mann nicht ganz so erfolgreich verdrängt hat, wie sie sich einredet. Dass sie im Internet nach ihm gesucht hat. Ihr Bruder könnte ihr ein Foto des Mannes gezeigt haben. Sie könnte ganz genau wissen, wie er heute aussieht.«

»Dann müsste sie aber auch wissen, dass er mit seiner Frau in Myrtle Beach in South Carolina lebt, eine Wohnung in Boston und ein Haus auf Spruce Head Island in Maine besitzt.«

»Das müsste die Frau dann auch wissen, stimmt.«

»Dass sie ihn aus purem Zufall trifft, könnte sie sich einreden.«

»Weil sie sich nicht eingestehen kann oder will, dass ihr Bruder sie mit seinem Hass aufgestachelt hat. Sie könnte sich bei dem Mann gemeldet haben. Sie könnte den Wunsch geäußert haben, sich mit ihm treffen zu wollen.«

»Wieso sollte er das tun?«

»Das hab ich mich auch gefragt, Corinna.«

»Warst du bei ihm zu Hause?«

»Die Frau könnte in seinem Haus gewesen sein. Oder sie könnte ihn in seinem Bootshaus getroffen haben. Vielleicht wollte er sie nicht in seinem Haus haben, wer weiß.«

»In seinem Bootshaus auf Spruce Head Island?«

»So stell ich es mir vor. Sie könnte ihn mit den Konsequenzen konfrontiert haben, die seine Übernahme damals hatte, könnte ihm erzählt haben, dass ihr Vater erst ihre Mutter und dann sich selbst erschossen hat und die Tochter und der Sohn erst in Heimen und später bei Pflegeeltern landeten. Dass der Sohn in einer Psychiatrischen Klinik sitzt und ihn hasst!« Sie schwieg einen Moment. »Er hat sich über mich lustig gemacht. Hat meinen Vater als Versager verspottet, einen, der die Schließung der Fabrik als Ausrede brauchte, um untergehen zu dürfen. Hat Witze über meinen Bruder gemacht, ihn als Armytrottel verspottet, der den Verstand verliert, weil er ein paar Leichen von Kameltreibern gesehen hat. Und er glaubte, er könne mich ficken. Auf seinem Segelboot.«

»Du warst erst in seinem Bootshaus und dann auf seinem Segelboot?«

Betsy starrte schweigend an ihr vorbei. Ihre Stirn war schweißnass, sie fuhr sich über die Augen und bewegte dann ihre Hand vor dem Gesicht, als wollte sie etwas verscheuchen, einen unangenehmen Geruch, ein Insekt.

»Die Frau könnte die Nerven verloren haben. Auf dem Boot. Oder sie könnte gar nicht auf dem Boot gewesen sein, nicht eine Sekunde«, sagte Betsy.

»Sie könnte ihn mit einem Stein erschlagen haben«, sagte Corinna und sah Betsy aufmerksam an.

»Hast du nicht behauptet, du hättest die Leiche gefunden?«

Corinna nickte und stellte ihre Tasse exakt in den Ring zurück, den sie auf der Glasplatte des Couchtisches hinterlassen hatte.

»Es könnte eine Hummerzange herumgelegen haben«, sagte Betsy.

»Auf dem Boot.«

»Auf dem Boot«, bestätigte Betsy zögernd.

»Dann warst du also doch auf dem Boot?«

»Die Frau könnte auf Dunbars Boot gewesen sein, die Hummerzange gesehen und die Nerven verloren haben.«

»Du hast Norman Dunbar die Hummerzange durch die Augenhöhlen ins Gehirn gerammt.«

»Dann könnte ihm die Frau einen Schubs geben, und er fällt ins Meer.«

Sie schwiegen. Es war sehr still. Corinna fröstelte und schloss die Arme um ihren Brustkorb.

»So könnte es gewesen sein«, sagte Betsy, »zum Beispiel.«

»So ist es gewesen, Betsy. Nicht?«

Betsy lachte schrill, erhob sich und trat ans Fenster. Der Schweißfleck auf ihrem Rücken war beinahe doppelt so groß geworden.

»Totschlag.«

»So könnte es gewesen sein, Corinna!«

»Oder du hast es geplant. Hast die Hummerzange mitgebracht. Dann ist es Mord.«

»Wir sollten schlafen gehen. Wir müssen früh raus.«

»Was soll ich jetzt mit deiner Geschichte anfangen, Betsy?«

»Das kannst nur du entscheiden. Danke fürs Zuhören.«

Betsy legte Corinna die Hand auf die Schulter, ließ sie einen Moment liegen, drückte sie jedoch nicht. Die Hand war schwer und feucht. Dann ging sie aus dem Zimmer, machte das Licht aus und ließ Corinna im Dunkeln sitzen, allein mit dem schlafenden Papagei.

In ihrem Zimmer war es kühl und still, und sie sah lange aus dem Fenster auf den Fluss und den dunklen Wald hinab. Es gelang Corinna nicht, mit der nötigen Ruhe, Gelassenheit und Distanz über das nachzudenken, was Betsy ihr erzählt hatte. Sie konnte sich nicht entscheiden, was sie tun sollte. Weshalb sollte Betsy ihr eine Lügengeschichte auftischen? Und weshalb sollte sie ausgerechnet ihr die Wahrheit erzählen? In ihrer Zeit als Polizistin hatte Corinna es kein einziges Mal bereut, einen Täter überführt zu haben. Gab es Verbrechen, die ihre Berechtigung hatten und nicht bestraft werden mussten?

Sie legte sich hin.

Die Bettwäsche duftete nach Jasmin. Sie erschrak, weil sie an Jake dachte, nicht an Michael.

38
Take the Long Way Home

Die Luft war stickig, das Licht grau und diesig. Nebel drückte von der Küste ins Landesinnere und lag über dem Fluss. Corinna hatte schlecht geschlafen. Sie wusste noch immer nicht, was sie tun sollte. Gab es wirklich Verbrechen, die keine Strafe verdienten? Was konnte sie der Polizei erzählen? Eine Geschichte, mehr nicht! Sie hatte keine Beweise, nur eine Geschichte. Und ein Motiv.

Das Radio in der Küche lief so leise, dass sie es nur hörte, wenn es für einen Augenblick ganz still war im *Riverside Café*, wenn niemand redete und die Kaffeemaschine nicht in Betrieb war. Sie und Betsy waren sich den ganzen Morgen über zwar nicht aus dem Weg gegangen, hatten aber nur das Nötigste miteinander geredet. Wieso waren alte Leute erpicht darauf, einem ihr Alter mitzuteilen? Fünf Mal hatte Corinna sich den gleichen Satz anhören müssen: »Du bist ja noch so jung! Wart's ab, bis du so alt bist wie ich! Ich bin …« Sie war müde, ihr Nacken war verspannt, und sie vermied jähe Bewegungen, um die Kopfschmerzen in Schach zu halten.

»Wir machen heute früher Schluss«, sagte Betsy in der Küche zu ihr. »Sobald Marvin weg ist, schließen wir zu. Weißt du schon, was du jetzt machst?«

Corinna schüttelte den Kopf. In der Gaststube wurde ein Stuhl verrückt, gleich darauf stand Marvin vor der Theke, ein Bündel Noten in der Hand.

»Gehst du zur Polizei?«

»Ich weiß es nicht!«

»Du hast keine Beweise. Nicht einen. Nur eine Geschichte.«

»Das ist nicht der Punkt, Betsy! Ich weiß nicht, ob es richtig ist, dich zu verraten.«

»Ich hab dir eine Geschichte erzählt. Mehr nicht.«

»Ich kann verstehen, was du getan hast.«

»Ich weiß.«

»Falls du es getan hast.«

»Schön, dass wir diese Hintertür haben, nicht?«

Betsy war blass. Sie strich sich mit dem Ellbogen die Haare aus der Stirn, überlegte es sich anders, zog die gelben Gummihandschuhe aus, warf sie umgestülpt ins Spülbecken und fuhr sich mit beiden Händen mehrmals über das verschwitzte Gesicht.

»Ich habe genug davon, andere Leute aus Angst anzulächeln statt aus Freundlichkeit«, sagte Betsy.

»Dann hör auf damit, Betsy.« Sie standen sich dicht gegenüber, nahmen sich aber nicht in den Arm. »Bis Donnerstag?«

»Bis Donnerstag.«

Marvin räusperte sich und sah mit verschränkten Händen beschämt zu Boden. Seine Fingerkuppen waren schwarz von der Druckerschwärze der Zeitung, die er gelesen hatte. French Fries esse er keine mehr in seinem Leben, nie mehr, hatte er zu ihr gesagt, als sie ihm einen Burger mit Kartoffelstock serviert hatte. Die Glatze auf seinem Hinterkopf war groß wie ihr Handteller. Ein Gummihandschuh sprang schnalzend in eine andere Form. Im Radio lief Supertramp.

»Die konnte ich nie ausstehen«, sagte Betsy.

»Zahlen«, rief Marvin vorsichtig.

»Geht mir genauso. ›The Logical Song‹.«

»›Give a Little Bit‹.«

»›Goodbye Stranger‹.«

»›Take the Long Way Home‹. Ein Scheißstück nach dem anderen.«

»Und trotzdem hören wir sie uns an.«

»Muss nicht sein«, sagte Betsy und schaltete das Radio aus.

In Thomaston bog sie nicht auf die 131 South, sondern blieb auf der Route 1 Richtung Rockland. Wollte sie Jake nur sehen, weil sie jetzt nicht allein sein konnte? Wurde sie zur Mittäterin, wenn sie verschwieg, was Betsy ihr anvertraut hatte? Wie hätte sie sich an Betsys Stelle verhalten? Wäre sie zu einem Mord im Affekt fähig? Wäre sie überhaupt zu einem Mord fähig? Sie hatte seit achtundzwanzig Stunden keine Xanax genommen, fiel ihr ein. Ein Harleyfahrer nickte ihr freundlich zu, als er sie überholte. Er trug Lederhandschuhe, aber keinen Helm, hatte die Haare zu einem dünnen Zopf geflochten, der wie eine Peitschenschnur flatterte. Auf der Heckscheibe eines Wagens vor ihr klebte ein Sticker: »I don't question your existence – God!«

Im Hafen von Camden lag ein Dreimaster vor Anker; die Stoffbahnen seiner Segel blendeten, derart hell leuchteten sie in der Sonne. Je näher sie Bayside kam, desto langsamer fuhr sie. Sie gähnte, kämpfte mit dem Schlaf. Auf dem letzten Teil der Strecke, die durch den Wald zur Küste führte, saß ein Streifenhörnchen auf dem Mittelstreifen, ohne sich vom Fleck zu rühren. Corinna hielt wenige Meter vor ihm an und ließ sich von den kleinen wachen Augen begutachten. Was sah es, wen? Sie dachte an Betsy, an Sky, an Michael, an Jake. Die Vorstellung, dass sie es vielleicht schaffen könnte, ohne Michael zu leben, erschreckte Corinna. Vielleicht gelang es ihr, den Schatten, der sie seit seinem Tod begleitete, wenn nicht als Geschenk, dann wenigstens als etwas zu sehen, das zu ihr gehörte, das ein wichtiger Teil von ihr war. Als das Streifenhörnchen in den Wald sprang und einen Stamm hinaufraste, fuhr sie weiter.

In der Bucht trieben Nebelbänke, das Licht lag gelb und stumpf auf dem Wasser. Die Fischer holten ihre Hummerkörbe ein, im offenen Meer kreuzte eine Jacht. Sie fand Jakes Haus auf Anhieb, als hätte sie es schon oft besucht. Bevor sie ausstieg, schaltete sie ihr Handy ein. Sie hatte zwei neue SMS erhalten. Die erste war von David Byrd:

gute nachrichten corinna! wir lagen richtig. die zwei steinewerfer haben ausgepackt. norwood lobster steckt dahinter.

Betsys Nachricht öffnete sie erst nach kurzem Zögern:

du machst bestimmt das richtige. deine freundin betsy

Sie stieg aus und ging langsam auf Jakes Werkstatt zu. Ihr Körper war ohne Gewicht, ihr Kopf plötzlich leer. Schwebte sie? Ihre Großmutter hatte ihr erzählt, die Wolken, die man ihm Winter ausatme, seien die Seelen, die aus dem Körper strömten. Darum hatte sie sich als Kind im Winter lange nicht getraut, richtig auszuatmen. Ihre Großmutter hatte Abend für Abend mit ihr gebetet, wenn sie sie in den Ferien in der Ostschweiz besucht hatte. Corinnas Stirn war eiskalt, der Atlantik trotz des diesigen Lichts unverschämt blau. Ein Vogel flog so dicht an ihr vorbei, dass sie vor Schreck den Kopf einzog. Hatten seine Flügel sie gestreift? Hatte Betsy sich die Geschichte nur ausgedacht, vorgestellt? Anzuklopfen brauchte sie nicht. Jake machte die Tür auf und kam mit offenen Armen auf sie zu. Er hielt eine Feile in der Hand, in seinem Bart hatte sich Sägemehl verfangen, schon wieder. Sein Hemd hatte einen Riss auf der Schulter, er war barfuß, trug heute keinen Schmuck. Er sah erholt aus, jung, voller Tatendrang und Neugier.

»Du siehst müde aus«, sagte er und drückte sie an sich. »Komm wir legen uns hin und sehen aufs Meer hinaus.«

39
Schwarz oder weiß?

Nach dem Frühstuck schwammen sie in die Bucht hinaus, ließen sich nebeneinander auf dem Rücken treiben, winkten den Möwen, die über ihnen kreisten. Das Motorengeräusch eines Hummerbootes, das von Boje zu Boje fuhr, rollte über das Wasser und brach sich an den Uferfelsen. Sie hatte Jake nur erzählt, sie stehe vor einer schweren Entscheidung, die nichts mit ihnen beiden zu tun habe, sie aber überfordere. Betsys Geschichte hatte sie für sich behalten. Sie froren, als sie aus dem Wasser stiegen, duschten heiß und tranken einen weiteren Kaffee auf der gedeckten Veranda.

»Ich halte dich von der Arbeit ab, Jake.«

»Graham Nash kann warten, glaub mir.«

»Fährst du mich nach Rockland?«

»Dann hast du also eine Entscheidung getroffen?«

Sie fuhren mit Jakes Wagen, dessen Rücksitze heruntergeklappt waren, damit mehrere Gitarrenkoffer und Verstärker Platz fanden.

»Du spielst also doch?«

»Ein bisschen«, antwortete er und schaltete den CD-Player ein.

Der warme Klang einer akustischen Gitarre erfüllte das Innere des Wagens.

»Bist du das?«

»Schön wär's!«, sagte er lachend. »Bert Jansch. Schotte. 2011 gestorben. Spielte bei den Pentangles.«

Janschs Stimme war tief und melancholisch. Jake fragte sie weder, was sie in Rockland zu erledigen, noch welche Entscheidung sie getroffen habe. Trotzdem hatte sie nicht den Eindruck, er interessiere sich nicht für sie. Am Ortseingang standen sie an einer Ampel neben einem Auto, das von einem Drahtseil auf einen Abschleppwagen gezogen wurde. Die alte Frau, der das Auto gehörte, stieg erst im letzten Moment und nach Aufforderung des Fahrers aus. Sie weinte und weigerte sich, im Pannenfahrzeug Platz zu nehmen. Die Ampel schaltete auf Grün, und sie fuhren weiter. Erst als sie auf der Union Street durch Rockland fuhren, fragte Jake, wo er sie hinbringen solle.

Sie fuhren an der *Public Library* und am Nebengebäude des *Farnsworth Art Museum* vorbei, in dem ausschließlich Arbeiten von Andrew Wyeth, seinem Vater N.C. und seinem Sohn Jamie gezeigt wurden. Jake bog auf die Park Street, überquerte die Main Street und hielt dann vor dem Gebäude an, in dem die Polizeiwache untergebracht war.

»Alles in Ordnung?«, fragte er.

»Nicht wirklich.«

»Aber du weißt, was du tust?«

»Nicht wirklich, nein.«

»Lass dir Zeit.«

»Das hilft auch nichts.«

»Lass dir trotzdem Zeit.«

»In ein paar Tagen kommen mein Sohn Thomas und seine Freundin aus Europa. Ich möchte, dass du sie kennenlernst, Jake.«

»Das möchte ich auch.«

»Das freut mich«, sagte sie, lehnte sich zu ihm, küsste ihn auf den Mund und stieg aus.

Sie drückte die Tür so vorsichtig ins Schloss, als dürfte sie keinen Lärm machen, sah Jake an, der ihr aufmunternd zunickte, und ging zielstrebig auf das Gebäude zu. Auf dem Bürgersteig kam ihr ein Mädchen entgegen, sieben, vielleicht acht Jahre alt, das sie neugierig musterte. Als sie sich kreuzten, blieb das Mädchen stehen und deutete auf seine Schuhe, an deren Sohlen rote Lichter blinkten, wenn er auftrat.

»Sind neu«, sagte das Mädchen, »von meinem Dad.«

»Die sind sehr schön«, sagte Corinna.

»Ich weiß. Hättest wohl auch gerne welche!«

»Dafür bin ich zu alt.«

»Stimmt«, sagte das Mädchen, »dafür bist du zu alt«, und hüpfte mit blinkenden Sohlen davon.

Als Teenager hatte Corinna vielleicht ein Jahr lang Jazzballettstunden genommen, manchmal hatte ihre Mutter sie hingebracht. Da sie auf der Fahrt an einer Pferdekoppel vorbeigekommen waren und Corinna es geliebt hatte, den Tieren zuzuschauen, hatte sie auf der Rückbank immer auf der rechten Seite gesessen. Eines Tages war dieser Platz von einer schweren Werkzeugkiste ihres Vaters belegt gewesen. Da Corinna keine Lust gehabt hatte, sie zu verschieben, hatte sie sich auf die linke Seite gesetzt und war unverletzt geblieben, als ein Lieferwagen an einer Ampel bei Rot über die Kreuzung gefahren, auf der rechten Seite in den hinteren Teil ihres Autos gekracht war und völlig zerstört hatte.

Es war drückend heiß. Irgendwo in der Nähe hupte ein Auto. Es stank nach Öl, auf dem Hotelparkplatz gegenüber stand ein Tanklastwagen und pumpte Heizöl in den Tank des *Trade Winds Inn*.

Corinna drehte um, ging schnell über die Straße, machte die Tür von Jakes Wagen auf und stieg ein.

»Fahr los, Jake, bitte, ich weiß jetzt, was falsch ist.«

Dank an:

Dr. Katrin Schmutz, Dr. med. Christopher Kelly,
Ellen Seidman, Walt Slocombe, Dave Clough,
Karyn Rizzo, Tom Rizzo, Meriwether Gill,
Rolando Colla, Peter Gut, Jennifer Lee,
Brigitte Haas.

KAMPA VERLAG

Louise Penny
Hinter den drei Kiefern
Ein Fall für Gamache

Roman

Aus dem kanadischen Englisch
von Andrea Stumpf und Gabriele Werbeck

Tausende Seen und endlose Wälder: Die kanadische Region Québec fasziniert mit ihrer wilden Natur – und mit ihrem charmanten Französisch.

Three Pines. Tief in den Wäldern Kanadas, nur eine Stunde von Montréal entfernt, liegt dieses idyllische Dorf. Hier gibt es alles, was man braucht: ein Bistro, eine Bäckerei und sogar eine Buchhandlung. Dazu viele sympathische und schrullige Bewohner. Aber am Morgen nach Halloween ist plötzlich alles anders. Mitten im Dorf steht eine düster verkleidete Gestalt. Niemand weiß, wer sie ist und was sie vorhat. Auch Armand Gamache, der Polizeichef von Québec, der in Three Pines ein Wochenendhaus besitzt, kann ihr kein Wort entlocken. Ein Schatten legt sich über das Dorf. Und eine Leiche wird gefunden.

»Eine Entdeckung.«
Der Spiegel

KAMPA VERLAG

Gian Maria Calonder
Engadiner Abgründe
Ein Mord für Massimo Capaul

Roman

Majestätische Gipfel, menschliche Abgründe
Das Engadin – die schönsten Schweizer Alpen

»Wenn du geschickt bist, kannst du dir hier oben als Polizist bestimmt ein gutes Leben machen.« Massimo Capaul ist sich da nicht so sicher wie Bernhild, die resolute Wirtin des Gasthofs ›Zum Wassermann‹. Die ungewohnte Höhe im Engadin bereitet Capaul Kopfschmerzen, ihm ist noch schlecht von der Fahrt über den Albulapass, aber Zeit zum Ankommen bleibt nicht. Noch vor dem offiziellen Dienstantritt muss er zu seinem ersten Einsatz: In Zuoz brennt eine Scheune. Nur wenig später stirbt ihr Besitzer, der kauzige Rentner Rainer Pinggera. Ein vermeintlich natürlicher Tod. Seiner Ordnungsliebe folgend, geht Capaul dennoch einigen Ungereimtheiten nach. Dabei lernt er das ganze gesellschaftliche Spektrum des Oberengadins kennen, vom St. Moritzer Jetset bis zu den wortkargen Bauern in der schummrigen Dorfbeiz. Aber den Alteingesessenen gefällt es gar nicht, wenn jemand in ihrer Mitte für Unfrieden sorgt.

KAMPA VERLAG

Dino Minardi

Ein Espresso für den Commissario

Pellegrinis erster Fall

Roman

Ein Fall für einen starken Espresso:
Commissario Pellegrini und der tote Student

Commissario Marco Pellegrini hatte sich auf die ersten warmen Frühlingstage gefreut. Zu gern hätte er in Ruhe den einen oder anderen *caffè* in der Bar des Familienbetriebs genossen, ehe die Touristenmassen an den Comer See strömen. Denn dann ist es auch bei der Polizia di Stato mit der Ruhe vorbei. Doch die Realität holt ihn früher ein als erwartet: Ein Student wird in seiner völlig verwüsteten Wohnung aufgefunden – erwürgt. Schnell zeigt sich, dass der Tote über außerordentlich viel Geld verfügte, das weder von seinen halblegalen Vermietungsgeschäften noch von seinem dubiosen Nebenjob kommen konnte. Woher hatte er so viel Geld? Und wurde er deswegen ermordet? Commissario Pellegrini übernimmt den Fall, wird bei den Ermittlungen aber nicht nur mit seiner eigenen Vergangenheit konfrontiert, sondern muss auch noch lästige Streitereien in seinem Team schlichten.

»Der Comer See ist der schönste Ort der Welt.«
George Clooney